作家散文
典藏

刘心武 著

刘心武散文

作家出版社

目 录

辑一

3　炸出一个我

11　雾锁南岸

24　母亲的厨艺

31　杉板桥无故事

44　远去的风琴声

49　跟陌生人说话

53　王府喉掸

56　炸酱面

60　不是妄想

64　免费午餐

69　刺猬进村

72　抱草筐的孩子

辑二

77　冰心·母亲·红豆

87　难忘的一杯酒

89　维熙老哥乒乓图

93　叶君健与韩素音

99　宗璞大姐嗷饭图

103　听新凤霞说戏

107　失画忆西行

113　王小波,晚上能来喝酒吗?

126　一江春水向西流

138　关于米黄色的回忆

144　被春雪融尽了的足迹

152　松本清张一去不返

161　心灵深处

178　兰畦之路

辑三

189　抚摸北京

210　前门箭楼传奇

214 羊角灯胡同
223 告别一座垂花门
228 隆福寺街
238 冰吼
241 风筝点灯

辑四

247 起点之美
249 春冰
251 人情似纸
254 献给命运的紫罗兰
272 心里难过
275 我的心理保健操
278 心灵百叶窗
281 一切都还来得及

辑一

炸出一个我

商务印书馆的《东方》杂志复刊，易名《今日东方》，向我约稿。在《今日东方》第二期上，有《旷世大劫难——商务印书馆被毁记》，不读此文则已，读了此文，我思绪万千，竟一夜不能入睡。这段史实大家都是知道的：1932年1月28日晚十一时许，日本陆战队突然进犯上海闸北，我十九路军奋起抵抗，是为著名的"一·二八"事变；日本轰炸机于次日凌晨从停泊在黄浦江的航空母舰上起飞，先到闸北地区盘旋示威，到天亮后，约十时许，竟特意选中了商务印书馆和附近的医院投弹，商务印书馆被六颗炸弹击中，引发大火，卷起的纸灰飞达数十里以外，所有库存图书和待印书稿全部在劫火中焚毁；而附近的医院，亦被炸成一片废墟，所有未及躲避的病人和医护人员都被杀害。把炸弹有意投向中国最大的文化机构，并投向两国交兵中最应得到战火豁免的医疗机构，日本军国主义那反文明反人类的法西斯气焰，其穷凶极恶真达到了史无前例的程度，至今思之，还令人不禁眦裂发竖！

这段史实，于我个人而言，不仅是难以忘怀的国恨，而且也是刻骨铭心的家仇。

我的祖父刘云门（又名刘正雅，笔名馏鱼山），就在那一天里，被日机炸死在医院里。他是因中风而住院的，身体已基本上瘫痪，不可能在日机肆虐的一刹那设法躲避。轰炸过后，只有我姑妈在上海，她急忙赶赴医院，只见一片冒着余火浓烟的废墟，蒸腾出枯焦炽热的气浪，她和若干也是寻访亲人的男女哭喊着去那废墟中翻查，希望能找到亲人的尸体；也不时有寻访者忽然发出凄厉的号哭声——那是终于翻出了尚可辨认的亲人遗骸；但我姑妈直翻检到双手冒血，硬是没能找到祖父的遗体；后来有轰炸时侥幸从医院里逃出的人士来扶持劝慰我姑妈和另一些痛不欲生的难属，他们证实，直到飞机的声音在头顶喧嚣时，他们还以为无论如何总不至于向医院投弹，虽然也进行了一些疏散，但进度缓慢，后来突然有炸弹投向医院，他们因为恰好不在楼体内，故而能够逃逸，据他们证实，凡在楼里的，没有生还的可能，有的病房被炸弹正面击中，人体和家具成为齑粉，加以大火燃烧，使寻找遗骸成为不可能之事……姑妈听了，当场晕死在劝慰者怀里。

祖父大约出生在1885年，他在清朝最后一次科举考试里得中最后一届举人。那一次中举的举人可以有两种选择，一是等候分派一个官职，一是公费留洋，祖父选择了第二种，他到日本留学，据说曾进过早稻田大学，又进过东京帝大，最后确定的专业是医疗，这也是那个时代许许多多中国知识分子的选择——以为可以通过这样的方式，改变自己民族"东亚病夫"的面貌。在日本时祖父与廖仲恺、何香凝过从颇密，也见过孙中山，加入了同盟会，思想趋向激进。回国后，祖父先在家乡（四川安岳县）开辟新学，自任体育教师，编制新式体操，还自写歌词自谱曲调，带领学生们边唱新歌边做新操，一时轰动乡里。后来祖父到北京任京官，是在蒙藏院任佥事（清末是否有这个官职，我生也晚，不甚清楚，但共和后他仍在蒙藏院，职务为佥事，则应无误）。在清末，他曾与汪精卫、黄复生等合谋在银锭桥预置炸弹，刺杀摄政王，事败后汪被捕，还曾有"引颈成一快，不负少年头"的豪语传世。那次谋刺，祖父以在鼓楼前大街开设的"真光照相馆"为掩护，事泄后汪、黄都没有说出他来，清廷也未侦查出他，他以后对此事也就讳莫如深，但某些最亲近的朋友，如李贞白、孙炳文等是知道的。共和后，孙中山在南方并不能充分施展抱负，而假意拥护共和的袁世凯越来越明显地暴露出其称帝的野心，祖父心情非常苦闷，曾多次作诗抒发其郁闷的情思，我在他遗留的极少墨迹中看到几首，其中一首是：

大江东下国中分，
北南悲歌南尚文；
金粉六朝余艳氛，
貂冠一代慕浮云。
未经爨釜鱼游底，
不待烧兵鹊散群；
占有吴山人立马，
男儿若个愿从军。

可见他很害怕南方一些共和派成为"貂冠一代"，沉溺于"六朝金粉"，表示如果有人能领导北伐，他愿投军从战。后来袁世凯称帝失败，但北方更呈军阀割据的混乱局面，1924年，孙中山在广州正式发动国民革命，祖父立即奔赴广州，投身其中。他先在广州中山大学任教授，和共产党员毕磊过从甚密；后来北伐军挺进，他以军医身份一直在战地医院忘我救治伤员，一直跟随大部队打到武汉。没想到1927年发生了国民党以"清党"名义杀害共产党员的事变，祖父的挚友孙炳文和年轻的友人毕磊等都遇害，这使祖父陷入了更大的苦闷,他作成长诗《哀江南》,倾泻出一腔悲愤。1928年他来到上海,当年同盟会老战友赵铁桥在上海有个比较显赫的职务,赵支持他成立了"上海公学",收容了不少在国共分裂后处境险恶的共产党员和国民党左派,大都是些二三十岁的年轻人。进入三十年代,祖父埋头整理自己历年来的著作,从一份他遗留下来的墨迹中,开列着他整理好的著作书目:

鱼山丛书种类目　　鱼山　　刘正雅／著译

文学部　附政治经济

　《孔子　墨子的国学新知验今录》一部共四卷

　　（白话稿已失）

　《大道循环说》一卷（文言）

　《礼乐论》一卷（文言）

　《鬼神论》一卷（白话）

　《人类生活论》一部二卷（白话）

　《中华现代经济的农忙》一卷（白话）

　《鱼山杂著》一卷（诗文集）

理学部

　《宇宙大观》一部共三卷（文言）

　《物理新编》一部（白话）

　《化学新编》一部（白话）

医学部

　《汉医汇究》一部共六卷（文言）

工学部

　《分析化学》一部共二卷（文言·译）

　《植物分析化学》一部共一卷（文言·译）

《制药化学》一部共一卷（文言·译）
《工业药品制造法》一部共一卷（文言·译）
《新药编》一部共一卷（文言·译）

这些译著，他在1931年都交给了商务印书馆，受到欢迎。商务印书馆拟首先出版《人类生活论》，这也是祖父自己最看重的一部著作，集中体现了他那来自个人生命体验和经历民族忧患后的深刻思索。本来，这些著作，会以《人类生活论》打头，在1932年陆续由商务印书馆印行的。相信这些著作一旦面世，起码会有一部分能在中国的文化思想史或出版史上留下痕迹。而且，由于"上海公学"的支持者赵铁桥遭到暗杀，不得不解散，祖父自己又中风偏瘫，经济上亦陷于了困境，也等待着商务印书馆出书获得生活与治疗的费用。万没想到，祖父在病榻上等到的不是散发着油墨香味的个人专著样书，而是日寇轰炸机掷下的炸弹！

祖父所住的医院被炸成了废墟，日寇消灭了他的肉体；更令我们后人思之愤然怆然的是，他的全部投往商务印书馆而尚未及印制的译著原稿，也在日寇弹火下化为了灰烬！

祖父及其著作被日寇毁灭时，父亲是海关的一个职员。他和我姑妈等的悲愤之情久久不能平静。在嗣后的岁月里，他们都义无反顾地置身在抗日的潮流里。1934年，母亲生下姐姐刘心莲后，因为在姐姐之前已有了三个男孩，无论从数量还是品种上，父母都觉得可以不必再生孩子了。而1937年全面抗战后，父亲供职地重庆经常有日机去轰炸，为安全计，父亲自己留在重庆，让母亲带着孩子们先是躲避到成都郊区，后又进一步躲避到了老家安岳。这期间父亲当然也时来探望母亲和孩子。那时候避孕的办法不多，1941年年末，母亲感觉到自己又怀孕了，父亲知道后，坚决要她设法打掉。那时父母都是近四十岁的人了，最小的孩子（女儿）也已经快八岁，又正当困难时期，经济拮据，精神焦虑，不想再要多余的孩子是完全可以理解的。母亲为打掉肚子里的孩子，遍寻偏方，积极服用，但不知怎么搞的，总是服了那打胎药后，没多久便会感觉到仿佛有一双小手在抓挠她的肠胃，只有尽情呕出方能松快。急切中她甚至设想过从桌柜上跳下的恶性堕胎法。后来她感觉实在无法摆脱一个新生命的诞生了，便转而经常抚摩着隆起的肚皮，产生出了一种异常珍爱的情感。她把决意生下孩子的想法告诉了父亲，据说父亲正是在日本飞机的噪声中也表了态："他们炸出了一个来！一个抗日的小战士！"就这样，我于1942年6月4日凌晨，诞生在成都育婴堂街，接生的是我的舅母。父亲在我出生后，为我取名心武，"心"是排行，"武"是表示要以武力抗击日寇的侵略。

　　从小时候能懂事起，父亲就经常给我讲祖父的事。他希望我们孩子里能有人当医生，因为祖父首先是一个医生，而且一度是革命军的军医；其次就是鼓励我们有所著述，能出版个人专著。就我个人而言，我虽然没能成为一个医生，却毕竟成了一个作家，到1999年为止，若把每一种版本的个人专著加以统计，在海内外已达九十种，另外还有1993年出版的《刘心武文集》八卷。

　　已经有国内若干著名的出版社出版过我的著作，但商务印书馆跟我约稿，还是第一次，虽然这只是《今日东方》杂志里的一篇文章，但对我个人而言，它的意义很不一般。这证明有些生命的链环是炸不断的，而一个民族的精神传承，更不是把老一辈的著作化为纸灰，就可以截斩的。

　　国家实行改革开放后，我在1981年、1997年两次应邀访问了日本。当我踏上日本的地面时，心情可能比一般访问者复杂得多。我的祖父，以及他那一辈的许多人，曾把日本作为一个理想的地方，以为可以从那里获得使自己民族富强的能力；据父亲回忆，从日本归国后的祖父曾常在家里穿日本和服；但是后来日本却一步紧逼一步地欺负中国，直至在1932年的"一·二八事变"里，掷下炸弹炸死了我祖父和他全部未及刊印的译著，使他未能在中国的那个发展阶段留下他本来可能产生出甚至是重大影响的思想文化痕迹。而我这个生命，也正是在日本飞机不断轰炸重庆和成都的噪声和火光里诞生的——如父亲所说，是炸出来的——可是我却也终于踏上了日本土地，进行所谓的文学访问；更令人难以解释清楚的是，我自一九七七年登上文坛后，虽说若干作品被译成了英、法、德、意、俄、瑞典等文字，但相比而言，却以日文的译本最多。

在日本，我的心灵在有一点上尤为敏感，那就是我可能比一般人更难容忍军国主义，哪怕只是一点点那样的"气味"，无论是试图为曾经存在过的军国主义巧为辩护，还是企图为现在复活的军国主义声张助威，都会激起我满腔的义愤。我也读过三岛由纪夫的《金阁寺》，那个文本或许确实与军国主义没什么直接联系，但我不能冷静地"就事论事"，去欣赏那"美丽的文本"，因为我不能不想起他是一个狂热的军国主义分子，这又不能不令我忆念起我那肉体与著述在同一天被日本军国主义炸成齑粉的祖父……当我在东京，有人远远指给我靖国神社时，我不仅咬牙切齿，而且恶心欲呕。但是两次访问日本，又使我接触到了很多和我一样痛恨日本军国主义的日本文化人，还有从东京到广岛到北海道札幌的普通日本市民和农民，我曾同他们讲到"一·二八事变"，讲到我祖父和他那些著述的湮灭,讲到我这生命与名字的来历,我从听者眼睛里闪动的、湿润的光影里,获得的不仅是抚慰,更是一种坚定的誓言:不能让那已经发生过的罪恶重演!

        1999 年 11 月 8 日 绿叶居

雾锁南岸

随着记忆回到童年，我的空间比例感立即变更，我的视平线离地面不足一米，跟我个头平齐的是家里那几只大鹅，我混在它们里面一起朝花台那边摇摇摆摆而去，它们欢快地叫着，我觉得我听明白了它们的话语，是在鼓励我朝前走，不要怕会从花台里爬出来的菜花蛇。

那时候只有大人将我抱起，我才会注意到大人的面容，当我自己在地面上跑来跑去时，我觉得亲切的面容主要是那几只大鹅。我觉得自己跟它们没多大区别，它们似乎也把我视为同类。

"刘幺！莫让鹅啄了你！"一个大人走近我身旁，记忆里没有她的面容，只有她的大手，很粗糙，很有力，握住了我的胳臂，将我拉往她的怀抱，几只鹅兄鹅弟抱怨地扇着翅膀，摇晃着让到一边。

抱起我来的，是我家的保姆彭娘。我在她怀里挣扎着："鹅才不啄我哩！我要跟它们耍嘛！"彭娘道："是有点怪吔，这些鹅啄这个啄那个，就是不啄幺娃！不过谨慎点为好啊！"说着彭娘就把我抱进灶房去了，把我放到小竹凳上，哄我说："幺娃儿乖，帮我剥豌豆，我摆个龙门阵给你听……"

所忆起的这些，都在重庆南岸，那时我家的居所。

那是1946年到1950年，我四岁到八岁期间。我家那时所住的，是重庆海关的宿舍。那栋房子，是两层楼，下面一层，住的是另一家，那家的院门，在下面的一个平面上。我家的院门呢，则在山坡的另一平面上。院门由木头和竹子构成，进了院门，是个小院子，这小院子的右手边，是个几米高的坡壁，坡上有路，从那路上往下跳，按说就能跳进我家，但我家在那坡壁下面，布置了一个花台，花台上种的蔷薇，长成一米高的乱藤，一年里有三季盛开着艳红的蔷薇花，那些粗壮的藤茎上，布满密密的尖刺，令任何一位打算从坡壁上跳下的人望而生畏。就这样，我家右边形成了自然的壁垒。左边呢，我家这个院子的平面，与下面那个平面，又形成了一个落差更大的坡壁，于是安装了篱笆。那栋两层的小楼，下面一层与我们上面一层原来有楼梯相通，因为分给两家，堵死了。那楼耸起在我家的这个小院前面，二层正与小院的平面取齐，但楼体并不挨着坡壁，楼体与坡壁之间，是一道深沟，雨后会有溪流冲过，平时也有深浅不一的沟水滞留，那么，我们家的人怎么进入自己的住房呢？那就需要通过一座木桥，桥这头在我家小院，桥那头伸进楼上的一扇门，穿过桥，进入楼里，则是一个比较大的空间，充作饭堂，饭堂前面有门，门外则是一个不小的阳台，从阳台上可以望见长江和嘉陵江的汇合，山城重庆的剪影历历在目。从饭堂往右，有条走廊，走廊里面有三间屋子，有间是摆着沙发的客厅，有间是父亲的书房，尽里面最大的一间，则是卧室，我虽然有自己的小床，但常常要挤到父母的大床上去睡，夜里做噩梦，拼命往父亲脊背上靠，结果给他捂出了大片痱子。那时大哥、二哥都常在外地，小哥和阿姐在重庆城里巴蜀中学住校，父亲每天一早要乘海关划子过江到城里上班，晚上才回来，因此，大多数时候，那个空间里，只有母亲、彭娘和我。小院尽里面，有三间草房，墙是竹篾编的，屋顶是稻草铺的，一间是灶房，一间彭娘住，一间是搁马桶的，大人要到那里面去方便，我是不用去那里的，我在屋子里有罐罐，彭娘每天会给我倒掉洗净。草房再往里，高高的坡壁下，有一片菜地，彭娘经营得很好，我家吃的菜有一半是在那里自产的。

彭娘到我家帮佣，有很长的历史。大约在1936年父亲从梧州海关调到重庆海关任职，她就从老家来到我家了。据二哥告诉我，那时候我家生活很富裕，住在城里，每晚开饭，要开两桌，除了自家一桌，总有一些同乡，坐成一桌来吃饭。那时给彭娘的佣金，是相当可观的。但是1937年抗战爆发以后，生活艰难起来，特别是日本飞机轰炸重庆，使得父亲不得不将母亲和孩子们先转移到成都，再转移到老家安岳。彭娘在我家经济上衰落时，依然跟我母亲兄姊转移各地，相依为命。阿姐告诉我，那期间父亲偶尔会来成都看望家人，但来去匆匆，留下的钱不够用，战时薪酬发放不按时，加上邮路不畅，母亲常常面临无米之炊的窘境，她就记得，有天在昏暗的煤油灯光里，母亲开口问彭娘借钱，彭娘就从她自己的藤箱里，翻出一个土布小包袱，细心打开，好几层，里面是她历年来攒下的工钱，都兑换成了银元，她对我们母亲说："莫说是借。羊毛出在羊身上。甜日子苦日子大家一起过。只是你莫要再生那个从桌子上往下跳的心！"

彭娘规劝母亲不要从桌子上往下跳，是因为那时候，1941年冬季，母亲又怀孕了，那时候父母已经有三子一女，而且还有一个年纪跟大哥相仿的，祖父续弦妻子生下的小叔，跟着母亲在抗战的艰难岁月里颠沛流离，父母实在不想再度生育，只是那时候没有什么避孕措施，不想父亲从重庆往成都短暂探视母亲的几天里，竟播下了我这个种，母亲找来不少堕胎的偏方，可是吃进去就会很快呕出来，于是跟彭娘说起，不如从桌子上猛地跳下，也许就把胎儿流出来了。有天母亲又让彭娘去为她买堕胎药,彭娘从外面回来,跟她说:"这回我给你换了个方子!"母亲说:"莫是吃了又要呕出来啊!"彭娘热好了那东西,端过去,母亲吃了一惊:"这是什么啊?我怎么觉得分明是牛奶呀?"彭娘就说:"是我给你买的牛奶!你这么一天天乱吃药,正经饭不吃几口,看你身子还能撑几天!你带着这么一大啪啦娃儿,不把身子保养好,怎么开交?给我巴巴实实喝了它!"母亲说:"只怕喝了也要呕出来!"但是她喝下那牛奶,却不但没呕,还实话实说:"多日没喝过这甘露般的东西了。只怕上了瘾没那么多钱供给!"

于是到了1942年6月,在成都育婴堂街借住的陋宅里,母亲再一次临盆。母亲非常紧张,她对彭娘说:"以前都是在医院,那里边什么都是现成的……"彭娘就"赏"她——四川话把批驳、斥责、讥讽、奚落说成"赏"——"说不得什么以前现在了,抗日嘛,大家紧缩点是应当的!再说了,现在怎么就不现成?七舅母当过护士,我自己也生过娃儿,一锅干净水已经烧滚在那里了,干净的毛巾,消过毒的剪刀,全齐备了,你就安安逸逸生你的就是了!"凌晨,母亲生下了我,接生的是我七舅母,助产的正是彭娘,彭娘后来说:"原准备你出来后拍你屁股一下,哪晓得你一到我手里就哇哇大哭,你委屈个啥啊?"

我的落生,虽在父母计划之外,但既然来了,他们也就喜欢。父亲给我取名,刘姓后的心字,是祖上定下的辈分标志,只有最后一个字需要父亲定夺,父亲那时候支持蒋介石的武装抗日立场,反对汪精卫的所谓"和平路线",就给我取名刘心武,据说彭娘听了头一个赞同,说:"要得!我们幺儿生下来就结实英武,二天当个将军!莫去舞文弄墨,文弱得像根麻秆儿!"她哪里想得到,几十年后,恰恰是这个名字里有"武"字的,没成为将军,倒混成个文人。其实要说名字的"文艺味儿",二哥刘心人、小哥刘心化,都远比我更适合作为作家的署名。

彭娘似乎比父母更宠我。她说我命硬,从小就懂得自卫,才几个月,她把我放在盆里洗澡,我站在盆里,一只手死死拽住她的衣角,不使自己跌倒,"唷吔,这个娃儿,好大气力哟!"多年以后,彭娘说起,还笑得合不拢口。又夸我天生谨慎,说是他们老家乡里,有个娃儿,养活四五岁了,有天口渴,跑到饭桌前,欠起脚,抓过茶壶就对嘴喝,没想到壶里是大人刚灌满的滚水,满壶滚水不容他躲避咕咚咕咚灌进了他食道胃肠里,好好的一个娃儿,竟然就活活烫死了!因此,到我家帮佣以后,对我哥哥姐姐,她从小不忘提醒:吃喝先要弄清冷热,尤其不能把住茶壶嘴就往嗓子眼里灌。但是我呢,彭娘说,怪了,从很小开始,她喂我水喂我饭,明明她已经尝过冷热,是正合适的,那勺子到了我嘴边,我总会本能地用舌尖轻轻地试着舔一下,在确认不烫以后,才肯让她将水将饭喂进我的嘴里;长到四五岁自己能倒茶壶里的水喝了,见到茶壶,总要先小心翼翼地用手指尖触一下,再轻轻摸几下,确证不烫,这才倒在杯子里,小口小口地喝。"唷吔,这个娃儿,心鬼细哟!"彭娘所肯定的我生命的本能,也许确是我存活世上的先天优势。

但是彭娘对我的宠爱,有时达到溺爱的程度,由此引出母亲与她的争议。有一回,我家那几只鹅不断怪叫,彭娘走出灶房去看,我随在她身后,只见我家那篱门外,有个人抛进绳套,要套走最前面的那只鹅,彭娘就冲过去,大声呵斥詈骂:"龟儿子!砍脑壳的!"篱门外的人只好收回绳套一溜烟跑掉了,我见状也冲到篱门边,朝外面大声骂:"龟儿子!砍脑壳的!"母亲听见人声,这才从屋里出来,站在桥上问怎么回事,彭娘且不报告有贼套鹅的事,而是极其兴奋地向母亲报告说:"好吧!刘幺会骂人了吧!"她那样眉开眼笑地赞我大声骂人,令母亲十分诧异。其实我那次骂人,完全是鹦鹉学舌,"龟儿子"还勉强能懂,何谓"砍脑壳的",实在蒙蒙然,后来长大了,才知道是咒人遭遇杀头死刑的意思。母亲对我们子女,家教严格的一面里,禁止"撒村"(即骂人)是头一条,尤其不许说那些涉及性交的污言秽语,这种语言洁癖是否有些过分?依我后来的人生经验,是判定为过分的,使得我在少年、青年时期,因此被一些其实本质不错的同学疏离,我是那么样地不能口吐脏话,也使得我在自我宣泄时失却了一种偶可使用的利器。后来阿姐告诉我,母亲有次就跟彭娘说,莫教刘幺骂人,他学舌你的"村话",你要制止他才是,彭娘完全不接受母亲的批评,她有她的道理:"村话村话,村里人说话,就那么直来直去,有啥子不好?我看你是离开村子当太太久了,一天洗几遍手,还不是喷嚏咳嗽的,哪里有我经得起打磨!我虽跟着你们也离开村子好久了,到底还在种菜养鹅,时不时说几句村话,心里岂不痛快许多!"母亲听了,也只是笑笑,不过彭娘自己该"撒村"的时候照旧泼辣地"撒村",却不再怂恿我学舌"撒村"。

彭娘深深地融入了我们这个家庭。她和母亲,亲如姊妹,我看惯了她们一起制作泡菜、水豆豉、灌肉肠、晾腊肉,两个人合拧洗好的床单再晾到绳子上……母亲会到灶房和彭娘一起做饭,彭娘会到我们住房里跟母亲一起收拾箱笼、拆旧毛衣、织新毛衣,她们有时会头凑头压低声音说话,一起叹息,或者相对哧哧地浅笑。彭娘爱护我们家的每一个人。父亲和大哥是一对爱恨交织的冤家,我在别的文章里写到过,也以他们为原型,将那父子冲突写进了我的长篇小说《四牌楼》里。一次彭娘煮好了打卤面大家围着八仙桌吃,大哥顶撞父亲,父亲气得将一碗面摔到地下,喝令大哥："滚！"大哥搁下面碗，摇摇肩膀，取下椅背上的外衣，冲出屋子，果然一去不返。父亲盛怒，母亲也不敢马上劝解。那天小哥阿姐都在家。到晚上小哥要找锥子修理什么东西，阿姐要拿剪刀剪劳作老师（那时有门课程叫劳作课）留下的剪纸作业，却都没在以往放这些东西的地方找到，母亲也觉得锥子和剪刀的失踪不可思议，最后还是彭娘供认，她早发现父亲和大哥都像打火石，说不定什么时候就会撞出火花燃起大火，她怕父亲一怒之下会做出不理智的事情，确实，父亲恨大哥恨得牙痒时，放过类似《红楼梦》"不肖种种大受笞挞"那回里贾政那样的狠话，大哥上小学时惹祸被学校开除，父亲曾气得用锥子扎他屁股，所以为防万一，就把锥子、剪刀等屋里的利器在晚饭前都藏了起来。第二天、第三天……几天以后大哥也没有回来，母亲急得哭泣："他连吃饭的钱也没有，可怎么办啊？"彭娘就悄悄告诉母亲，她预见到大哥可能离家出走，因此，在大哥那搭在椅背上的外衣口袋里，装了好几个银元，"他一时是有钱用的，再说了，他是条能挣到钱的汉子了，你放心，二天他回来，父子和好，你高兴的时候会有的！"母亲说要还她银元，她生气了："难道他们不也是我的儿女吗？"

彭娘确实是我们子女的第二个母亲。她最宠我，但其他的孩子也都疼。那时候小哥阿姐每星期五晚上会从城里回南岸，小哥比我大一轮，玩不到一块儿，阿姐比我大八岁，勉强可以充当我的玩伴。每次阿姐到家前，我都会把一只大橘子，用一只大碗扣住，等她回家以后，让她掀开大碗，感到欣喜。但是次数多了，阿姐渐渐不以为奇，她到家后忙着别的事情，我几次唤她，她都懒得去掀碗，这情况让彭娘发现了，于是，有一次我缠着阿姐催她找橘子，她漫不经心地依然做别的事，彭娘就过去跟她说："妹儿,这回刘幺给你扣了只活老鼠哩!"阿姐不信,马上去掀那只碗,谁知碗一掀开,阿姐和我都惊呆了——碗下扣的是几只艳黄喷香的枇杷果!阿姐高兴得跳起来,彭娘笑道:"老鼠变成了枇杷果!"我老老实实地说:"咦,我扣的是橘子呀!"阿姐才知道,彭娘用枇杷换去了橘子。那枇杷是头些天客人送给我家的,父母分了一些给彭娘,彭娘说该给我小哥和阿姐留着,母亲说这东西不经放,你就吃掉吧,那时候家里没有冰箱,天气热得快,确实很容易把枇杷放烂,但是彭娘自己舍不得吃,她想出一种土办法,就是把鲜枇杷埋在米缸里,小哥阿姐回家前取出来,果然都还新鲜。那天阿姐觉得有意外收获,小哥得到彭娘为他留的那一份也很高兴。

　　彭娘给我小小的心灵以爱的熏陶。她有"砍脑壳的"一类的骂人的口头禅,也有"造孽哟"一类表示同情、感叹的口头禅。来给我家送水的大师傅,是个哑巴。那时我家没有自来水,吃饭洗衣所需的水,都依靠拉木头大水车的师傅按时供应,大约每隔几天师傅就要来一次,先把那装水的车子停在院子里,再用水桶一桶桶地将水运进灶房间,倒进三只比我身子高许多的大水缸里,水缸装满后,要盖上可以对折打开的木盖子,往往是水注满后,彭娘就拿出几块明矾,分别丢到水缸里,起消毒、澄清的作用,当然,那是我后来才懂得的。送水师傅来了,母亲也会出来招呼,除了付钱,还让彭娘给他盛饭吃,彭娘会给他盛上很大一碗白米饭,米粒堆得高高的,那种样的一碗饭叫"帽儿头",彭娘还会给他一碗菜,菜里会有肉。有回送水的师傅吃完要走,彭娘让他且莫走,师傅比比画画,意思是还要给别家送水,彭娘高声说:"你看你那腿,疮都流脓了,也不好生医一医,造孽哟!"就跑到木桥那边住房里,问母亲要来如意膏,亲自给那师傅在疮口上抹药,又把整盒的药膏送给师傅。这些我看在眼里,都很养心。只是很长时间里我都想不通,为什么要用"造孽哟"来表示"可怜呀"。

彭娘使我懂得,不仅要爱护人,像我们家养的狗小花、猫儿大黑,还有那群鹅,都是需要怜爱的。小花本是只野狗,被我家收留,它虽然长得很高大,其实胆子很小,彭娘笑话它:"贼娃子来了它只知道喘气,贼娃子跑了它倒汪汪乱叫!"虽然小花如此无用,彭娘还是耐心喂它。猫儿大黑一身光亮的紧身黑毛,眼珠常常是绿闪闪的,它的存在,使得我们屋里没有鼠患。鹅儿里最高的那只,我叫它嘟嘟,为什么那样叫?没有什么道理,就喜欢叫它嘟嘟,我跟嘟嘟走到一起,彭娘说我们就像两兄弟。原来我家那蔷薇花台上,甚至三间草房里,常有蛇出没,自从嘟嘟它们长大,蛇都不敢到我家那个空间里活动了,我就亲眼看见,嘟嘟勇敢地把从蔷薇花台上蹿出的蛇,鸹得蜷曲翻腾最后像绳子一样死在那里。

当我在重庆南岸那个空间里度过我的童年时,中国历史正翻动到最惊心动魄的一页。蒋介石在大陆的政权被推翻了,他带着一些人飞到了台湾。在内战爆发以后,我家忽然来了彭娘的儿子,我叫他彭大哥。后来知道,他是为了逃避被驱赶到内战战场上厮杀,躲藏到我家来的。他和彭娘住在草屋里,他很少出屋,更很少开口说话。但是还是有住在附近的海关人士发现了他,于是父母决定干脆让他大方露面。那时候我已经上了小学,原来读的是不远处的海关子弟学校,父母特意将我转到离家颇远的一所私立小学去读,父亲告诉海关同事,彭大哥是特意雇来接送我上学的。这当然说得通。于是,有一段时间,彭大哥就每天带我去远处上学。

1949年入秋,重庆城开始呈现真空状态,国民党政府和军队撤离了,共产党的解放军却还没有开过来。于是发生了"九二大火灾",我曾有专门的文章描述过,从南岸我家望去,重庆城的大火景象非常恐怖,炙热的火气随风扑向南岸,为了防止意外,彭大哥就拿大盆往我家阳台那边的墙壁上泼水。"造孽啊!"彭娘不让我往江那边多看,将我抱到她住的那间草屋里,搂着我说:"刘幺莫怕!有彭娘就烧不到你们家,伤不到你!"

那段日子,有若干恐怖记忆。除了目击对岸的旷世大火,还有国民党溃军的散兵游勇,时不时乱放枪。有一天彭娘去外面找难买的菜肉去了,家里只有我和母亲,一个穿道士装的人走进我家院子,母亲站在木桥上应付他,他反复指着母亲身后的我说:"太太,你快把那娃儿舍给我吧,兵荒马乱的,你留下是个累赘啊,舍了吧,舍了吧……"我听懂了他的意思,害怕到极点,一只手紧紧地攥住母亲的衣角,只听母亲镇定地说:"师傅你快去吧,莫再说了,那是不可能的,请你马上离开。"那道士后来终于转身离开了。彭娘回来,母亲说起这事,彭娘把我揽到怀里,大声"撒村",骂那道士,我这才哇的一声大哭起来。长大了读《红楼梦》,读到甄士隐抱着女儿在街上看过会的热闹,忽然有道士和尚过来,那癞头和尚指着他女儿说:"施主,你把这有命无运、累及爹娘之物抱在怀内作甚?……舍我吧,舍我吧……"我就总不免忆起自己童年时的那段遭际,真乃"阳光之下无罕事",在惊叹之余,又不免因后怕而脊背发凉。

1949年10月1日那天,北京宣布"中央人民政府成立了",我家那时父母小哥阿姐头靠头挤在一台电子管收音机前,听声音不甚清晰的广播。我毕竟还小,不知道就在那一刻,我已被定位为"随时准备着,为实现共产主义而奋斗"的"革命接班人",必须"好好学习,天天向上",努力使自己能尽早戴上红领巾、尽早佩戴上共青团的徽章……

但是直到那一年的十月底，四川才算解放，再过些时候，新政权才接管了重庆海关。父亲被新政权的海关总署留用，调往北京，重庆海关则被撤销。

我完全没有意识到，那是我离别彭娘的时刻。而就在那些天以前，我刚跟彭娘闹过别扭。因为她竟把包括嘟嘟在内的鹅们都宰杀了。我大哭，不肯吃她烧出的鹅肉。彭娘试图用讲童话的方式化解我的愤懑，让我想象嘟嘟它们其实是变成了云朵飘在了天上，但那时我已经八岁上到了小学三年级，她骗不了我。

全家都兴奋地准备迁往北京。狗儿小花由邻居收养，猫儿大黑由姑妈家收养。我们先要渡江离开南岸，到重庆城里，在姑爹姑妈家里暂住几天，然后会坐上大轮船，抵达武汉后，再乘火车去往北京。我不记得是怎么在大雾弥漫中离开南岸的，也记不清在姑爹姑妈家都经历了些什么，只记得终于跟大人们上了轮船后，我问母亲："彭娘呢？我要彭娘！"母亲告诉我："彭娘和彭大哥都回安岳去了。你这个没良心的，现在才想起彭娘！那天我们离开南岸，彭娘望着你哭得好造孽，你竟连头也没回，径自蹦蹦跳跳地随小哥阿姐他们往渡轮上去了！"我这才意识到，彭娘的体温，再传递不到我小小的身躯了！望着滔滔江水，我号啕大哭起来。

我被劝回船舱，阿姐走过来，递我一样东西，跟我说："彭娘留给你的，你的嘟嘟！"我用迷离的泪眼一看，是一把鹅毛扇。接过那扇子，在南岸那个空间里跟彭娘度过的那些日子，倏地重叠着回落到我的心头，我哭得更凶了。

什么叫生离，什么叫惜别，我是很久以后，才懂得的。可是对于我和彭娘来说，一切都难以补救了。

在北京，上到初中，学校里举行作文比赛，题目是《难忘的人》，彭娘当然难忘，我准备写她。可是，恰巧我构思作文时，小哥和他的戏迷朋友,在我家高谈阔论。他们谈起拍摄京剧艺术影片的事情,说拍完梅兰芳,要拍程砚秋,程砚秋自己最愿意拍摄的,是《锁麟囊》,这戏演的是富家女将自己装有许多金银珠宝的锁麟囊赠给了贫家女子,后来遭遇水灾破了家,沦落异地,无奈中到一富人家当保姆,结果那富家女主人,竟恰巧是当年的那贫家女,而之所以致富,正是那锁麟囊里的金银珠宝起了奠基作用,二人说破后,结为金兰姊妹。这出戏故事曲折动人,场面变化有趣,特别是唱腔十分优美,其中的水袖功夫也出神入化。但是,没想到当时指导戏曲演出的领导人物却认为,这出戏宣扬了阶级调和,有问题。结果就没拍《锁麟囊》,给程砚秋拍了部场面素淡冷清得多的《荒山泪》。后来程砚秋在舞台上演出,被迫把这戏改得逻辑混乱,演成富家女赠贫家女锁麟囊后,贫家女只收了那囊袋,将囊中的金银珠宝当即奉还给赠囊人了。听了小哥他们的议论,我对写不写彭娘就犹豫起来。后来我请教小哥,他叹口气说,现在一切方面都要强调阶级,彭娘虽然在咱们家就是一个家庭成员,她自己也这么认为,可是,搁在现在的阶级论里衡量,咱们父母是雇主,她是帮佣,属于劳资关系,是两个阶级范畴里的人。你最好别写这样的文章,让人家知道你曾有保姆服侍。再说,就是咱们不怕人家说闲话,听说彭大哥回乡以后,土改里是积极分子,当了乡里第一任党支部的书记,人家恐怕也忌讳提起跟我们家有过的那段亲密相处的关系。于是,我不仅那时候没有写过彭娘,以后也只把对南岸空间里关于彭娘的回忆,用浓雾深锁在心里。

直到改革开放以后,我才打听彭娘的消息,据说她在临终前的日子里,念叨着她的一个个亲人,其中有一个是"我的刘幺"。

南岸的那个空间啊,你一定大变样了!不变的是彭娘胸怀传递给我的那股生命暖流，我终于写出了这些文字，愿彭娘的在天之灵能够原宥我的罪孽——在多变的世道里我没能保留下那把她用嘟嘟羽毛缝成的扇子，但可以告慰她的是，我心灵的循环液里，始终流动着她给予我的滋养。

2012年1月26日　温榆斋中

母亲的厨艺

十八岁以前,我一直跟父母住在一起,吃母亲做的饭菜。我家的常备菜有三样:泡菜、卤肉、豆豉,都是母亲自制。

母亲常年经营着两个泡菜坛,一个是玻璃的,可以见到里面所泡的蔬菜品种:白萝卜条、胡萝卜条、淡绿的豇豆、鲜红的辣椒、嫩黄的姜芽、深紫的包菜……另一个是陶制的,从中可以攥出莴笋、青菜头、水萝卜皮……虽然母亲对淘气的我相当放纵,一般情况下管束得并不怎么严格,容忍我在家里关起门来当个孙悟空,但她那两个泡菜坛,却绝不许我靠近,两个泡菜坛的盖子,盖上后都有半圈水维护,母亲舍得把里面的成果让我吃尽,但她在往里面填入食材,以及从里面攥出泡好的菜品,那样的操作过程中,是一定要我远离的,后来我就懂得,泡菜坛绝对不能沾一点油腥,也不能溅进生水,她填入食材、攥出成品各用一双长筷,平时都是晾干裹在纯净的豆包布里保存的,用时取出后要用开水烫过,并用白酒擦拭,她进行相关的操作,仿佛是在执行一种仪式,颇有神圣感。有一回母亲视察泡菜坛,一声惊呼:咿呀,长白了!于是不得不将整坛泡菜抛弃,泡菜并不怎么可惜,可惜的是久经使用不断在原来基础上添加的泡汁,母亲重新配置泡汁,如何把握食盐、白酒的比例,体现出她超高的技艺,但新的泡菜,总需泡汁达到一定的成熟度,攥出来才能恰到好处地爽脆适口。

泡汁即使没有生白坏掉，太陈旧也泡不出好味道，因此一年里母亲会几次倒换新的泡汁。真是泡菜坛中物，块块皆辛苦！我家餐桌上除了新鲜泡菜，更常备切成碎丁的炒泡菜，其中用量最大的，一定是豇豆。

母亲还有一口颇大的砂锅，是专用来制作卤肉的。锅里的卤汁，最早的根源，据说是我家从重庆迁到北京不久就有的，我常见母亲把砂锅放在厨房灶眼文火煨炖，一旦微有沸腾声，便及时熄火，当然随着取食其中的卤肉，会再往砂锅里续进新汁，新汁是另锅炖出的肉汤，配以各种作料，这样，总体而言，锅里的卤汁总保持着无可取代的陈年魔力。锅里的卤肉当然会不时更新，铁打的卤汁流水的肉，卤好的肉取出切片，放在盘中色泽鲜丽，未曾进口，已令人垂涎。都用什么肉来卤呢？猪肉、牛肉，都不带一点肥，纯用瘦肉，另外的食材只取三样：猪心、猪肝、牛舌。

母亲还常年制作豆豉。干豆豉黑色，我家餐桌上四季常备油炒过的黑豆豉。特别值得一提的是水豆豉。水豆豉一般在夏季制作，母亲会在一个大细竹笸箩中，用大幅豆包布盖住煮熟的新鲜黄豆，让其发酵，一两天过后，若掀开豆包布一角看去，不懂行的或许会吃惊：呀，长出霉丝了，这东西能吃吗？若掌握不住分寸，那真就不能吃了，但母亲总能在恰当的时候，将产生出黏液的裂开的豆瓣取出，再加上盐、碎花椒、姜屑、芝麻大小的辣椒屑，制作成带水浆状态的食品，这就是水豆豉，母亲会把成品装进一个陶罐，每餐倒出一碗，放入一只汤匙，吃饭的时候，可以舀出来直接吃，也可以拌饭、拌面，或涂抹在馒头片上吃。水豆豉的外观，在杏黄色的豆瓣上，显现出许多芝麻大小的辣椒屑，十分可爱，而所发散出的气息，具有异香，令人胃口大开。

母亲制作的三种常备菜，是家庭亲情的凝聚物。父亲1951年参加赴湖南的土改工作队半年，回家后第一餐，就要求母亲攉出一大盘泡菜，母亲问：湖南不也有泡菜吗？父亲答：那个自然，也很好吃，不过我今天就要吃你泡的，要横扫一大盘！母亲问：原来你想念的，只是泡菜！父亲说：是呀！说完他们相视而笑。姐姐考上了哈尔滨的大学，暑假回家，母亲要给她烧条鱼，姐姐说：不要！我只要咱们家的老三样！果然，一盘泡菜，一盘卤肉，一小碗水豆豉，连主食也免了，吃完她三赞：爽死了！香死了！美死了！

　　母亲好客。亲友们来了，总是留饭。有的亲友会说："您别麻烦了，咱们出去吃馆子吧，我请客！"母亲就总用一句话撑过去："哪个说的哟？"这句话用四川话道出最传神，含义很丰富，包括以下诸种意思：既来我家，当然由我招待；馆子里能有什么好吃的；别跟我争了，等着我的美食吧！后来，对某些客人，她用普通话发音说这么一句，也很有征服力。凡在我家，享受过母亲厨艺的亲朋来客，都会得出相同的结论：确实比餐馆的还好吃，而且有特色！

　　父亲有两个同乡发小，都姓陈，一位陈伯伯是造纸专家，另一位是汽车发动机专家，他们一起从旧社会迈进新社会，互相关怀，互相勉励，大约每隔两个来月，星期日，二位陈伯伯就会来我家，跟父亲欢聚，他们三个聊完天，便一起玩叶子牌，那是一种长条形的，散发出浓郁桐油味道的乡土牌具，牌上有描画得很粗犷的红绿色圆点，也不知那牌的游戏规则是什么，他们总是玩得很开心，还会儿童般争执起来。他们玩牌的时候，母亲就在厨房中忙活，往往一个灶眼不够，就另生一个小炉子，双管齐下，于是我也就明白，母亲的厨艺，亦是维系友情的纽带。两位陈伯伯往往一早就相继来到，那天我家会吃两顿饭，一顿在十点以后，都是母亲自制的成都小吃，父亲和两位陈伯伯先是就着母亲制作的一大盘夫妻废片（常被写作夫妻肺片，其实食材中无肺），喝红星二锅头酒，另有一盘佐酒的，往往是凉拌白菜心，周遭环绕着月牙般的松花蛋瓣，酒喝得差不多了，供应主食，先是一人一小碗龙抄手，然后是钟水饺、担担面，最后是赖汤圆，也许还会一人一个叶儿粑。第二顿则要晚上六七点钟才开饭，午前虽然吃得饱足，到那时两位陈伯伯往往忍不住声明：饿了饿了！他们点名要我家的老三样，好开始喝酒。晚上这顿他们喝烫好的黄酒，母亲切好卤肉，总要细心摆盘，把肉片、猪心片、猪肝片、牛舌片切得大小得宜，摆成花样，就会听见一位陈伯伯大声发言："何必像餐馆那样打荷！"但母亲却固执地一丝不苟地像绣花那样摆盘上桌，并且警告："浅尝辄止吧！后头好吃的多呢！"后头好吃的确实让他们目不暇接、口不暇品，我记得的下酒菜有白斩鸡、油炸花生米，热菜会有红薯垫底的渣肉（米粉肉）、麻婆豆腐、豆瓣鳜鱼、虎皮尖椒、樟茶鸭、清炒豌豆苗……汤会有《红楼梦》里提到的虾丸鸡皮汤，最后会有一道甜食，比如拔丝山药或者八宝蒸饭。虽然大都是川味家常菜，琳琅满目一桌，确实在大快朵颐之后，余味无穷。

　　我父母都是四川人，口味自然长期嗜辣。我们兄姊弟从小也习惯吃辣。曾有人问我：你母亲会自制肉松、果酱，那样的美味，你会不会偷吃？回想起来，因为母亲实在厨艺太高明，那类成品于我而言，并无强烈的诱惑力，倒是母亲隔段时间便会制作一次油辣子，往沸腾的豆油里，倒入她配置好的辣椒末花椒末，还略加盐糖，炼出的油辣子极香极爽，待她将炼好的成品装入一个带盖的小陶罐以后，温度降到微热，趁她眼错不见，我会掀开罐盖，罐盖上有一缺口，插入的配套陶勺勺柄伸在外面，我以极快的速度，扤出一勺油辣子，放入嘴中，以舌搅动，啊呀，那种快感，难以形容！我曾经就是那样的一个嗜辣少年！只是，也许是在北京居住得久了，兼年龄增长身体变化，到上个世纪末，我竟变成每当餐厅服务员询问："有什么忌口的吗？"便回答："免辣。"或："只能微辣。"如今年轻一代，无论东西南北，似乎多爱吃辣，以至于一度无辣不成菜，无辣不成馆，东北女士，会热爱毛血旺、水煮鱼，江浙女孩，会迷上巴蜀烤鱼、麻辣火锅，去北京东直门内簋街，会闻见满街的麻辣小龙虾气息。

　　曾有位姨妈，对我喟叹："你呀你呀，看你以后离开了家，还怎么吃得下饭哟！"事实也并未如她设想的那么糟糕，我十八岁离开父母，独自生活，很快也就适应了公共食堂。当然，我会偶尔忆念起母亲的厨艺。梦中出现次数最多的，是一菜一汤。菜是夹沙肉，就是用纯净的肥猪肉，切成片，再剖开，镶嵌进甜豆沙，蒸熟，肥而不腻，咸甜交集，真乃超级美食。汤是酸菜豆瓣汤，将蚕豆（四川叫胡豆）去皮分成薄瓣，投入事先煮妥的酸菜汤里，酸菜只取叶片撕成小块，汤是煮过猪骨头的高汤，待汤呈乳色，豆瓣恰好熟透而又没有煮化，舀出一碗，先嗅，再舌尖试尝，再用汤匙舀着细品，哎，此汤只应天上有，人间哪得几回享！

　　父亲在新中国一定级，就是行政十二级，工资一百二十几，这待遇一直延续到他1978年去世。我的哥姊陆续自立，1960年前我家平时就三个人吃饭，生活是富裕的。父亲爱吃西餐。他很长时间在东长安街南边的海关总署和贸易部上班，下班一过马路，就是王府井，那时东安市场里有三家西餐馆：和平餐厅、和风餐厅、起士林餐厅，父亲是常客，也带我去过几次，但母亲一次也未去过，她一生都固守一个信念：哪个餐馆的菜肴也比不了家里的烹饪，她一生与父亲同甘共苦，不离不弃，父亲既然爱吃西餐，她也就尝试在家里为父亲烹制西餐，记得她有时会为父亲制作西式土豆泥、酸黄瓜、腌甜菜，她烹出的罗宋汤，令父亲赞叹，说是比西餐馆的还好！我也就憬悟：母亲的厨艺，也是她和父亲爱情的延伸。1960年后父亲调到张家口解放军外语学院任教，那时候张家口是苦寒之地，加上遇到供应困难，一般家庭都觉得巧妇难为无米之炊，但母亲却非常乐观地随父亲在那里生活，寒暑假我会从北京去张家口看望他们，惊讶地发现，母亲仍有施展厨艺的机会，部队供应比地方强些，有时会分到带鱼，那些带鱼都十分瘦薄，头尾剁掉后所剩无几，左右邻居都把鱼头剁掉抛弃，母亲劝阻了他们，并以身作则，将那些鱼头鱼尾烹制成酥脆味浓的下饭美食，分给邻居们品尝后，各家主妇纷纷效法，都赞真妙！那时父亲有黄豆的特殊供应，母亲制成豆豉，喝杂粮菜粥时佐餐，味道极好，也曾赠送邻居一些，皆大欢喜。因为上世纪三十年代父母和三个哥哥都在宁波居住过，所以母亲会制作宁波汤圆，若有人能够给她提供麦苗，她还能制作青团，不消说都非常可口。

母亲将她的部分厨艺，传给了嫂子、姐夫和我的妻子晓歌，上世纪末，一位后来成为华裔法籍剧作家、画家的高先生，是我安定门居所的常客，晓歌烹制出的罗宋汤，令他一唱三叹："漂亮！漂亮！漂亮！"那是他的口头禅，凡他所推崇的人物、作品、事物，总会祭出这一赞语，他那时是搞外事工作的，也经常出国，对西餐是不陌生，有评价权的，他就询问晓歌：从哪个洋人那里学来的？晓歌如实相告：是孩子奶奶教会的。

父亲去世后，母亲在我两位哥哥、一位姐姐和我家，轮流居住。我们当然都不会再让她给晚辈做饭，但她往往技痒，还是要时不时露一手，但孙辈，比如我儿子，在吃了她烹出的菜后，会私下问我："你总说奶奶烧的菜好吃得不行，怎么我吃着也平常？"哥姊和我都心知肚明，那是因为母亲年事高了，她的视力、嗅觉、味觉都衰退了，烹饪时已经难以准确把握食材、火候、咸淡，但我们绝不对年迈的母亲的厨艺提出意见，我们吃下的，是养育之恩，是浓酽的亲情。

中国传统文化，其中家庭文化是重要的组成部分，而家常菜，又是家庭文化中极其重要的一项，不是我刻意要将母亲的厨艺价值拔高，我是真觉得那是一种融汇进亲情、友情、爱情，乃至邻里情、乡土情、民族情的既平凡又神圣的文化存在。

昨夜梦中恍惚又回到父母家中，我跟母亲说：又有新书出版，又有稿费到账，我请二老去便宜坊吃烤鸭！于是母亲那微笑的面容又呈现于眼前，而且分明听见了那句熟悉的回应：哪个说的哟！

2022年6月5日小区封控足不出户中写成

杉板桥无故事

提起成都，我首先想起的是杉板桥。一般说普通话的会把"杉"发音为"山"，但是在成都这个地名要读成"沙板桥"。顾名思义，那里应该曾有座用杉木板搭成的桥。

有人可能会发问了：你在不止一篇文章里说，你出生在成都的育婴堂街，育婴堂就是养生堂，这甚至是你从秦可卿入手，揭秘《红楼梦》的一个私密的心理契机，按说一提起成都，应该首先想起育婴堂街才对哇？那我就要告诉你，母亲在那育婴堂街生下我不久，就把我和兄姊带回安岳县老家躲日本飞机轰炸去了，从此再没到育婴堂街居住过。因此，关于育婴堂街，在我的生命记忆库里，并没有什么实际的影像，那只不过是个神秘的概念罢了。2006年我64岁时才找到育婴堂街，街名依旧，却完全没有半个世纪前的任何遗痕，怀旧的思绪，也就无可依托。

成都有杜甫草堂，有武侯祠、望江楼、青羊宫……那些空间风景美丽，生发出无数的故事，杉板桥是否风光旖旎，有美丽的传说呢？我四十年前第一次去那里，到前三年去那里，那个空间变化很大，从狭窄的小马路，开拓成了六车道的宽马路，但是，从来不是成都的观光区。我甚至去跟当地的老居民打听过，有没有什么著名的历史事件发生在那里？有没有什么比如说追求自由恋爱婚姻的凄美悲剧，或者月夜书生遇到白发长髯的仙人传授秘籍，又或者狐仙狼魅千奇百怪的喜剧、闹剧以杉板桥为背景被世代口头传授过？他们都摇头。

成都东郊的杉板桥，是个没有故事的地方。

然而于我，杉板桥是个亲切的空间。我的二哥二嫂一家，在那里居住逾半个世纪。二哥，在我们家族天伦里，是个枢纽性人物。

我1993年出版的长篇小说《四牌楼》，其写作过程，与钻研《红楼梦》而且开始发表研红文字，是同步进行的。向曹雪芹"偷艺"，我的《四牌楼》，也采取了"真事隐，假语存"的手法，书里的蒋氏家族，出场的诸多人物，大体与我们刘氏家族对应，之所以化刘为蒋，是因为我祖母一系姓蒋，这样地"隐真托假"，心理上觉得不算"离谱"。读过《四牌楼》的一些朋友，乃至我不认识，只是从网上见到反应的读者，多有对其中一些人物留有印象，发出议论的，如定居美国的李黎，她本身也是小说家，前些时还跟我说，从她家书架上取下《四牌楼》，重读其中那段情节：书里的蒋家父母"文革"被抄家，其女儿保存在父母家中的青春期日记，也被抄走，那有着许多青春爱情隐私的文字，竟被抄家的"造反派"逐句检索，看其中是否有"反动言论"，后来"文革"结束，落实政策，将那日记发还，那日记主人，被书中"我"称为"阿姐"的，发出凄厉的惨笑……这让李黎感到极为震撼。书中"阿姐"有惊心动魄的故事，"小哥"也有，他那大学时一起登台唱京剧的好友，"文革"中不堪凌辱，最后在武汉长江大桥跳江，"小哥"悲痛欲绝……有网友称读了那一段"心潮难平"。书中"我"和那"蓝夜叉"的故事，被法国汉学家戴鹤白选出译成了法文出了单行本，也是很富故事性的。但书里所写的"二哥"，艺术形象相比较却是苍白的，无故事，太平淡，而这个书里角色的原型，就是我家实际存在的二哥。

二哥无故事。

难道，文字，只是用来铺陈故事的吗？难道，阅读，只是为了获得跌宕起伏的情节快感吗？在《你在东四第几条？》那篇里，我讲述了一个人一个家族的带有传奇性的经历，那么，在这篇里，我要写的不是悬念，不是奇突，而是那些至今温暖着我的生命的普通与平淡，那一种琐屑而重复着的生存常态，那是最值得珍惜，最应该延续的啊！

我马上忍不住要写出水豆豉的气息。许多人熟悉那种黑色的完全固态的豆豉，而不知道什么是水豆豉。那是成都人喜欢的一种食品，它是金黄色的，以黄豆为原料煮透发酵制成，成品的水豆豉大都已裂分为单瓣，在滑润的浆液里，伴随着比豆豉瓣小许多的辣椒片、蒜渣，发散出一种特殊的味道。热带水果里不是有榴莲吗？有人形容它闻起来是臭的，吃起来却香甜无比；那么我要说，水豆豉的气息有人会觉得不雅，但若喂一勺到他嘴里，多半在咀嚼吞咽后，要求再多吃几勺。水豆豉在我的童年时代，母亲制作出一大罐，我们会当作类似果酱一样的零食吃，当然，用水豆豉拌米饭、佐面条，也很合适，有时候就不必再准备别的菜来下饭了。

1971年暑假，我和怀孕的妻子很艰难地从北京来到成都，为的是再从成都去往安岳县看望被遣散到那里的父母。二哥家是我们在成都的唯一落脚点。二哥二嫂在1968年结婚，二嫂所在的抗菌素工业研究所早在1965年就从上海迁到了成都，选址就在杉板桥。二哥原在北京轻工业设计院，为了避免两地分居，就调到成都进入二嫂他们那个所工作。开始连独立的宿舍都没有，后来终于分到了简易楼里一个小小的单元,他们就在那里生儿育女。记得那宿舍虽然属于杉板桥地区,却还有一个更小的地名,是麻石桥,印象里1971年的时候,那里确乎有条小河,河上确实有用麻石,即粗糙的石料,铺砌的一个简易的桥梁,也问过,更没有故事,那河下的水,蜿蜒地流淌,再往东,就是杉板桥,再往下游,可能就是跳蹬河,最后是否流进了锦江?锦江就有故事了,至少锦江饭店有故事,但那就跟我要回忆的空间没有关系了。

  1971年暑假的成都行,说实在的,在二哥二嫂他们那个小小的空间以外,感受到的只是混乱、惊恐、闷热、不便,但是,当我们从破旧阴暗的火车站,转乘几趟拥挤不堪的公共汽车,终于找到杉板桥街口的麻石桥,进入他们居住的宿舍区时,心里不那么发紧了。记得当时街边栽种着梧桐树,路边有泛着腐臭气息的小水沟,沿着沟边匍匐着妻子不认得,而我能在昏暗的光线下辨认出的藤藤菜(现在多称空心菜),那应该是当地农民种的。我们按着楼号门牌,找到了二哥家,二哥把我们迎进屋,立即就有水豆豉的气息袭来,对我来说,无比亲切,对我妻子来说,后来她跟我坦白,颇感刺鼻。那时供电不足,电压不稳定,有时还会停电,二哥他们屋里光线很晦暗,但是跟着就响起二嫂亲热的招呼声,她从厨房捧出一大钵水豆豉,说是专为我们制作的,自家还没有吃,先让我们尝新。那时他们的女儿才三岁,儿子则刚满百日不久,还在襁褓里不时啼哭。他们当时那个红砖砌的简易楼显得单薄、粗糙,但是分给他们的毕竟有两个居室,有自己的厨房和厕所,我们在那里安顿下来,觉得不啻是一种享受。也确实是享受,伴随着水豆豉刺激起的食欲,我连吃两碗饭,妻子也很快接受了那闻起来怪怪的成都食品。而水豆豉里所包含的,是浓酽的亲情。正是这种亲情,支撑着我们这个家族的成员,穿越了那些充满狂热、躁动、仇恨、暴力的岁月。

二哥是维系家族亲情的关键人物。

父亲所在的张家口解放军外语学院,经过惨烈的武斗以后,近乎解体,教职员工后来一律用闷罐子车运到湖北襄樊的"五七干校",又在那里进行了梳篦刮头似的"清理阶级队伍"。父亲被批斗,最后也实在给他戴不上什么敌我矛盾的帽子,就保留他的工资待遇(那倒不低,他是行政12级,据说13级以上就都算"高干"呢),将他遣返回原籍安岳,还不是在县城里面,是在一个僻远的镇子上。递解他的人员,带着父亲和母亲到了成都,允许二哥跟他们见面,二哥就提出来跟着他们到那个镇子去,帮助年过花甲的父母安家。到了安岳县城,二哥就跟递解人员说,母亲当年在安岳温家巷购有一个小院,如今里面住的几家非亲即友,应该可以腾出两间屋子给他们使用,这样比安插到交通更其不便的镇子上,生活总归方便一点。经过二哥的努力,递解人员和安岳县方面也就同意我们父母就留在温家巷居住。二哥重亲情、孝顺父母,善待弟妹,他特别继承了母亲的那份温和、沉静的性格,他出面办事,因为总是绝不冲动,能够以柔克刚,也就往往能将事情往尽量好的方面去发展、落实。

父母在安岳温家巷住下后,倍感寂寞,尤其父亲,对现实不理解,又无处无人可以一起讨论,整日郁郁不乐,母亲毕竟还要张罗每日三餐,倒显得生活还算充实。因此,1974年,我又从北京经由成都去往安岳看望二老,那时除了妻子,还有两岁多的儿子随行。记得那年从成都开往安岳的长途汽车,还是带"大鼻子"的那种,现在某些表现旧时代的影视里,会出现那种老式的木窗框汽车。那时候多数人都有营养不良的问题,瘦子多胖子少,但掌握"听诊器、方向盘"的人士还是比较吃香的。那天开车往安岳的司机就比一车人都胖，上车的纷纷给他送些东西，我坐在他旁边，也送了他两个北京带来的苹果，他接过去也不说"谢谢"；那时候汽车上的窗玻璃差不多都砸碎了，方向盘上头吊着个木牌，上头写着"禁止吸烟"，但那司机开车前的第一件事就是把烟斗衔在嘴里，点燃，车子上路后，不断地吞云吐雾；我想到自己一家三口都在车上，不免有些担忧，特别是车子开上盘山道时，整个车体嘎啦嘎啦响，我逮个机会问司机："师傅，这路好险，不会出问题吧？"他漫不经心地回答我："啷个不出问题？前天还翻下一车人去！"他用烟斗一指，哇，右边悬崖下，那翻下解体的车身还在那里被骄阳晒着……探望完父母，又到二哥家小住几日，把种种见闻讲给他，也包括那司机的表现，二哥说："倒是个很好的素材，如果拍电影，这个细节可以用上。"我又告诉他，在安岳县城，我去理发馆理发，那里有怎样的一种风扇呢？就是用许多把葵扇，缝合成一面墙那么大的一个扇体，然后以滑轮、绳索，连到理发椅背后的椅子腿旁，理发师傅一边给人理发，一边可以用脚踩动机关，使那一面墙的大扇子扇出凉风……二哥就说："怎么没有电影导演运用这个场景呢？太有味道了啊！"

　　二哥自己无故事，但是他知道许多故事，特别是电影故事。他这一辈子有个始终未能实现的梦想，就是当一个电影导演。他的童年时期，父亲在广西梧州海关当职员，每个周末，必带大哥和他去电影院看电影。大哥淘气，另有爱好，往往还借故不去，二哥是忠实的小观众，不管是什么电影，都看得津津有味。他记得那时期看到过许多卓别林、基顿演的美国无声片，还有最早一版的《金刚》，国产片里，父亲喜欢胡蝶，凡她演的电影必带二哥去看，胡蝶在《姊妹花》里一人分饰贫富迥异的姐妹二人，那时二哥虽小，也过目不忘。梧州时期的电影，全是无声片，后来父亲调任重庆海关，全家随往，先是住在城里，周末就带子女看电影，那时有声片取代了无声片，而且美国电影很多，没有配音译制，是在银幕一侧，竖立一道窄幕，用幻灯打出竖写的自右往左换行的中文对话，据说请来翻译的，是些大学里的教授，译得一般都比较准确，但有时不免失之于文绉绉，如"君试思之，此举毋乃孟浪乎？"美国好莱坞那一时期拍出的电影，凡运到重庆放映的，二哥几乎全都看过，如今还能一一道出片名、情节及那些当年的明星名字。再后来，就进入抗战时期，头两年，全家还在重庆，电影看得少了，那时候会去看一个长江歌舞团的演出，那个歌舞团是模仿上海的明月歌舞团的，团员多为小女孩，穿短裙、长筒袜，留"妹妹头"，再扎个大蝴蝶结，一群出来，右手搭别人左肩，左腿一齐朝右踢出去，咿咿呀呀地唱什么"我听得人家说，说什么？桃花江是美人窝，桃花千万朵，比不上美人多……"但也会唱"我的家在松花江上"或"万里长城万里长，长城内外是家乡"，更有《义勇军进行曲》和"我们在太行山上"，那时候国共合作，一般庶民不觉得国共的词曲作者有多大区别，反正唱抗日的歌曲就都很兴奋，二哥曾有一册歌本叫《叱咤风云录》，每首都是抗战主题，他首首都唱过。再后来，进入抗战最艰难的相持阶段，父亲坚守重庆，母亲带着孩子们先到成都再到安岳乡下躲避日机轰炸，自然也就无电影演出可看了。抗战胜利后，母亲带着子女回到重庆与父亲团聚，这时家从城里搬到了南岸狮子山，也就是我在《雾锁南岸》里写的那处空间。那时虽然大哥、二哥、小哥、阿姐因学业及其他原因不常在南岸家中住，但一旦放假聚齐，一家人还是有许多的文娱活动，如全家进城去看上海迁渝的厉家班的京剧演出，去看电影，如战后好评如潮的国产电影《一江春水向东流》《八千里路云和月》等；也有时候就在南岸家里，父亲、二哥轮流操琴，小哥唱梅派青衣《生死恨》的唱段，阿姐则仿孟小冬唱"八月十五月光明呀呃哦……"我那时会在大人们膝下胡乱比画。

是的，我家属于小资产阶级，家里充溢着如此这般的小资情调。这一阶级的文艺家和作品，以我的见识，早的，如苏曼殊、李叔同，稍晚的，如王鲁彦、丰子恺，瞎子阿炳就经济状况应该算无产阶级吧，但他那曲《二泉映月》，跟李叔同填词的《送别》："长亭外，古道边，芳草碧连天；晚风拂柳笛声残，夕阳山外山……"跟丰子恺的漫画《人散后，一钩新月天如水》，那情调，都是相通的，就是虽然拒恶，但"不以暴力抗恶"，而只是痴痴地坚守良知、良心、良能、良善，其实早在上世纪三十年代初就有过电影《天伦》，有过《天伦歌》，弘扬中国传统文化中"老吾老，以及人之老；幼吾幼，以及人之幼"的伦理道德境界，用现代白话来说，就是"把对个人的爱推及于人类"。那《天伦歌》以柔曼的曲调唱出："白云悠悠，江水东流……浩浩江水，霭霭白云，庄严宇宙亘古存，大同博爱，共享天伦！"

小资产阶级，他们的生活，他们的情调，是脆弱的，特别是在社会大动荡、大变革、大转型的时期，常为主流挤压排斥、强行改造，自身也容易因外界诱因而父子反目、兄弟阋墙，或因政治而决裂，或因财产而分崩。我家作为小资产阶级中的一个社会细胞，却能穿越百年的社会震荡，难得地维系着温情，未见癌变，确属不易。而二哥，是坚守传统孝悌之道的典范。阿姐早年在哈尔滨东北农学院上学，读完本科又读研究生，二哥当时在吉林开山屯造纸厂，先是技术员，后来是车间主任、工程师，薪水并不高，却坚持月月给阿姐汇去生活费。1976年10月"四人帮"被捕，社会开始转型，我在1977年因发表了短篇小说《班主任》而出了名，进入1978年，就在这全家都能好起来的情势下，大哥先在广州因癌症不治逝世，父亲不久又突发脑溢血在安岳溘然撒手人寰，大悲痛袭来，我却未能赶回安岳治丧，小哥和阿姐也未能去，只有二哥，从成都匆匆赶往安岳，操办父亲后事，将母亲接到成都赡养。后来他又只身将父亲骨灰带回刘家可追溯的最早祖居地，龙台场高石梯，起坟安葬。后来小哥又从湖南设法调到成都一所大学任教，与二哥会齐在成都。母亲辗转在北京我家、阿姐家和成都小哥家居住过，最后还是回到二哥家。母亲去世，二哥依然是操办后事的主力。父母留下的现金，以及遵母嘱将安岳老房卖掉后所获，加在一起，二哥跟小哥、阿姐、我均分，我们弟妹全表示二哥二嫂应多分一些，最后二哥也就略多分了点。没了父母，没了大哥，二哥也就是长兄了，所谓"长兄如父"，一点不假。2008年，小哥在医院动一个大手术，出了医疗事故，本来不该就走的，却在术后出现心力衰竭，他在临终前一直念叨："我要见哥哥，我二哥……"他老伴非常理解，见二哥就等于见父母，跟家族告别，二哥赶到他床前，握住他手，他含笑仙去。2011年二哥二嫂来北京跟我和阿姐欢聚，我的一个表姐和她的两个女儿也来了，大家议论中都不禁感叹：现在的"80后""90后"，还懂得手足情吗？电视上报纸上，那些一家人为争房产、争拆迁款，甚至只是争公租房的承租权，而撕破脸、斩亲情的报导，看下来真不禁要感叹人伦浇漓，还有多少人记得并看重"天伦笃睦"的古训呢？我家二哥无故事，然而如此这般无故事，而只是默默、殷殷地维系着天伦心线的二哥，对于当下的社会来说，不是越多越好吗？

二哥的一生，应该说还是顺遂的。他英语自学成才，而且以造纸专业为核心，辐射出去的相关化工医药类学科知识，都能很快融通把握，因此，在"文革"后期，那时候四川已经进口美国的化肥生产设备，既能听说英语又能把握相关技术知识的人才实在难找，相关部门发现了他，就借去与美国来的工程师合作，既当翻译，也参与专业讨论。改革开放以后，所里多次派他出国参加抗菌素的国际研讨会，退休后，他被多家药厂聘为顾问，在向美国出口药坯等项外贸交易中，如何通过美国的FDA申请、检查，获得批准，二哥成了这方面的一个专家。他多次去往美国、意大利、法国，最羡慕他的，是还去过南美，他在巴西圣保罗基督山，以那著名的伸臂构成十字的耶稣雕像为背景拍的照片，一直陈列在我的书橱里，看见时我总为他高兴。尽管他有自己的专业，退而不休，但他心底里对电影的爱好，仍是那么强烈。"文革"前他就精读了乔治·萨杜尔的《电影艺术史》，也曾购买过最早一版的《中国电影发展史》，改革开放后，更购买阅读了乔治·萨杜尔的《世界电影史》和更多的电影历史、理论书籍。

  二哥1950年至1960年一直在偏远的开山屯造纸厂，厂区有个电影院，他当时还担任工会的文娱干事，电影院归工会管，他学会了放映，那十年里所有在那个电影院里放映过的电影，国产片，苏联片，东欧及其他社会主义国家的片子，以及其他国家的片子，他一部不漏全看过。1960年他调到北京，到1966年上半年，我们兄弟二人每逢周末总要一起活动，或逛公园，或看电影和剧场演出。聊电影，成了我们体现兄弟情深的一大方式，其乐无穷。即使在"文革"文化专制最严厉的岁月，在我探亲来到成都杉板桥时，在他家那小小的空间里，吃完水豆豉，我们还是要聊电影。我们不管"五一六通知"里怎么下的断语，对国产电影，觉得好的依然叫好，比如《青春之歌》的段落节奏，《小兵张嘎》的黑白画面的唯美追求，《聂耳》里黄宗英演一女配角的功力……对于译制片我们也有共同的评价，比如《牛虻》里上官云珠为琼玛的配音，《白痴》里张瑞芳为娜斯塔霞的配音，都堪称绝。我们会议论到意大利新现实主义电影的早期代表作《偷自行车的人》和晚期绝响《她在黑暗中》，会议论到印度电影《流浪者》、东德电影《马门教授》、保加利亚电影《当我们年轻的时候》、法国电影《没有留下地址》、英国电影《哈姆雷特》（劳伦斯·奥利维主演，孙道临配音）……听到我们兄弟二人在那边津津乐道，二嫂和我妻子一旁不免侧目，担心我们犯政治错误，其实我们兄弟二人绝非政治动物，我们对电影的评价全在自己的艺术直觉，全凭良知良能，比如那时候《北国江南》被批判，有的人是"凡被批判的一定要暗中叫好"，我们却直到改革开放此片被平反以后，仍觉得是部失败之作，苏联解体后，我们并不以为以前所看到的表现苏联现实生活的影片都该弃之如敝屣，像《生活的一课》《没有说完的故事》《雁南飞》《莫斯科不相信眼泪》等，还应该算是上乘之作。回顾这些杉板桥小空间里的"电影龙门阵"，我就越发感觉，我那成名作《班主任》的诞生，二哥也有一份功劳。《班主任》通过青少年阅读的心态勾勒，对"文革"斩断了当下一代与之前的四种文学（《牛虻》所代表的外国文学、《辛稼轩词选》所代表的中国古典文学、《茅盾文集》所代表的中国现代文学、《青春之歌》所代表的1949年以后至1965年的当代文学）的联系，深表痛心，发出了"救救孩子"的呐喊，这创作心理的积淀，也包括着我与二哥在那昏暗岁月昏暗空间里，对外国电影、中国早期电影、中国1949年以后电影的不能全盘舍弃的情愫。

改革开放以后，先是录像带，后来是光盘，大大丰富了人们的观影视野。二哥因药品出口到美国出差，他不仅胜任专业英语，更能用英语与美方人士聊电影，他对好莱坞从早期到"二战"后影片、导演、影星的熟悉，令美方人士大为惊叹："你比我们一般美国人知道得还多！"十年前，在中国还买不到格里菲斯的《一个国家的诞生》《党同伐异》的光盘，在美国，那样的无声片光盘也绝非到处可得，他却踏破铁鞋地寻觅，后来终于得到，回到杉板桥家中，放映来看，觉得是人生之大乐。上世纪八十年代，所里新盖出宿舍，二哥家从马路这边，迁到马路那边，仍是杉板桥，楼区大多了，也有了绿地、彩亭，分到的单元也大了，到九十年代，所里又盖出高资楼，二哥二嫂均为所里资深专家，分到了更好的单元，又迁居一次，这次的单元有两个卫生间，起居室连餐厅有四十平方米，二哥先是置备了最大尺寸的背投式彩电，最近又置换成最大尺寸的液晶彩电，主要不是用来看电视节目，而是用来放映电影光盘。2012年美国奥斯卡的获奖片里，《艺术家》是向无声片致敬的，《雨果》实际上是法国电影艺术开拓者梅里爱的传记片，二哥看完跟我煲电话粥，聊卢米埃尔兄弟发明电影后最早的《火车进站》《园丁浇水》，到梅里爱固定机位拍摄的《月界旅行》，到爱森斯坦娴熟运用蒙太奇的《战舰波将金号》，到杜甫仁科的诗化电影《海之歌》……一直讨论到科波拉如何从"暴力美学"转型到《雨果》的"童心叙事"。我告诉他手头有《早安，巴比伦》的光碟，是从侧面表现格里菲斯拍摄《党同伐异》的艺术片，成都恐怕难找到，会给他寄去，他高兴地期待着。

成都杉板桥啊，那里有二哥一家，有维系我们家族天伦之乐的关键所在。我珍惜杉板桥。于是乎，仿佛又有一种特殊的气息袭来，啊，那是二哥二嫂在联袂为到达的亲人制作臊子面！小哥在世时，去他们那儿散心，留饭时做过，我去探望，他们做过，阿姐去，他们做过，表妹们去，也做过……那臊子的制作，用成都话说，十分"婆烦"，买来上好的猪肉馅，要不惮烦地再用刀来回地剁，剁得碎碎的，剁好了，再用植物油炒，需掌握好火候，千万不能煳锅，然后适时地将已剁得极碎的笋尖丁、木耳、香菇、虾米、大头菜、葱花、火腿丁等，拌好了，倒进去，略加翻炒，果断起锅。这样制作出的臊子，拌在面里，可以想象，会形成怎样的美味！手足情，天伦乐，尽在杉板桥二哥家的臊子面的香气中，教我如何不想他！

2012年5月13日 北京绿叶居

远去的风琴声

1950年冬，我随父母从四川迁来北京，插班上学成为一个问题，住家附近的公立学校插不进去，只好先上私立小学，先上的那所私立小学就在我们住的胡同里，但是它因陋就简，竟然连风琴也没有。我上学的事情由母亲操办，她经过一番努力，终于把我送进了公立的隆福寺小学，那小学离我家稍远，母亲带我去报到那天，刚进校门，就听见音乐教室里传出风琴的声音，母亲颔首微笑，她认为风琴伴着童声齐唱的地方，才是正经的小学校。

这里所说的风琴，不是手风琴、口琴，当然更不是管风琴，而是指那种立式的踩踏板用手指按琴键发出音响的管簧乐器，它外形跟钢琴很相似，但钢琴是键盘乐器，虽然也有小踏板，弹奏时是要用手指敲击琴键，发声原理不同，乐感也不同。

那时候学生还不称教课的为老师，而是称先生。有天放学我就随口说起："'小嘴先生'教我们唱《二月里来》啦！"我觉得那首歌很好听："二月里来好风光，家家户户种田忙，只盼着今年收成好，多打些五谷交公粮……"我在城市里长大，想象不出"种田忙"是什么景象，更不懂什么是"交公粮"，正想跟妈妈问个明白，妈妈却先批评我："不许给先生取外号！"我就辩解："又不是我给取的！同学们背地里都这么叫她，她嘴巴就是特别小嘛！"妈妈说："我记得她姓因，你就该当面背地都叫她因先生！"

我就笑了："咦吔！妈妈，你也咬不准人家那个姓啊！她姓英，不姓因！"我们四川人，分不清韵母in和ing，一般都只发in的音，另外，也分不清声母l和n，一般只发l的音。母亲虽然早年曾在北京生活过，但毕竟母语是四川话，我们全家到北京以后在家里也是讲四川话，这就使得我们的普通话虽然都讲得不错，但一遇到有这两个韵母和声母的字眼，还是难免露怯。

"小嘴先生"，现在回忆起来，是一个美丽的女子，她的嘴，是名副其实的樱桃小口，有趣的是她偏会唱歌，唱的时候小嘴张得圆圆的，声音非常嘹亮。她总是踏着踏板按着风琴教我们唱歌，时时扭过头来望望我们，这时我就特别注意到，她那张小嘴真的很厉害，发出的声音往往会压倒全班同学的合唱。

她有时候会让某个学生站起来独唱，不一定是把整首歌唱全，多半会让你唱几个音节，通过纠正你的唱法，来教会大家把歌唱好。上到六年级的时候，有次她就点我的名，让我唱《快乐的节日》。那首歌第一句是"小鸟在前面带路，风啊吹着我们"。我站起来，闭紧嘴，就是不唱。"小嘴先生"就问："你为什么不唱啊？"我说："要唱我就唱《我们的田野》。""小嘴先生"更惊讶："那又为什么呢？"有个同学就故意学舌："小了在前面带路！"他就知道我发不好"鸟"的音。"小嘴先生"明白了，微笑地看着我，对我说："不要慌。不要怕。要敢张口。要敢咬字。对了，老早我就教过你，叫我英先生，不要叫我因先生，跟着我说：（她吐字用力而且很慢）因为，英雄，印刷，影子……这次，再跟我说：小鸟，了解，列宁，树林……"我心里抗拒，咬嘴唇，一些同学看"小嘴先生"很尴尬，忍不住笑了，"小嘴先生"却一点不生我的气，对我说："好的，刘心武同学，欢迎你唱《我们的田野》！"《我们的田野》那首歌的歌词："我们的田野，美丽的田野，碧绿的河水,流过无边的稻田,无边的稻田,好像起伏的海面……"直到后面才有一句里出现"雄鹰",绝少in、ing和l、n的困扰,我就唱得格外舒畅,唱到第三句后,"小嘴老师"就去按风琴伴奏,后来又示意同学们一起合唱,唱完了,她对大家说:"今天刘心武唱得真好,我们都为他鼓掌吧!"同学们就鼓起掌来,有几个男生还故意在大家的掌声结束后,再拍响几声。《我们的田野》成为那时段我最喜欢的歌曲。

1984年,那时我已经成为一个作家,应邀到联邦德国(西德)访问,我带去了根据自己同名小说改编拍摄的电影《如意》的录影带,我所参加的那个活动允许我另带一部中国电影放映给大家看,我毫不犹豫地从电影局借出了谢飞导演的《我们的田野》,那是部表现中国"知青"命运的电影,以我们童年时代熟悉的歌曲《我们的田野》的旋律贯穿始终。我所带去的两部电影录影带投影放映时,观众不多,但映后反响都不俗。就在放映《我们的田野》过程里,我忽然忆起了忘记很久的"小嘴先生",耳边响起她循循善诱的声音——"跟着我说:因为,英雄,印刷,影子……再跟我说:小鸟,了解,列宁,树林……"在异国他乡,那幻听勾起我浓酽的乡愁。

直到上世纪八十年代,小学校象征之一,仍是风琴伴奏下童声齐唱的音韵。1985年我回四川,在一个翠竹掩映的山村留宿了一夜,那个村落在丘陵最高处,村屋大多以石头作础、竹墙糊泥刷粉、茅草作顶,室内就是泥土地面,床边桌下会拱出竹笋,看上去很美,但城里人多住几日就会感到不舒服。我是借住在乡村小学的那排房子里,跟一位什么都教的山村教师同室而眠。那一夜我睡不踏实,是因为不适应,他却为什么也辗转反侧、失眠许久呢?原来,第二天,会有一架风琴运到学校来,而他,兴奋之余,却又惶恐,因为他一直都是吹口琴教学生唱歌,并不会按风琴,他曾来回走一百多里去县城,在那儿的新华书店里,买到一本教授风琴演奏法的书,书已经几乎被他翻烂,但毕竟还要在实物上实践,才能真的演奏成功啊!那天午前,山下一阵"嘿咗嘿咗"的号子声,我停下水彩写生,忙去观察,只见那老师和队里的几位壮汉,正把用麻袋片裹妥的一架风琴,顺着弯成几折的石梯坎,往上面小学校抬来,那矮黑精壮的老师,满头满身全被汗水打湿,但是一双眼睛里,抑制不住快乐的光芒。不仅是孩子,凡当时在村里的男女,全都迎上去,那架风琴的到来,形成了山村的一次节日!第二天早晨,我随小学校师生,以及围观的村民,在那老师的风琴奏起的国歌旋律中,看学生干部将一面国旗,升起在毛竹制成的旗杆上,那老师的演奏还不怎么达标,但其声响却十分庄严。下午我离开的时候,教室里传来老师按着风琴带领学生齐唱《大海啊故乡》,节奏不那么准确,每一句师生耐心地唱过重来,当我走出很远,还能听见他们那质朴的歌声。

1987年,那时候还没有出道的杨阳来找我,说要把我的一个短篇小说《非重点》改编拍摄成电视剧。那年头,单本电视剧是常规的存在,像我的长篇小说《钟鼓楼》改编拍摄成八集的连续剧,就认为是很长的篇幅了。《非重点》的故事讲的是一位家长千辛万苦把自己的儿子转到了重点学校,结果却发现那非重点学校的班主任老师非常优秀,儿子跟那老师难舍难分令他惊诧之余内心震动。杨阳那时候在我眼中还是个小姑娘,她的处女作杀青以后请领导审查,坐在后排的她不禁有些紧张,她后来告诉我,当播放到四分之三时,她发现审查者摘下眼镜,掏出手帕揩眼角,于是她心里一块石头落了地。那以后杨阳的作品接踵推出,斩获许多奖项,现在已经是资深的影视名导了。上个月我们约着见面,聊起来，我就说现在还记得她在那剧里有一段，是老师踏着风琴引领孩子们唱歌，她说正是在那个节点上，当年的审片者眼睛潮湿，她是刻意用风琴伴奏的稚气童声来烘托师德之美。但是杨阳告诉我，现在如果剧里要出现那样的风琴，得让剧务去找专门的道具公司租借了，那种公司出租几乎一切当下已经淘汰掉的旧日物品，包括第一代电视机，第一批被称作"大哥大"的手机，第一拨台式电脑，等等。是呀，现在小学校的音乐教室里，钢琴已经取代风琴多年了。

我从2005年到2010年，应邀到央视《百家讲坛》录制播出了《刘心武揭秘〈红楼梦〉》系列讲座共61集，到现在其视频和音频不仅可以方便地从电脑上获得，也可以通过手机收看收听，影响还是蛮大的，坦率地说，还是挺有成就感的。但是，就在前些天，我在微博上看到这样一条反映："听刘老说，绛珠仙草追随神瑛侍者下凡，只修得一个驴体，哇塞，吓了我一跳！"想说的是"女体"却让人听成"驴体"，什么发音啊，见此条微博立即脸热。其实我在讲座里，in、ing不分，l、n不分的地方还有不少，但以此处的错音最为搞笑！蓦地就忆起了英先生，她当年是何等苦口婆心地教诲我啊，我现在能以"毕竟乡音最难改"为自己辩护吗？英先生如果健在，该往百岁去了，岁月会流逝，生命会衰老，立式风琴会式微，远去的风琴声难以复制，但那以真善美熏陶人心灵的师德，却是永恒的光亮。

2015年教师节前 绿叶居

跟陌生人说话

父亲总是嘱咐子女们不要跟陌生人说话，尤其是在大街、火车等公共场所，这条嘱咐在他常常重复的诸如还有千万不要把头和手伸出车窗外面等训诫里，一直高居首位。母亲就像安徒生童话《老头子做事总是对的》里面的老太太，对父亲给予子女们的嘱咐总是随声附和。但是母亲在不要跟陌生人说话这一条上却并不能率先履行，而且，恰恰相反，她在某些公共场合，尤其是在火车上，最喜欢跟陌生人说话。

有回我和父母亲同乘火车回四川老家探亲，去的一路上，同一个卧铺间里的一位陌生妇女问了母亲一句什么，母亲就热情地答复起来，结果引出了更多的询问，她也就更热情地絮絮作答，父亲望望她，又望望我，表情很尴尬，没听多久就走到车厢衔接处抽烟去了。我听母亲把有几个子女都怎么个情况，包括我在什么学校上学什么的都说给人家听，急得直用脚尖轻轻踢母亲的鞋帮，母亲却浑然不觉，乐乐呵呵一路跟人家聊下去；她也回问那妇女，那妇女跟她一个脾性，也絮絮作答，两人说到共鸣处，你叹息我摇头，或我抿嘴笑你拍膝盖。探亲回来的路上也如是，母亲跟两个刚从医学院毕业分配到北京去的女青年言谈极欢，虽说医学院的毕业生品质可靠，你也犯不上连我们家窗外有几棵什么树也形容给人家听呀。

母亲的嘴不设防。后来我细想过,也许是,像我们这种家庭,上不去够天,下未堕进坑里,无饥寒之虞,亦无暴发之欲,母亲觉得自家无碍于人,而人亦不至于要特意碍我,所以心态十分松弛,总以善意揣测别人,对哪怕是旅途中的陌生人,也总报以一万分的善意。

有年冬天,我和母亲从北京坐火车往张家口。那时我已经工作,自己觉得成熟多了。坐的是硬座,座位没满,但车厢里充满人身上散发出的秽气。有两个年轻人坐到我们对面,脸相很凶,身上的棉衣破洞里露出些灰色的絮丝。母亲竟去跟对面的那个小伙子攀谈,问他手上的冻疮怎么也不想办法治治?又说每天该拿温水浸它半个钟头,然后上药;那小伙子冷冷地说:"没钱买药。"还跟旁边的另一个小伙子对了对眼。我觉得不妙,忙用脚尖碰母亲的鞋帮。母亲却照例不理会我的提醒,而是从自己随身的提包里,摸出一盒如意膏,那盒子比火柴盒大,是三角形的,不过每个角都做成圆的,肉色,打开盖子,里面的药膏也是肉色的,发散出一股浓烈的中药气味;她就用手指剜出一些,给那小伙子放在座位当中那张小桌上的手,在有冻疮的地方抹那药膏。那小伙子先是要把手缩回去,但母亲的慈祥与固执,使他乖乖地承受了那药膏,一只手抹完了,又抹了另一只;另外那个青年后来也被母亲劝说得抹了药。母亲一边给他们抹药,一边絮絮地跟他们说话,大意是这如意膏如今药厂不再生产了,这是家里最后一盒了,这药不但能外敷,感冒了,实在找不到药吃,挑一点用开水冲了喝,也能顶事;又笑说自己实在是落后了,只认这样的老药,如今新药品种很多,更科学更可靠,可惜难得熟悉了……末了,她竟把那盒如意膏送给了对面的小伙子,嘱咐他要天天给冻疮抹,说是别小看了冻疮,不及时治好抓破感染了会得上大病症。她还想跟那两个小伙子聊些别的,那两人却不怎么领情,含混地道了谢,似乎是去上厕所,一去不返。火车到了张家口站,下车时,站台上有些个骚动,只见警察押着几个抢劫犯往站外去。我眼尖,认出里面有原来坐在我们对面的那两个小伙子。又听有人议论说,他们这个团伙原是要在3号车厢动手,什么都计划好了的,不知为什么后来跑到7号车厢去了,结果败露被逮⋯⋯我和母亲乘坐的恰是3号车厢。母亲问我那边乱哄哄怎么回事?我说咱们管不了那么多,我扶您慢慢出站吧,火车晚点一个钟头,父亲在外头一定等急了。

母亲晚年,一度从二哥家到我家来住。她虽然体胖,却每天都能上下五层楼,到附近街上活动。她那跟陌生人说话的旧习不改。街角有个从工厂退休后摆摊修鞋的师傅,她也不修鞋,走去跟人家说话,那师傅就一定请她坐到小凳上聊,结果从那师傅摊上的一个古旧的顶针,俩人越聊越近;原来,那清末的大铜顶针是那师傅的姥姥传给他母亲的,而我姥姥恰也传给了我母亲一个类似的顶针;聊到最后的结果,是那丧母的师傅认了我母亲为干妈,而我母亲也就把他带到我家,俨然亲子相待,邻居们惊讶不已,我和爱人孩子开始也觉得母亲多事,但跟那位干老哥相处久了,体味到了一派人间淳朴的真情,也就都感谢母亲给我们的生活增添了丰盈的乐趣。

母亲八十四岁谢世,算得高寿了。不仅是父亲,许多有社会经验的人谆谆告诫——不要跟陌生人说话,实在是不仅在理论上颠扑不破,因不慎与陌生人主动说了话或被陌生人引逗得有所交谈,从而引发出麻烦、纠缠、纠纷、骚扰乃至于悲剧、惨剧、闹剧、怪剧的实际例证,太多太多。但母亲八十四年的人生经历里,竟没有出现过一例因与陌生人说话而遭致的损失,这是上帝对她的厚爱，还是证明着即使是凶恶的陌生人，遭逢到我母亲那样的说话者，其人性中哪怕还有萤火般的善，也会被扇亮？

父母都去世多年了。母亲与陌生人说话的种种情景，时时浮现在心中，浸润出丝丝缕缕的温馨；但我在社会上为人处事，却仍恪守着父亲那不要跟陌生人说话的遗训，即使迫不得已与陌生人有所交谈，也一定尽量惜语如金，礼数必周而戒心必张。

前两天在地铁通道里，听到男女声二重唱的悠扬歌声，唱的是一首我青年时代最爱哼吟的《深深的海洋》：

深深的海洋，
你为何不平静？
不平静就像我爱人，
那一颗动摇的心……

歌声迅速在我心里结出一张蛛网，把我平时隐藏在心底的忧郁像小虫般捕粘在了上面，瑟瑟抖动。走近歌唱者，发现是一对中年盲人。那男士手里，捧着一只大搪瓷缸，不断有过路的人往里面投钱。我在离他们很近的地方站住，想等他们唱完最后一句再给他们投钱。他们唱完，我向前移了一步，这时那男士仿佛把我看得一清二楚，对我说："先生，跟我们说句话吧。我们需要有人说话，比钱更需要啊！"那女士也应声说："先生，随便跟我们说句什么吧！"

我举钱的手僵在那里再不能动。心里涌出层层温热的波浪，每个浪尖上仿佛都是母亲慈蔼的面容……母亲的血脉跳动在我喉咙里，我意识到，生命中一个超越功利防守的甜蜜瞬间已经来临……

王府喉撢

我一度跟王爷过从甚密，不过，可不能说我们"相见恨晚"，他原来哪有认识我的想法，我更没结识他的欲望，但外在的某种社会原因，使我们两个人竟时不时地凑到了一起，对酌闲聊一番。

那时我们同住一条胡同，各在一所杂院里，住着一间狭窄的东房。王爷告诉我，这些相连属的杂院，几十年前，都是他们王府的组成部分，当然，又都不是主要的部分。是些"下房"，还有马圈什么的。我说的这位王爷，是真王爷。虽说1912年清王朝就倒台了，但他们那个王府，一直苟存到二十年代末，才终于破产瓦解。他生于1905年，他父亲，老王爷，死于1925年，那时他已经二十岁，因是长子，名正言顺地袭了王爵。据说他父亲死前，还想办法从住在天津张园的溥仪那里，为他取来过有关的御旨诏书。

我比王爷晚生了三十七年，我们俩相聚时，我二十八岁，他六十五岁，算是忘年交吧。我们的共同语言，是侃《红楼梦》。侃"红"的重点，则是其中的饮食描写。我们都看不起高鹗，原因是，高续第八十七回，写林黛玉吃饭，开列出的食品，竟是火肉白菜汤、虾米、青笋、紫菜、江米粥、五香大头菜——可见高鹗根本不懂得当年贵族之家在吃上的讲究。至于前八十回曹雪芹的饮食描写，王爷也并不觉得多么见多识广。比如对茄鲞的描述，我觉得真是匪夷所思，工序竟如此地复杂。王爷冷笑着说，那还远不是什么费工的菜肴。他告诉我，当年他们王府有一道荷花莲蓬鸡，是按宫里的做法，需要三十九道工序！

我和王爷大侃食经之时，那是连猪肉、食用油也要凭票供应的，加上我们的收入都很低——他比我更低，靠每天打扫胡同，每月拿二十几块钱的"清洁费"过活——都不可能上饭馆去，生动地描述着当年所享用过的美味佳肴，也算是画饼充饥，聊胜于无了。

有一回，我又逃避社会上如火如荼的"运动"，悄悄跑到他那小屋去"逍遥"，他高兴地跟我说，搞到了些个榛子，制成了一点酱，豁出去用足了油，还有肉末什么的，炒了一碗榛子酱，让我跟他一起，用那炒榛子酱下饭吃。我开头纳闷，这样的酱，拌面条，抹馒头窝头，岂不是更般配吗？为什么偏要拌饭？他给我解释说，他少年时代，"还没学坏时"，在王府吃家常饭，最喜欢这种吃法。我一试，炒榛子酱拌糙米热饭，就一杯最便宜的茶叶末沏的粗茶，那滋味真是妙不可言，竟一连吃了他两碗！

又一回，我问他：你"还没学坏时"，最爱吃炒榛子酱拌饭，那你"学坏"时，又爱吃些什么呢？他连连叹息说，那真是造孽——时不时地，或在大饭庄子里，或爽性把厨师们请到王府里，搞满汉全席！他说，满汉全席共有一百三十四道热菜，四十八道各色冷荤、点心、水果，要用三天时间，分六次，才能吃完！我听了目瞪口呆，说：呀，那怎么消化得了啊！恐怕每天吃了头一顿，就再吃不下第二顿了！他说：那是，不过，当时有办法。我问他有什么办法？他良久不言语，后来，他跟我说，知道我不会去揭发他"怀恋腐朽的剥削阶级生活"，他可以给我看一样东西——那是他当王爷时所遗留下的唯一的东西，"红卫兵"抄家时也没抄走，因为如果他不说明，谁也不会注意那东西……他从铺板下一个装衣物的大纸匣子里，掏出一样东西递给我。开头我以为是踢着玩的鸡毛毽，后来在他解释下仔细一看，是个可以伸进喉咙里的小鸡毛掸子，那鸡毛已然乌糟霉变……啊，原来，那时他们一班王公贵族，吃满汉全席时，为了吃了还能再吃，不停地吃，常常地，用这个喉掸，伸进喉咙里去催呕，以便腾空胃袋……

我心中作呕，忙把那王府喉掸掷还给王爷，没想到这时他叹了口气，说了句掷地有声的话："光冲这玩意儿，也不能不革命啊！"

2005 年

炸酱面

人饿极了,脑子里就要浮现出最想吃的东西来。我问过一位老同志,他在"文化大革命"中,屈蹲了七年的大狱。他让我猜他饿极了或勉强咽着极糟糕的食物时,脑子里热腾腾香喷喷地浮现着的食物是哪样。我起头净往山珍海味上猜,因为这位老同志,本是搞外事工作的,想必灯红酒绿的宴席上的佳肴,最能勾起铁窗中的他的浓酽的回味。他坚决地否认了。看我总猜不着,他便提醒我说:就是北京人平日常吃的好东西。我便猜烤鸭子、涮羊肉,他还是摇头。后来他告诉了我谜底:炸酱面。

去年秋冬在美国访问,时间过了一个月以后,就开始想家。家是最具体的东西。具体到厨房里油锅热了,妻子把生菜倒进锅里,所发出的那么一种特有的难以形容的声音,然后还有锅铲碰撞锅底敲击锅帮的声音。吃了美国朋友破费招待的英式煎牛排、法式烤龙虾、德式烩羊腿,以及许多中餐馆的各式风味菜,自己一路上也掏腰包吃了无数"麦当劳"及其他快餐连锁店的汉堡包、三明治、意大利披萨、墨西哥煎饼、日本寿司、印度尼西亚抓饭,胃口总算不错,也时时发出"值得一品"的感慨。但越到后来,心里头就越想家里的饭,脑子里不禁活脱脱地浮现出最怀念最向往的食物,哪一样?说来莫怪——恰恰也是炸酱面。

我本是四川人,但八岁就来北京定居,三十多年过去,我在生活习惯上已大体上北京化了。烤鸭子和涮羊肉固然是北京的代表性美食，一年中吃的次数不算太少，但毕竟不是日常的食物。像豆汁、炒肝、炸糕、切糕、艾窝窝、驴打滚、豌豆黄、芸豆卷……更只是偶一享之的小吃，不可能正经当顿儿的。日常如同汽车进了加油站，郑重其事地补充能源，大口大口吞食的，往往还是炸酱面。

仔细想来，在美的事物中，给予人最持久的享受的，还是常态的美。炸酱面于我便饱蕴着生活的常态之美。人在沙漠中渴望生命之绿，头脑中未必浮现出风景名胜地的修林茂竹，倒很可能油然地显现着家乡最平凡然而也最生动的一角绿野。我在纽约夜里独宿思念北京时，头脑中似乎并没有凸现出天安门城楼或万寿山的佛香阁，倒是我度过童年时代的那条灰色的胡同，以及胡同中那株皮瘤累累、绿冠摇曳的老槐树，在我脑海中沁出一派温馨。

在旧金山的唐人街，也曾巴巴地寻到一家卖炸酱面的中国餐馆，搓着手咂着舌要了一碗炸酱面。但端来以后，看不中看，吃不中吃，总觉得是赝品。的确，炸酱面这类家常便饭，必得由家里做、在家里吃，才口里口外都对味儿。所以炸酱面里实际上又凝聚着一种家庭之美，亲情之美。

就我所知，许许多多的北京人家庭，一年四季里的家庭快餐，主要便是炸酱面。炸酱是一次炸一大碗，乃至一大钵。一般用黄酱炸，也有用甜面酱炸的。汉民炸酱里一般都放肉丁。炸酱里不兴放净瘦肉肉丁的，那样炸出来拌进面里反不好吃，一般是肥瘦兼有，炸酱放凉了后上头可以汪着一层油。回民及一些怕荤腥的汉民则时兴往炸酱里搁鸡蛋或虾皮，油不那么重，炸酱放凉了不汪油，看去很像美国人爱吃的巧克力酱。炸酱面的面条最好是和面来自己押，或擀成薄饼状再切成一条条的，当然现在双职工居多,难得自己弄。一般都是在粮店买现成的切面,实在没有切面,则挂面、方便面,也都可以拌炸酱吃。只要面煮得热腾腾的,炸酱就是凉的也无碍。当然讲究一点的,还是顿顿都把炸酱熥一下再吃。吃炸酱面时一般都要准备足够的菜码,夏天黄瓜小萝卜最佳,洗干净了不切,攥在手上边吃面边啃几口,那知足劲儿就别提了。冬天则用大白菜、菠菜、胡萝卜切成碎块长丝用水焯了,配着吃。多半还会剥几瓣白亮亮肥嘟嘟的大蒜,花插着吃。唉,炸酱面哟,时下的北京城——也许还不仅仅是北京城,恐怕还有许许多多北方的城市乡镇,普通的家庭,普通的双职工,普通的百姓,主要靠你提供日常的热力和动能,在各自的位置上活跃,编织、推进着被我们以激动人心的字眼命名的民族大业。作为一种民族文化,一种社会生态景观,你会长存吗?

炸酱面的主要成分还是淀粉。据说以淀粉为主的饮食结构是一种落后的结构。不过我们这么一个人口数目庞大的民族,恐怕不可能在短时间内改变为以精肉蛋乳和菜蔬水果为主的那么一种饮食结构。所以炸酱面至少于我辈除了实用价值外,也还具有某种暂难消弭的审美价值。我不禁想起1966年9月底的一件事。那正是"文化大革命"初期,最疯狂的"红八月"旋风刚刚卷过不久,我和当时任教的那所中学的一批教师被"红卫兵"遣送到北京远郊一个偏僻的山村进行劳动改造,遣送我们的"红卫兵"不久就陆续回城继续他们的"造反"去了,山村淳朴的农民们得以公开地善待我们。有个贫农小伙子,叫张连芳,同我处得很好。他父亲是个老贫农,身体很衰弱,老伴早已去世,又无别的子女,同张连芳相依为命,连芳每日下地干活挣工分,他就管在家做饭。有天傍晚,张连芳把我叫到僻静处,跟我说:"过两天该国庆节了。俺跟队上说了,跟你们的头儿也说了,节里让你到俺家吃。

你那点问题算不上反革命,俺爹跟俺不怕。"我感动得本已浑身微微颤抖,忽然又听他凑近我耳朵说:"俺爹给俺俩做好吃的哩。你知道吃啥吗?吃面条儿哩,吃炸酱面哩。你吃过面条儿吗?吃过炸酱面吗?"他那最后两句落进我耳朵里时,我灵魂感动得犹如飓风扫过大海,我紧紧攥住他粗大皲裂的手,抬眼一望,他脸儿红红的,放着光!鼻子一酸,我扑簌扑簌落下了泪。

那时候张连芳他们那个山村,是贫穷而闭塞的。主食主要是玉米和白薯,小麦极其珍贵。张连芳已经十八岁了,还没有上过密云县城。在他来说,吃白面条儿,拌炸酱吃,是天大的乐事,而他竟愿意同我分享!如今回忆起那一餐炸酱面来,再联想起这些年所经历的种种浮沉,人生百味一齐扑上我的心头!

那从地理距离上算去并不遥远,而从平均生活水平算去曾相距甚远的密云县小山村,如今该是怎样的面貌呢?张连芳想必早已娶妻生子,他的父亲,那憨厚慈祥地给我做炸酱面吃的老人,该还健在吧?在他家的餐桌上,炸酱面该不再是珍奇的食品;他还记得我吗?记得我那从灵魂里流出的泪珠,滴落在他那皲裂的手掌上的感觉吗?

今晚又吃炸酱面。这些年来吃过的炸酱面,陆续化为了脑的腿的手的力,化为了一些文字。今晚所写下的这些,该也对得起今晚的一大碗炸酱面吧?

1988 年 1 月 31 日夜

不是妄想

我是写小说的。倘若我在这里絮絮叨叨地讲述音乐、美术、绘画、戏剧等其他的艺术门类与小说创作有着多么紧要的关联，读者必不耐烦。那道理还用得着细说吗？

我本是想当个画家的。五六岁的时候，我家来了客人，妈妈常对我说："乖，画张画儿送给伯伯（或叔叔、舅舅、爷爷、姑姑、姨姨、姐姐……）吧！"我便铺开一张纸，用彩色铅笔认认真真地绘制起来，临到客人走时，我便上前，郑重地献上那画儿，那气概，那心情，怕跟毕加索赠画也相差无几。但有一次我就从窗里看见，一位客人走到街上以后，漫不经心地将我的馈赠团成了一团，轻轻地一丢，那揉成团儿的作品便滚落到阴沟边了。这使我小小的心灵，得到了人生的第一次教训。原来得到别人承认，竟是非常之难的。

我放弃了当画家的想法。但我想画出真正的好画儿。这是妄想吗？

除了"文革"那十年，我始终没有放弃画画。有时画得少，几个月才画一幅，有时兴致勃发，不能抑制，一日画出数幅。我画画主要是自遣，但也并不羞于见人。去冬我在北京人民艺术剧院，找我的好朋友高行健玩。他住在后台的一间斗室里，推开门，满壁用图钉钉着他那个月里陆续画出的水墨抽象画，我在鉴赏赞叹之余，不免手痒，于是我说："今天不聊天，咱俩且画画儿吧！"竟在那里你一张我一张画了起来，我见他只醉心于水墨的濡染，为同他区别开来，便找出国画颜料，调出一堆中间色，随自己的情绪涨落在宣纸上舞起笔来，构成的图幅虽是抽象意味的，只有色块、线条和水渍，但我不像高行健那般只给个编号，而是加以标题，其中一幅题为《给高行健打电话》，后来我们钉于壁上，望了半天。我发现行健那时并未治印，便让他去找干肥皂，他从导演林兆华那里找来了一块，我用小铁刀切成大小不等的几块，并用铁钉"篆刻"起来，最后为我与他各镌印章三枚，计阳文各一，阴文各一，葫芦形闲章各一，镌毕，找来印泥，一张张将印盖到适宜之处，事毕，两人虽额挂汗帘，但相视而笑，美在心中。上个月，高行健趁其新作《野人》在京首演之机，于人艺三楼举办了一次画展（与尹光中面塑展同时举行），中外观众不少，国际电影大师伊文斯及其夫人罗丽丹亦莅临参观，给予好评，我在贺行健进入画家行列之余，也有了更浓的作画兴致。最近我迁入的新居中，自己总算有了一间小小的书房，我已设了常备画架，并购齐了油画用具，打算在今年内，再画画油画。

　　我在作画方面的妄想，早已暴露于人，同行好友有时免不了泼我几瓢冷水。邓友梅是我邻居，目前虽已到中国作协"入阁"，公务缠身，有时倒也不弃，还来我处小坐，我把一幅记录去冬到联邦德国访问印象的干棒油画出示给他，他便兜头给了瓢冷水说："画得如此之满！你该晓得以一当十，计白当黑，方是作画之正理！"他的批评甚是，但朋友的这些冷水，只能将我的画兴泼得更旺，将他送走时，我的告别语是："过几天画一幅'不满'的，请你来看！"

　　其实我还有另一向往，便是登台演出。坦白出这一点，也许会让一些人莫名惊诧。我之身材仪容之不够演员标准，自不必说，我的性格，一般都认为是内向的，见到生人，尚且不免手脚不知搁处，登到台上，面对百千观众，该不成了泥胎木雕？但我偏有一种被压抑着的演剧欲，时时想见缝钻出。说来可怜，回顾以往，只在高中毕业前夕，曾在班级联欢时，同另一同学合演过一出小小的讽刺喜剧，剧情是讽刺"美国生活方式"的，剧本好像是从《人民文学》上找来的，我兼导演，排练了好多天，演出时只用了十多分钟，地点是教室，观众是全班同学，大概也有班主任老师，效果如何呢？记得演毕后也有例行的鼓掌，但演出当中，同学们都在嗑瓜子聊天，真正欣赏我的表演才能的，大概一个没有。后来虽然再无机会登台，但也常常胡思乱想，如"倘若我演哈姆雷特，那有名的台词：'活着，还是死去，这是一个问题……'我该如何处理呢？"现在把这个写在这里，读者读了，会怎样想？但我并不脸红。我相信许许多多的读者，尽管由于种种限制，也不曾在艺术上有所表现，有所成就，但内心深处，原是有着种种"胡思乱想"，想借某些艺术形式，一泄自己的情绪和向往的，因此，我们的心，应是相通的。我们生在世上，原不仅有审美的权利，也有创美的权利啊！

　　时下音响设备几乎家家都有，只不过水平不同。"穷"的，大概是两个喇叭的收录机；"阔"的，则至少是双卡的音响组合。录音带满天飞。玩旧式唱机的不多了，弄外国那种新式激光唱片的，不久大概会陆续增加，我们生活中的音乐确实是多起来了。但我总是有点怅怅然。为什么？我觉得现在人们自己放喉唱的时候似乎少了。其实音乐这个东西，光听，还不足以发泄自己的满腔的情感，必得自己弹唱，方能一抒胸臆。我小的时候，我们一群红领巾，便常常放喉高唱，回到家中，一边准备做功课，或一边收拾书包,也就一边唱了起来:"我们的田野,美丽的田野……"或"小鸟在前面带路,风儿吹着我们……"稍大些,上到高中了,也常常唱几句《伏尔加船夫曲》,或《夜半歌声》中的"追兵来了,可奈何?……"人们听到邻居、路人在那里唱歌,不但不觉得怪异,反觉得周围的生活中,平添了几分生气;最难忘的是傍晚时分,散步到湖边林中,听到一群大姑娘小伙子在看不见的地方齐声唱着一支情歌曲,那时真觉得人在美中行,心也愿意求真、为善了。"文革"中的高音喇叭,以强迫性的"学唱样板戏",败坏了人们的乐思歌喉,从此,生活中的自我吟唱大大减少。如今是到处有录音机播放的乐声,而人们的自然的随口歌唱,尚未恢复到往昔那种水平,你说我怎不怅然?如今我也有录音机,也有录音带,并打算更新设备,弄一套组合式高级音响设备,但冷静一想,我心中的音乐何在?我的喉咙,何以久不歌唱?难道让自己心中的歌从自己的喉中飞出,不比什么高级组合音响设备更值得追求吗?上个月,在一次朋友聚会的时候,我们决定关闭录音机不听,而大家来自由歌唱,我几经犹豫,终于当众唱了一曲《在那遥远的地方》,一曲终了,大家感动,我也几乎热泪盈眶,因为我们都感觉仿佛捡拾回了一些什么宝贵的东西……

这确确实实不是妄想:从本性上,每一个人都是艺术家,都有从事艺术创造的权利,都能从中使自己和别人得到快乐。

1985年春写于北京劲松

免费午餐

"世上没有免费的午餐",这是流传到我们这边的一句西谚。如今在外企当白领的,往往中午会有似乎免费的盒饭,其实那份开支,是打在了雇佣成本里的,道是免费实不然。午餐无免费,晚餐亦然。总之,这句话道出了一个冷森森的商品社会的"游戏规则"。这句话实在是"一句顶一万句",因为诸如"买一送一""跳楼价、吐血价大甩卖""先入住后付款""两年后退回全部货款""开业让利大酬宾、大派送""只收成本费,邮购从速,以免向隅"等等,等等,透过那动人的字面与魅惑的行为模式,其内在的实质,都是并无"免费午餐"可言——即使那种广告方式与促销手段尚属正当的商业竞争。

不过,在人际交往中,有时却也真会被邀进免费的饭局。父亲在世时,曾向我讲述过他年轻时所获得过的一次免费午餐。那是本世纪二十年代初,父亲才十七八岁,因为祖父远行,而后祖母对他极为克啬,所以他离开了家庭,一个人在社会上闯荡;那时他的维生手段之一,是代人投考名牌大学,他也实在是有应考的才能与气数,竟每回都能高中;但是他从那些私雇他冒考的少爷手里,每回也得不到几个钱,用不上多久便又一筹莫展。父亲本人何尝不想进入名牌大学,但纵使他让自己考取了头一名,也没钱缴纳学费;就算学校爱才如渴,准许他减免学费,他也无法应付食宿等方面的开支；而勤工俭学，路子也不是那么好找；唯一的办法，便是设法贷到一笔款，毕业后尽早归还。谁能贷给他款呢？想来想去，有这种实力并可能情愿的，应在祖父所交往的伯叔辈中。父亲在那一年的夏天为自己去应考，以优异成绩被协和医学院放榜录取，这令他万分兴奋，当一名救死扶伤的医生既是祖父对他的期望也是他自己的夙愿，于是筹措入学读书的费用便成了当务之急。他经过一番盘算，决定向一位祖父的老友求助，该人当时在社会上已享有很大的名气，经济状况极佳，并且从小看着他长大。

父亲找到了那位名人。是住在一所很堂皇的四合院里。该人见了父亲，不待父亲发话，便感慨万端地说，我祖父这人性格真够特别，竟可抛下家小一个人远走高飞！又说我后祖母实在不像话，祖父寄回的钱居然一个子儿也不给我父亲，书香门第的后裔沦落成了流浪青年！父亲听了非常感动，原来这位伯伯很了解情况，并关爱着自己，于是便倾诉起自己的具体窘境和祈盼来；名人没听完便有电话打来，一连接听打出了几个电话后，名人便蔼然可亲地对父亲说，中午有个饭局，无妨一同去，席间可以继续聊。

父亲跟着那位名人，乘坐当时仍颇时髦的弹簧马车到了前门外的"撷英番菜馆"，这是当时显贵名流们才有财力与雅兴去消费的一家最著名的西餐馆。

很多年以后，父亲仍能描述出那一顿午餐的种种情景，从餐馆的外观到内部，从厅堂到餐桌以及闪闪发光的杯盘刀叉，从与宴男女的衣着到各个人的做派，从头道汤到色拉、主菜到最后的甜点……祖父在北京时不曾带父亲吃过这么高档的西餐，想到这一点父亲便更加感激那位伯伯的厚待。而这一切都还并不是主要的，更令父亲念念不忘的，是那天在席间出现的，几乎都是后来进入历史的人物,有的是社会活动家,有的是艺术家,有的是学者、教授。刚进入餐厅时父亲惶恐不安,非常自卑;但那位名人牵着他的手引他入席,并向大家介绍说他是祖父的公子,显然祖父在这些人心目中也是有相当分量的,父亲发现席间的名流们对他都很友善,于是也就慢慢放松下来……

那是父亲青年时代所享用到的一次高档、丰美、雅致的免费午餐,令我听来也不禁神往。父亲没有详细地向我讲述这顿免费午餐的结局,但有一点那是交代得很清楚的:他没能从那位名流伯伯那里得到另外的帮助。

我问父亲:"您饭都吃了,为什么不能要求他借给您钱呢?"

父亲说:"他们一直聊得很欢,我简直没有办法插进话去。"

我再问:"吃完饭,您可以单独向他提呀!"

父亲说:"饭局一散,我发现他们都忙极了,各人都有自己的'下一站'……我实际上也没有办法找到一个单独的机会……人们都纷纷礼貌地,甚至可以说是带有爱怜之情地跟我握手告别……"

我还问:"那么,您可以再到他家里找他呀!"

父亲说:"也曾有过那样的念头,不过,没有去……"

我说:"是因为觉得,他太虚伪了吧?"

父亲正色道:"不!怎么能怪人家虚伪呢?那顿午餐,人家让我一起去,是出于真心真意的!"

我说:"可是,他到头来没有借您钱呀!"

父亲说:"这就是我讲这件事给你听,要你悟出来的:别人不该你不欠你!在你一生中,你应该尽量去帮助别人,可是却一定不要有依赖别人的想法!别人可能会向你提供一顿免费午餐,但你自己一生的餐饭事业,还是需要你自己去挣出来!"

我正琢磨这话,父亲又说:"其实,后来我成家立业以后,也曾无意中这样对待过别人……我可以请他一餐饭，听他诉苦，给他些安慰，可是，要我付出相当的代价帮助他，往往还是下不了决心……也许，除了是你那时不帮他他马上就活不下去，人际之间，还是这样为好——可以给一顿免费午餐，却还是希望每个人自己想办法，去安身立命！"

父亲作古快二十年了。我的年龄已超过父亲讲述那次午餐时的年龄。我的人生途程中，已积累了不少"免费午餐"的经验。有时是别人邀赐我，确实并无直接的功利动机，不是为了约稿、题词什么的，真的只是为了聚聚；但席间往往会有我原来并不认识，并且以后也不会联络的人；我悟出，这种"免费午餐"的意义，在令邀请者快意；这种人生际会不可全拒，亦不可全应；在这种场合，我常常深刻地意识到，"我"是一个独特的生命，将就他人实在是桩辛苦的事。有时却又是我邀人赴餐馆或在家中留饭，这里说的我为别人提供的"免费的午餐"，当然排除了至爱亲朋间的来往，而专指半生不熟的或求上门来的生人，我会在招待他们的一餐中，获得某种心理满足，而正如我父亲所总结的，我往往并不能更多地帮助他们；在这种场合里，我常常又铭心刻骨地意识到，"我""你""他"到头来都是社会性动物，每一个人要真正解决他所面临的生存问题，除了他自己的努力，真正靠得牢把得稳的，还不是个别他人的帮助，而是一个好的社会机制，一些好的（尤其是把公平原则放在第一位的）"游戏规则"，一套好的社会保障体系，一种好的道德文化氛围，等等。

商业上的"免费午餐"式促销手段，或许有一时的轰动效应，却到头来不如"一分钱一分货"的以质取胜的老实态度，更能扎扎实实地获取"阳光下的利润"。人际间的和谐，一对一地进行具体帮助，"陌路相逢，肥马轻裘，敝之而无憾"，固然是美德，我父母，我与我爱人，也不都仅是给人一次"免费午餐"，也都曾有过以不小份额的钱财助人的作为，但到头来是不可能一对一地赞助所有遇到的人的；我想绝大多数人亦然；因此，我们大家共同努力，比如说把个人根据税则向组织社会生活的政府按时按数纳税，看得比一对一地赞助救援更加重要，并把监督政府廉洁地将税款用于建立健全社会性保障、救助机制，看得比个人捐善款留芳名更重要，那么，我们自己，他人，乃至整个民族，是不是便能生存得更合理、更惬意呢？

1997年6月8日 绿叶居

刺猬进村

就着炸饹馇——一种北京郊区农民最喜爱的豆面皮卷胡萝卜丝、香菜烹炸出的零食——喝着小酒，跟村友三儿侃山。

三儿是开大农机的驾驶员。说起前几个月秋播，大拖拉机挂着播种机，从这边大田，越过一道土坎，转移到那边大田时，豁开了坎上枯草棵子底下一个刺猬窝，跟在播种机后头的两位农友不由得欢呼，说是要拿泥糊上烧了吃；三儿就停机跳下地，走过去细看。大刺猬已经被一位农友捧在手里，整个儿成了水雷的模样；三儿低头一找，三个粉嘟嘟的小刺猬还在草棵里迷迷瞪瞪哆嗦。三儿就问他们："落忍吗？"那农友也就把母刺猬扔回了草棵里。

三儿说起这档事，我对他大加表扬。但再往下聊，就知道他跟我的想法还并不完全相同。三儿并不是一个动物保护主义者。三儿今年要满四十六了。他这茬人，多少还存有从老一辈村民那儿听来的旧说传闻，当然，占主导地位的，还是时代进步赋予的新说新知。他往往把旧闻新知混在一起跟我神侃，听来也就很助酒兴。

三儿说他父母那一辈往上，有"四大门"一说。狐狸是头一门，《聊斋》故事及其延伸出的村语村言，发展出的最新故事，就是机场油库高墙外隔离带的野草丛里，谁也没瞧见过狐狸，可是绕墙巡查的油库保安，不止一个小伙子，分明看见穿着电视剧里古装裙衣的美丽姑娘，忽然出现在前面不远的地方，喊话也不回应，等你大步赶过去，美人一转身，忽然没了影，而风吹草动，鼻子眼里就吸进了臊味儿。蛇是第二门，《白蛇传》的流传，使许多人对蛇完全没有了恶感，据说头几年有位养猪专业户半夜里哇哇大叫，惊动邻居纷纷披衣来助，手电筒一阵乱晃，最后聚焦他所指点的猪栏，确有一只小猪崽没了，他就喘着气，结结巴巴诉说亲眼所见，那蛇头正吞小猪，他吓得退避老远，稍微定了神，去取大铁锹，谁知那离猪栏十多米远的杂物棚外，赫然摆动着一样东西，仔细一看，竟是蛇尾巴！大家帮他寻找那巨蟒，不但并无踪影，就是可疑的洞口，也找不出来；后来也没有再次光顾，那专业户重述那夜经历，再无恐怖遗憾，倒仿佛是中过一次大奖。第三门是黄鼠狼，这家伙的身影比较容易遇上，三儿有一阵在自家院里设一大笼饲养肉鸽，跟黄鼠狼短兵相接过，鸽子已被黄鼠狼咬残，但黄鼠狼却难逮住；三儿说起黄鼠狼并无很浓的恶感，说是他妈在世时说过，雪天一只黄鼠狼竟躺在他家屋门外，他妈细看，敢情是腿受伤了，就给它涂了红药水，还拿布给包扎上，又拿些东西给它吃，也没让它挪窝，第二天再开门，它没了；从那以后，他家的粮囤，怎么往外舀粮食，怪了，第二天去看，还跟头天一样多！

　　那么第四门，就是刺猬。刺猬在村里村外就太常见了。三儿告诉我，刺猬三季基本上生活在田野里，冬初，会在某个月黑夜，成群成队地进村，分别寻觅藏身之处，过去多半是钻到柴火堆里，现在柴火堆少了，就在村街或院落的树根底下掘洞栖身。我说刺猬那是冬眠吧。三儿说刺猬是半冬眠，他常在冬天夜里，看见刺猬悄悄地在村民倒的、等待第二天被拉走的垃圾里，拣残羹剩饭吃。他说刺猬不能像八哥那样学人说话，却专会模仿老头咳嗽。他爹跟他讲过，古时候有个青年，他爹病了，咳嗽得厉害，他妈让他去买药，他揣着银子出去，就有坏小子勾引他去赌博，可是在赌博的地方，总听见老人咳嗽，他就坐不住，就还要去买药，他出了那赌博的屋子，坏小子还出来拽他，没想到院里也有老头咳嗽的声音，他就坚决去药房，来回一路上，都有那样的声音，敦促他把药买回去。所以，第四门刺猬，在他们那一带，又有个"孝子催"的绰号。我说按你爹那故事的逻辑，应该是"催孝子"吧，三儿说他绝没记错，就是"孝子催"。

喝完小酒，三儿要送我回温榆斋，我说没醉，自己溜达回去，他说今年是个暖冬，刺猬在田野里待得久，它们进村兴许晚，说不定今儿个晚上，咱们爷俩恰能遇上一些个刺猬进村。我顿时兴奋起来，就跟他一边轻移脚步一边睁大眼睛往路面上细瞧。结果他把我送到书房门口，也没看见一只刺猬的身影。

夜很静。我都躺进被窝了，忽然，我听见窗外分明有老头咳嗽的声音。心里暖洋洋的。民间淳朴的传说，剔除非科学的成分，里面蕴涵的天理人情，值得细细体味啊！

抱草筐的孩子

这个题目，我三十年前在稿纸上用钢笔书写过，因为有别的事打岔，没成文。1981年，我曾到运河边农村一友人家小住，其间目睹了一群割山草的孩子之间的小纠纷，那群孩子里，有个孩子割草割得最多，其余的孩子免不了边割边玩，独他只顾割草，往回返的时候，有几个孩子就不乐意了，因为进村的时候，少不了有大人看见他们一行，表扬那孩子勤奋事小，家长知道了责备自己事大，其中个头最高的那个孩子就命令那草筐装得最满的孩子："我们背回去，你抱回去！"其余的孩子全都哄然赞同，那孩子就果然抱起草筐，跟那些背着草筐的孩子一起回村。那段路相当远，抱草筐的孩子用力抱着那满筐的草，身子后倾，汗珠子掉地上碎八瓣，脸憋得通红，其余的孩子一会儿赶到他前头说风凉话，一会儿故意落后背着草筐乱吼乱唱。我那天正好在草坡上画完水彩写生，收拾好画夹等物品，随着观察了一路，进村时，那抱草筐的孩子引出村口大人们的称赞，他将草筐放到地下时，我见他一路上牙齿已经快把嘴唇咬破。其余的孩子则一哄而散，各自将不满或仅半筐的草背回家里。我当晚就跟留住的朋友说，我要写篇散文《抱草筐的孩子》，赞颂那孩子的韧性与耐力，而且预言，这孩子今后必定比其余那些孩子出息大，"嚼得菜根，百事可成"，也无妨说成"抱得草筐，百事可成"了。

这篇散文那时未能写成，今天却在电脑上用键盘敲击起来。我三十年来写的小说多是都市生活，这个素材一直没有利用进去。其实三十年的岁月风云，早把我这一记忆消磨得几乎星渣全无。要不是前几天坐出租车，"的哥"主动唤出我的名字，跟我攀谈，也不会终于写出这么个题目的文章。"的哥"当然是从电视讲座节目里跟我先"重逢"的。他提起当年我在运河边画水彩画的情景，那时他们几个割草的孩子还凑到我身边围观，挡住了光线，我让他们散开别来打扰。他说那时他就听学校里的老师提到我的名字，一直记住没有忘，以后在晚报上见到署这个名字的文章，就觉得是"熟人"，愿意"睬乎睬乎"（北京土话，看看之意）。他讲起那天一群孩子里只有一个是抱着草筐回村的。我就端详他，难道他就是那抱草筐的孩子？当年十来岁，如今四十啷当岁，不惑之年了啊！他看出我的眼神，笑了："我不是抱筐的，我是背筐的，是我挑头逼他抱回去的！"我不由叹道："你就是那个个头最高的坏小子啊！"他嘿嘿地笑："正是洒家。"我不免问起那抱草筐的孩子，一定大有出息了吧？他叹口气说："您绝对想不到，我们那一群里，独他混得最糟，前两年陷入传销陷阱，让人勾引到外地差点回不来家，这阵子又赌博成瘾……您想象得到吗？您说，他原来品质比我们都好，怎么长大成人以后，倒混不出个样儿呢？我们这些'坏小子'，虽说没有当官的、发大财的，总还都有了份比较稳定的营生，过上了比他健康、安全的生活……您学问大，您给解释解释，可别拿'人都是会变的'那样的淡话来忽悠我啊！"他把我送到目的地，我也答不出来，只是发愣。他留下手机号码，希望我以后还坐他的车。

现在回想，就有三十年前不曾有过的思绪，当年那孩子面临那样的局面，他完全可以抗拒，就算其余孩子对他群殴，他奋力反抗，也无非弄个鼻青脸肿，且不说我可能会及时介入，回村后更会有明理的大人出来主持公道。再说他也可以坚持要求大家一起抱筐回家。他是太容易被人控制了。人在群体中难免要受控，但这控制的"游戏规则"应该是所有参与者共同来制定，而且应该"世法平等"，各人自觉遵守契约，不能强势者例外。这样想来，他成年后为传销的邪魔控制，又在经济困窘中被赌局控制希图一夜暴富，也就并不奇怪了。亏得当年我没有写出那立意为表扬他忍耐力的文章来。我祈盼他的生活尽快归于正轨。我也为三十年过去，我能有对那小小一幕人生场景有新的思考而欣慰。人性深奥，文学应是对人性孜孜不倦的探究。就人性深处的弱点而言，自己有时候是不是也成了一个"抱草筐的孩子"呢？

辑二

冰心·母亲·红豆

前些日住在远郊的朋友R君来电话,笑言他"发了笔财",我以为他是买彩票中奖了,只听他笑嘻嘻地卖关子:"我找到一大箱东西,要拿到潘家园去换现!"潘家园是北京东南一处著名的旧货市场,那么想必他是找到了家传的一箱古玩。但他又怪腔怪调地跟我说:"跟你有关系呢!咱们三一三十一,如何?"这真让我丈二和尚摸不着头脑。

说笑完了,R君又迭声向我道歉。越发地扑朔迷离了!

R君终于抖出了"包袱",原来,是这么回事:五年前,我安定门寓所二次装修,为腾挪开屋子,把藏书杂物等装了几十个纸箱,运到R君的农家小院暂存,装修完工后,又雇车去把暂存的纸箱运回来,重新开箱放置。因是老友,绝对可靠,运去时也没有清点数量,运回来取物重置也没觉得有什么短少,双方都很坦然。没承想,前些时R君也重新装修他那农家小院,意外地在他平时并不使用的一间客房床下,发现了我寄存在他那里的一个纸箱,当时那间小屋堆满了我运去的东西,往回搬时以为全拿出来了,谁都没有跪到地上朝床下深处探望,就一直遗留在那里。R君发现那个纸箱时,箱体已被老鼠啃过,所以他赶忙找了个新纸箱来腾挪里面的东西,结果他就发现,纸箱里有我二三十年前的一些日记本,还有一些别人寄给我的信函,其中有若干封信皮上注明"西郊谢缄"的,起初他没有在意,因为他懂得别人的日记和私信不能翻阅,他的任务只是把本册信函等物品垛齐装妥,但装箱过程里有张纸片落在了地上,捡起来一看,一面是个古瓶图画,另一面写的是:

心武:
　　好久不见了,只看见你的小说。得自制贺卡十分高兴。我只能给你一只古瓶。祝你新年平安如意。
　　　　冰心　十二,廿二,一九九一

　　他才恍悟,信皮上有"西郊谢缄"字样的都是冰心历年寄给我的信函。
　　R君绝非财迷,但他知道现在名人墨迹全都商品化了。就连我的信函,他也在一家网站上,发现有封我二十六年前从南京写给成都兄嫂的信在拍卖,我照他指示去点击过,那封一页纸的信起拍价一千零八十,附信封(但剪去了邮票),信纸用的是南京双门楼宾馆的,我放大检视,确是我写的信,虽说信的内容是些太平话语,毕竟也有隐私成分,令我很不愉快。估计是二哥二嫂再次装修住房时,处理旧物卖废品,把我写给他们的信都弃置在内了,人生到了老年,就该不断地做减法,兄嫂本无错,奇怪的是到处有"潘家园",有"淘宝控",善于化废为宝,变弃物为金钱。R君打趣我说:"还写什么新文章?每天写一页纸就净挣千元!"我听了哭笑不得。但就有真正的"淘宝控"正告我:这种东西的价值,一看品相,二看时间久远,离现在越远价越高,三看存世量,就是你搞得太多了,价就跌下来了,最好其人作古,那么,收藏者手中的"货"就自动升值……听得我毛骨悚然。

R君"完璧归赵"。我腾出工夫把那箱物品加以清理。不仅有往昔的日记，还有往昔的照片，信函也很丰富，不仅有冰心写来的，还有另外的文艺大家写来的，也有无社会名声但于我更需珍惜的至爱亲朋的若干来信。我面对的是我三十多岁至五十多岁的那段人生。日记信函牵动出我<u>丝丝缕缕</u>五味杂陈的心绪。

这个纸箱里保存的冰心来信，有十二封，其中一封是明信片，三封信写在贺卡上，其余的都是写在信纸上的。最早的一封，是1978年，写在那时候于我而言非常眼生的圣诞卡上的——那样的以蜡烛、玫瑰、文竹叶为图案的圣诞卡，那时候我们国家还没有印制，估计要么是从国外得到的，要么是从友谊商店那种一般人进不去的地方买到的——"心武同志：感谢你的贺年片。你为什么还不来？什么时候搬家？冰心拜年　十二、廿六、一九七八"。我寄给她的贺年片上什么图案呢？已无法想象。我自绘贺卡寄给她，是上世纪九十年代后的事了。

检视这些几乎被老鼠啃掉的信件，我确信，冰心是喜欢我，看重我的。她几乎把我那时候发表的作品全读了。"感谢您送我的《大眼猫》，我一天就把它看完了。有几篇很不错，如《大眼猫》和《月亮对着月亮》等。我觉得您现在写作的题材更宽了，是个很好的尝试。"（1981年11月12日信）"《如意》收到，感谢之至！那三篇小说我都在刊物上看过，最好的是《立体交叉桥》，既深刻又细腻。"（1983年1月4日信）"看见报上有介绍你的新作《钟鼓楼》的文章，正想向你要书，你的短篇小说集就来了，我用一天工夫把它从头又看了一遍，不错！"（1984年11月18日信）1982年我把一摞拟编散文集的剪报拿给她，求她写序，她读完果然为我的第一本散文集《垂柳集》写了序,提出散文应该"天然去雕饰",切忌弄成"镀了金的莲花",是其自身的经验之谈,也是对我那以后写作的谆谆告诫。上世纪九十年代后我继续送书、寄书给她,她都看,都有回应。

大概是1984年左右,有天我去看望她,之前刚好有位外国记者采访了她,她告诉我,那位外国记者问她:中国年轻作家里,谁最有发展前途?她的回答是:刘心武吧。我当时听了,心内感激,口中无语,且跟老人家聊些别的。此事我多年来除了跟家人没跟外界道出过,写文章现在才是第一次提及。当年为什么不提?因为这种事有一定的敏感性。那时候尽管"50后"作家已开始露出锋芒,毕竟还气势有限,但"30后""40后"的作家(那时社会上认为还属"青年作家")势头正猛,海内外影响大者为数不少,我虽忝列其中,哪里能说是"最有发展前途"呢?我心想,也许是因为,上世纪初的冰心,是以写"问题小说"走上文坛的,因此她对我这样的也是以"问题小说"走上文坛的晚辈,有一种特殊的关照吧。其实,那时候的冰心已经过八望九,人们对她,就人而言是尊敬有余,就言而论是未必看重。采访她的那位外国记者,好像事后也没有公布她对我的厚爱。那时候国外的汉学家、记者,已经对"伤痕文学"及其他现实主义的作品失却热情,多半看重能跟西方现代主义、后现代主义接轨的新锐作家和作品。而在引导文坛创作方向方面,冰心的话语权极其有限,中国作家协会领导层的几位著名评论家那时具有一言九鼎的威望。比如冯牧。他在我发表《班主任》《我爱每一片绿叶》后对我热情支持寄予厚望,但是在我发表出《立体交叉桥》后就开始对我摇头了。正是那时候,林斤澜大哥告诉我,从《立体交叉桥》开始,我才算写出了像样的小说,冰心则赞扬曰"既深刻又细腻",但是他们的肯定都属于边缘话语。在那种情况下，我如果公开冰心对我的看好，会惹出"拉大旗做虎皮"的鄙夷。只把她的话当作一种私享的勉励吧。

现在时过境迁。冰心已经进入上世纪的历史。虽然如今的"80后""90后"也还知道她，她的若干篇什还保留在中小学教材里嘛，但她已经绝非"大旗"更非"虎皮"，一个"90后"这样问过我："冰心不就是《小橘灯》吗？"句子不通，但可以意会。有"80后"新锐作家更直截了当地评议说，冰心"文笔差"，那么，现在我可以安安心心地公布出，一位八十多岁的"文笔差"的老作家，认为一位那时已经四十出头的中年作家会有发展，确有其事。

冰心给我的来信里偶尔会有抒情议论。如："……这封信本想早写，因为那两天阴天，我什么不想做。我最恨连阴天！但今天下了雪，才知道天公是在酿雪，也就原谅他了。我这里太偏僻，阻止了杂客，但是我要见的人也不容易来了，天下事往往如此。"（1984年11月18日信）显然，我是她想见的客人。1990年12月9日她来信："心武：感谢你自己画的拜年片！我很好。只是很想见你。你是我的朋友中最年轻的一个，我想和你面谈。可惜我不能去你那里，我的电话……有空打电话约一个时间如何？你过年好！"如今我捧读这封信，手不禁微微发抖，心不禁丝丝苦涩。事实是，我上世纪九十年代后去看望她的次数大大减少，特别是她住进北京医院的最后几年，我只去看望过她一次，那时坐在轮椅上的她能认出人却说不出话。那期间有一次偶然遇上吴青，她嗔怪我："你为什么不去看望我娘呢？"当时我含糊其辞。在这篇文章后面，我会做出交代。

我去看望冰心，总愿自己一个人去，有人约我同往，我就找借口推托。有时去了，开始只有我一位客，没多久络绎有客来，我与其他客人略坐片刻，就告辞而退。我愿意跟冰心老人单独对谈。她似乎也很喜欢我这个比她小四十二岁的谈伴。真怀念那些美好的时光，我去了，到离开，始终只有我一个客，吴青和陈恕（冰心的女儿女婿）稍微跟我聊几句后，就管自去忙自己的，于是，阳光斜照进来，只冰心老人，我，还有她的爱猫，沐浴在一派温馨中。

常常跟冰心，谈到我母亲。母亲王永桃出生于1904年，比冰心小四岁。一个作家的"粉丝"（这当然是现在才流行的词语），或者说固定的读者群，追踪阅读者，大体而言，都是其同代人，年龄在比作家小五岁至大五岁之间。1919年5月4日那天，冰心（那时学名谢婉莹）所就读的贝满女子中学，母亲所就读的女子师范大学附属中学，有许多学生拥上街头，投入时代的洪流。母亲说，那天很累，很兴奋，但人在事件中，却并未预见到，后来成为中国近代史上的"五四运动"。那时母亲由我爷爷抚养，爷爷是新派人物，当然放任子女参与社会活动。但是母亲的同学里，就有因家庭羁绊不得投入社会而苦闷的。冰心那以后接连发表出"问题小说"，其中一篇《斯人独憔悴》把因家庭羁绊而不得抒发个性投入新潮的青年人的苦闷，鲜明生动地表述出来，一大批同代人读者深受感动。那时候母亲随我爷爷居住在安定门内净土寺胡同，母亲和同窗好友在我爷爷居所花园里讨论完《斯人独憔悴》，心旌摇曳，当时有同窗探听到冰心家在中剪子巷，离净土寺不远，提议前往拜访。后来终于没有去成。母亲1981年至1984年跟我住在北京劲松小区，听说我去海淀拜访冰心，笑道："倘若我们那时候结伙找到剪子巷,那我就比你见到冰心,要早六十几年哩!"我后来读了《斯人独憔悴》,没有一点共鸣,很惊异那样的文笔当时怎么会引出那样的阅读效果。母亲还跟我谈到那段岁月里读过的其他作家作品,她不止一次说到叶圣陶有篇《低能儿》,显然那是她青春阅读中最深刻的记忆之一。我直到现在也还没有读过叶圣陶的这个短篇小说。一位"80后"算得"文艺青年",他当然知道叶圣陶,也是因为曾在语文课本里接触过,但离开了课文,他就只知道"叶圣陶那不是叶兆言他爷爷吗"。在时光流逝中,许多作家作品就这样逐渐被淡忘。

自从冰心知道母亲是她的热心读者以后,每次我去了,都会问起我母亲,并且回忆起她们曾共同经历过的那些时代的一些大大小小的事情。我告别的时候,冰心首先让我给我母亲问好,其次才问我妻子和儿子好。回到家里,我会在饭后茶余,向母亲诉说跟冰心见面时聊到的种种。冰心赠予的签名书,母亲常常翻阅。记不得是在哪篇文章里,反正是冰心在美国写出的散文,里面抒发她的乡愁,有一句是怀念北京秋天的万丈沙尘。母亲说这才是至性至情之文。非经历过之人道不出的。现在人写文章,恐怕会先有个环境保护的大前提,这样的句子出不来。冰心写这一句时应该是在美国威尔斯利女子大学,或附近的疗养院,那里从来都是湖水如镜绿树成荫。

1983年9月17日冰心的来信:"心武同志:你那封信写的(得)太长了。简直是红豆短篇。请告诉您母亲千万别总惦着那包红豆了,也不必再买来。你忙是我意中事。怎么能责怪你呢?你也太把我看小了。现在你们全家都好吧?孩子一定又上学了?你母亲身体也可以吧?月前给你从邮局(未挂号)寄上散文集一本,不知收到否?吴青现在在英国参观,十月下旬可以回来。问候你母亲!"事情过去二十七年了,我现在读着这封信只是发愣。红豆是怎么回事?从这信来看,应该是母亲让我把一包红豆给冰心送去,而我忙来忙去(那时候我写作欲望正浓酽,大量时间在稿纸上爬格子码字,要么到外地参加"笔会",那一年还去了趟法国),竟未送去,于是只好写信给冰心解释,结果写得很长,害得她看着很累,她说成短篇小说了,恐怕是很差的那种短篇小说。红豆,一种就是可以煮粥、做豆沙馅的杂粮,另一种呢,则是不能吃而寄托思念的乔木上结出的艳红的豆子,多用来表达恋人间的爱情,也可以推而广之用来表达友人间的情谊。母亲嘱我给冰心送去的,究竟是用来食补的一大包红小豆,还是用来表达一个读者对作者敬意的生于南国的一小包纪念豆(我那一年去过海南岛似乎带回过装在小口袋里的红豆)?除非吴青那里还存有历年人们写给冰心的信函,从中搜检出我那"红豆短篇",才能真相大白,我自己是完全失忆了。但无论如何,冰心这封回信是一位作家和她同代读者之间牢不可破的文字缘的见证。

母亲最后的岁月是在祖籍四川度过的。1988年冬她仙逝于成都。1989年2月17日冰心来信:"心武同志:得信痛悉令慈逝世!你的心情我十分理解!尽力工作,是节哀最好的方法。《人民文学》散文专号我准备写关于散文的文字,自荐我最有感情的有篇长散文《南归》,不知你那里有没有我的《冰心文集》三卷?那是三卷305-322页上的,正是我丧母时之作。不知你看过没有?请节哀并请把你家的住址和电话告诉我。"

1987年年初我遭遇到"舌苔事件"。1990年我被正式免去《人民文学》杂志主编职务。我被"挂起来",直到1996年才通知我"免挂"。冰心当然知道我陷窘境。上引1990年年底那封信,所体现出的不止是所谓老作家对晚辈作家的关怀，实际上她是怕我出事情。我那时被机构里一些有权有势的人视为异类，在发表作品、应邀出国访问等事项上屡屡受阻。他们排斥我，我也排斥他们。我再不出席任何他们把持的会议和活动。即使后来机构改换了班子，对我不再打压，我也出于惯性，不再参与任何与机构相关的事宜。我在民间开拓出一片天地。我为自己创造了一种边缘生存、边缘写作、边缘观察的存在方式。上世纪九十年代初，我只能尽量避开那些把我视作异类甚至往死里整的得意人物，事先打好电话，确定冰心那边没有别人去拜望，才插空去看望她一下。冰心也很珍惜那些我们独处的时间。记得有一回她非常详尽地问到我妻子和儿子的状态，我告诉她以后，她甚表欣慰，她告诉我，只要家庭这个小空间没有乱方寸，家人间的相濡以沫，是让人得以渡过难关的最强有力的支撑，有的人到头来挨不过，就是因为连这个空间也崩溃了。但是，到后来，我很难找到避开他人单独与冰心面晤的机会。我只是给她寄自绘贺卡、发表在境外的文章剪报。我把发表在中国台湾《中时晚报》上的《兔儿灯》剪报寄给她，那篇文章里写到她童年时拖着兔儿灯过年的情景，她收到马上来信："心武：你寄来的剪报收到了，里面倒没有唐突我的地方，倒是你对于自己，太颓唐了！说什么'年过半百，风过叶落''青春期已翩然远去'，又自命为'落翎鸟'，这不像我的小朋友刘心武的话，你这些话使我这九十一岁的人感到早该盖棺了！我这一辈子比你经受的忧患也不知多多少！一定要挺起身来，谁都不能压倒你！你像关汉卿那样做一颗响当当的铜豌豆……"（1991年4月6日信）重读这封来信，我心潮起伏而无法形容那恒久的感动。敢问什么叫作好的文笔？在我挨整时，多少人吝于最简单的慰词，而冰心却给我写来这样的文字！

吴青不清楚我的情况。我跟她妈妈说的一些感到窒息的事一些大苦闷的话她没听到。整我的人却把冰心奉为招牌，他们频繁看望，既满足他们的虚荣心，也显示他们的地位。冰心住进北京医院后，1995年，为表彰她在中国译介纪伯伦诗文的功绩，黎巴嫩共和国总统签署了授予她黎巴嫩国家级雪杉勋章的命令，黎巴嫩驻中国使馆决定在北京医院病房为冰心授勋。吴青代她母亲开列了希望能出席这一隆重仪式的人员名单，把我列了进去。有关机构给我寄来通知，上面有那天出席该项活动的人员的完整名单，还特别注明有的是冰心本人指定的。我一看，那些整我的人，几乎全开列在名单前面，他们是相关部门头头，是负责外事活动的，出席那个活动顺理成章，当然名单里也有一些翻译界名流和知名作家，有的对我一直友善。我的名字列在后面显得非常突兀。我实在不愿意到那个场合跟那些整我（他们也整了另外一些人）的家伙站到一起。在维护自尊心及行为的纯洁性，和满足冰心老人对我的邀请这二者之间，我毅然选择了前者。我没有去。吴青后来见到我有所嗔怪，非常自然。到现在我也并不后悔自己的抉择。其实正是冰心教会了我，在这个世道里，坚决捍卫自我尊严该是多么重要！

2010年9月25日　温榆斋

难忘的一杯酒

我上中学的时候，语文老师教我读叶圣陶的《多收了三五斗》，后来我当了中学语文教师，又教我的学生读《多收了三五斗》，再后来我娶妻生子，不知不觉中儿子高过了我的头。上到中学，有一天我见儿子在灯下认真地预习课文，便问他语文老师要教他们哪一课了，他告诉我："《多收了三五斗》。"这其实还算不了什么，我的母亲，我儿子的奶奶，今年已经八十四岁了，她就几次对我和她的孙子说："中学时代读过的课文，一辈子也难忘。我就总记得读过叶绍钧的《低能儿》。"叶圣老就这样用他的文学乳汁哺育着跨越过半个世纪的三代人。

我十年前登上文坛的时候，叶圣老早已是年过八十的文学老人了。见到冰心、巴金那样的老前辈，我已觉得是面对着文学史的篇章，深觉自己的稚嫩，而冰心、巴金又都把圣老尊为自己的老师和引路人，所以对于圣老，我实在是只能仰望，自知无论就年龄差异还是文学资历而言，辈分都真是晚而又晚。

五年前的一天，《儿童文学》杂志召开编委会，叶圣老是编委，我也忝列编委，在差了好几个辈分的圣老面前，我心中既满溢尊敬又不免拘束无措。会后的便宴上，我走近圣老身前敬他一杯酒，我没想到他不仅立即认认真真地站起身来，立即认认真真地端起了他的那杯酒，并且立即认认真真地用长长的白白的寿星眉下的那双眼睛望着我，还认认真真地对我说："刘心武同志，您好。谢谢您。谢谢您。"最让我感动的，是他不仅认认真真地同我碰杯，随后还认认真真地仰脖喝下了他那杯酒，并认认真真地把喝干了的酒杯亮给我看，还认认真真地注视着我干掉我那杯酒，又认认真真地听我多少有些慌乱有些局促有些言不达意有些结结巴巴地说出的一些仰慕的话，直到我要离开他了，他才由叶至善同志扶着慢慢地坐下。

这真是永难忘怀的一杯酒。刻在我记忆中的是一个终生认认真真谦恭待人的伟大人格。

那回的敬酒，叶至善同志自始至终随他父亲站立，并真诚地微笑着，自己却并不举杯。后来林斤澜同志告诉我，叶家的老规矩就是那样，只要是圣老的客人，无论多么年轻，都可同圣老平起平坐，但叶至善他们子女，往往是侍立在圣老旁边，并不一定随之落座。乍听去，这规矩似乎旧了点儿，不甚可取。但我后来同叶至善同志有些交往后，就深感叶家的家风，凝聚着许多中国传统文化中的美德，而他们家中父母子女姊弟妹间的精神平等和心灵交流，却又明显地汲取于西方文明中的精华。现在圣老离我们而去，在我们对他的追怀纪念当中，我以为应当加进对他那在中西文化大撞击中所形成的人格和文化心理结构的研究，而具体入微地考察与分析一下叶家的家风，即叶家的文化品格，也许不失为一个非常有价值的艺术角度。

1988 年 2 月 28 日

维熙老哥乒乓图

1978年深秋,我三十六岁出头,在《十月》丛刊当编辑,心气很盛,到处跑去约稿。那天我要去找从维熙约稿,编辑部一位老大哥完全出于爱护,蔼然劝阻说,你到刘绍棠家找了他,又到北池子招待所找了王蒙……够了吧,怎么又打听出个从维熙?他们虽然"摘帽",究竟还是"那个",你别看现在"闯禁区"时髦,实际上呢,说到这儿,他不用语言,而是伸出右手,手掌摊平,然后翻掌,再翻掌,又翻掌。我明白他的意思,我当然也不愿意在"烙饼"的形势里煎熬,但总觉得,事在人为,我们每一个普通人都坚持去做问心无愧的事,那么,点滴积累,也该是世道进步的推动力吧。我以微笑感谢老大哥的关照,却依然骑着自行车去找从维熙。

那时候确定改革开放方针的中共十一届三中全会还没有召开,成为"那个"的人们来年纷纷获得"改正",我岂能预知,但依我那时的见识,比如从维熙,他已结束劳改,安排到地方文联工作,作为中华人民共和国公民,有发表作品的权利,我作为文学丛刊的编辑找他约稿,顺理成章。

我打听到的地址,是南吉祥胡同。那是夹在魏家胡同和什锦花园胡同之间的一条小胡同。我找到一个杂院,觅到一角的一间小屋,我唤出从维熙的名字,屋里出来个身板壮实的老大妈,她望着我说:"我是维熙他妈。"把我让进屋,我问:"伯母,维熙什么时候回来?"她告诉我:"不巧,他昨天刚走,回山西了。下次什么时候给假回来,不知道咧。"我本以为维熙不过是在北京临时外出,那天会是我跟他的首次谋面,我要告诉他,我上中学的时候,读过他一本薄薄的《七月雨》,具体内容全忘了,但有股淡淡的荷叶气息一直留存在记忆里,现在《十月》固然需要黄钟大吕,荷香藕味的文字也该重新登场……

"炕上坐吧。"从伯母招呼我。那是北方人待客的规矩。实际上也只能是让我坐到床沿。那间屋只有八平方米的样子。一张破旧的上下铺木床,下铺比上铺稍宽;一张更破旧的小书桌和一把椅子;还有一张小炕桌立在窗下,我明白,那是一家人吃饭时才摆平,配着小板凳使用的。唯一令人眼亮的,是书桌上立着两个石膏人像,伯母告诉我:"小众鼓捣的。"后来知道,那一年恢复了高考,维熙独生子从众考上了中央美术学院雕塑专业。我从伯母那里得知了维熙的山西地址,决定马上给他写信。告别出来后,我一直在琢磨一个非常具体的技术性问题:维熙夫妇都回家的时候,他们一家三代四口是怎么个睡法呢?

给维熙去信后,很快得到回信。他非常看重我到他家找他约稿这个行为。他一直记得,后来《十月》的另一编辑章仲锷也找到南吉祥胡同。他要写作,他要发表,他要归队,他要舒张。他给当时任中组部部长的胡耀邦写了信。胡耀邦那时候收到了多么多的要求落实政策的信啊!他都看,尽量回。于是,有一天邮递员把一封胡耀邦的亲笔信送到了南吉祥胡同,送到了那间破旧简陋的小屋。形势快速朝好的方向变化。维熙迁回北京,作品大珠小珠落玉盘般地刊发出来,成为北京市文联专业作家,入了党,又调任中国作家协会任党组成员兼作家出版社总编辑,住房也越换越大。但南吉祥胡同的那间小屋，在中国作协第四次代表大会期间，由中央新闻纪录电影制片厂，在拍摄介绍从维熙的新闻片时，记录了下来。

我后来当然去过从维熙的新家。把我迎进屋，他对母亲说："妈，您还记得他吗？"从伯母大声回应："心武嘛，我比你见得早咧。"维熙私下跟我说过，他母亲脾气刚硬，经历过大苦大难愈显倔强，进入大福大乐依然话锋锐利。但是从伯母见到我总慈眉善目，话糯情真，往我手里塞她亲煮的玉米红薯什么的。想想这位老人也真不容易，丈夫早逝，守寡后千辛万苦把儿子拉扯大，成了作家，娶了报社记者为媳妇，却不承想短春长冬，儿子儿媳双双划成了"那个"而且被送往山西劳改；从家本来住魏家胡同，"史无前例"时被轰到南吉祥胡同的那间小屋，很长的时间里，去找她的人，都怀有"敌情观念"，不是训诫，就是盘问，难怪那天我去了，兴冲冲地唤伯母，为的是要她儿子写文章再登到杂志上，令她耳目一新，她就把我定格在意识里了，尽管以后去亲近乃至巴结维熙的人很多，却似乎都难盖过我给她的第一印象。从伯母前些年仙逝，我心头却仍有她鲜活的音容。

维熙显然从母亲那里遗传到耿介刚硬的性格。他卸任后，背后整他颇狠的人跑去他处作"慰问秀"，他坚不开锁，将其拒在门栅之外。然而对于如我当年那样去找他约稿的微行小善，却念念不忘。其实我只不过是早半拍而已，几个月后，找他那样的作家约稿，不仅绝无风险，已是蔚然成风。此桩往事本不足挂齿，但维熙跟我保持三十余年的友好关系，近年见面不多，电话却是每月至少两三次，除了交换最新信息、评议世道人心，偶也忆旧，而他忆旧时，就总还要提到我去南吉祥胡同找他却失之交臂的事。人虽经过寒微，多有不愿提及者，寒微时寒微人予之的小小善意，也多有自己愿意遗忘且希望对方万勿提及的心理，这都可理解；但不仅不愿回顾、提及，还切望抹杀到不留痕迹，这就有些难以理解了；而再进一步，趁某种时机，将知道自己寒微时寒微状的人整肃掉，使其丧失话语权，这种做法，就匪夷所思了！而我，却也偏偏遇到了。对比于维熙，我深感人性中的阴鸷诡谲难测。

维熙的创作，原属孙犁影响下形成的"荷花淀"一派，复出后的作品，如《春水在冰下流》《远去的白帆》《雪落黄河静无声》……光从题目上看，也确有荷香藕味，但经历过苦难磨练后，其笔墨的厚重严峻，已入另番境界。最代表他创作成绩的，我以为是纪实性的《走向混沌》。到了老年，维熙进入了家庭与人际的最佳状态。他常在所居公寓的活动室打乒乓，天热时赤膊上阵，大有宝刀不老的气概。画一幅维熙老哥乒乓图，以志我们三十多年未熄的相惜之情。

        2010年9月7日 温榆斋中

叶君健与韩素音

上世纪八十年代初，有天我去北京恭俭胡同叶君健先生的三合院去拜望他，院内花木扶疏，正房客厅宽敞明亮，我与叶先生正交谈，忽听门铃响，一定是院门外有人按门铃键，大概是住厢房的儿子或儿媳去开了门，迎进了客人，和《红楼梦》里王熙凤出场一样，尚未见人，先闻其声，风风火火迈进屋，见了叶先生，又连声呼唤，我只听那女士"马耳""马耳"的，叶夫人苑茵从里屋出来，她抢步过去抱住，英语问好，再中文问好，放过叶夫人，又转身面对叶先生，这回她唤的是"君健"，满面亲热的笑容，浑身故人重逢的激动……

待来客坐定，叶先生把我和她互相介绍，听到我的名字，来客笑着点头："啊，班主任嘛！"我听到她的名字韩素音，只觉如雷贯耳，一时竟说不出话来。

我知道韩素音，是从《人民日报》发布的消息，最早大概是1968年，某天的《人民日报》上忽然有条跳眼的消息，标题大概是英籍作家韩素音在京会见中国作家，消息里出现了一串包括冰心在内的名单，"啊，冰心他们解放了！"以这样的形式，摘掉一些"牛鬼蛇神"的帽子，确实很别致。再后来，就发现韩素音的名字会出现在《人民日报》头版，而且往往还配上照片，是党和国家领导人接见她，毛泽东、周恩来、邓小平……呀，真了不起！但此人何以英籍，有何著述，为什么如此被领导人重视，则全然不知。

改革开放以后，有在外事部门工作的朋友告诉我，韩素音原来姓周，韩素音是笔名，谐"汉属英"的音，表明她后来虽然取得了英国籍，却不忘华汉的根。开始我颇不以为然，因为"音"与"英"在现代汉语里是不同的发声，若要谐出"英国"来，不愿直露地用"英"字，也还可以用"樱""莺"嘛，但朋友再细讲她的情况，说她祖籍四川，在重庆长住过，四川人对汉语拼音里的 in、ing 分不清，她认为"音""英"同声，笔名含"我乃华汉人加入英籍"之意，这就不奇怪了。但她出生地是河南信阳。父亲是中国人，母亲是比利时贵族后裔。她虽英国籍，中年后却定居瑞士。她结过三次婚，最后一任夫君陆文星是印度人。她用英语写作，但那位介绍她的朋友告诉我，那时候她的一本新书，却是在阿根廷首发。我这才知道，有这么一种"国际文化人"的存在。我 1983 年第一次去法国，在法中友好协会的人士家里做客，主人和来客都是些普通的法国人，职业为小学教师、邮局职员、超市收银员等，我能说出许多法国作家的名字，他们却连鲁迅也不知道，让他们仔细想想，他们也确实愿意说出个中国作家名字让我高兴，但到头来，其中有两位想出来的中国作家，就是韩素音。韩素音因为能以英语写出与中国有关的文字，而且她的书又由英语转译为其他西方语言，中国改革开放以前，对于西方人来说，她是极少数能传递出当代中国信息的作家，而且她有中国血统，西方一般读者把她视为中国作家，就像更早的美国赛珍珠因为写《大地》等中国题材小说，而被混沌地视为中国作家一样，也就不必奇怪了。

那天韩素音飘然而至后，我告辞，叶先生和韩女士都对我说不必，无妨大家一起聊聊。我就又告座。叶先生和夫人苑茵跟韩素音又叙旧又议新，欢声笑语，我一旁听来，才悟出叶、韩是极熟稔的老朋友，互相知根知底。那时不少中国人都知道，韩素音是一位被党和国家领导人看重的外国作家，而叶先生，那时在一般中国人眼中，似乎只是一位儿童文学作家和《安徒生童话》的翻译者罢了。我听出来，叶先生和韩素音，应该是在抗日战争后期，在英国伦敦相熟的。他们忆及若干当时在伦敦交往的人士，"访旧半为鬼，惊呼热中肠"，忽然又提到他们共同经历过的某些生活片断，畅怀大笑。那年叶先生已经临近七十大寿，韩素音也早过花甲，两人脸上的皱纹清晰可见，可那神情，却仿佛青春犹在，皱纹抖开如春花绽放。那天他们的谈笑，后来我听叶先生讲到更多事情以后，在自己家里反刍，才懂得，叶先生虽然只比韩素音大三岁，但在韩素音还只能算个文学女青年，只是向往能成为一个作家的时候，叶先生却早以世界语和英语写作的小说而蜚声西方了，他署名马耳的世界语小说集出版于1937年，英语写成的长篇小说《山村》在1946年推出后赢得广泛好评，那天韩素音就笑说："你要一直留在英国，你早就是英国的大作家啦！"韩素音是直到1954年才以《瑰宝》这部自传性的小说出道，后经美国好莱坞改编拍摄为电影《生死恋》，方名声大噪的。把韩素音看得很重要固然不错，把叶君健看轻，可就大谬了。

　　因为跟叶先生有了交往，我就不再只把他视为一个儿童文学作家，一个翻译《安徒生童话》的翻译家，或者只是一个发起及编辑英语《中国文学》的"外宣人士"，其实他首先是个杰出的小说家啊！他在不能公开发表作品的困境中，完成了百万字的三部曲史诗长篇小说《土地三部曲》(《火花》《自由》《曙光》)，我在北京出版社参与创办《十月》的时候，他拿给我看，我被他那叙事的调式惊呆了。我写比如说《班主任》《醒来吧，弟弟》那类"伤痕文学"小说的时候，醉心于振臂疾呼或苦口呼唤的调式，那绝非叙事的善策啊！叶先生的长篇小说，写的是中国底层农民如何在大时代的狂飙中走出山野，投入革命，乃至远赴重洋，寻找真理，历经劫难，初心依旧，那是多么惊心动魄的故事啊，但是，他却不动声色，冷静叙事，重白描而拒雕饰，求质朴而抑抒情。我从三部曲中选出《自由》，建议《十月》刊登，虽然刊发后响动不大，却也有若干作家读后表示大受启发，"冷静叙述，不动声色"的叙事策略，成为某些作家的文本亮点，有位以这种格调写出的长篇小说，获得了诺贝尔文学奖。我自己从《我爱每一片绿叶》开始，也告别了"激情澎湃"的叙事方式，开始追求"冷中出热"的美学效果。

叶先生出生在湖北红安，那个县不仅出了董必武、李先念等政治名人，竟先后有两百位被评为将军，叶先生跟我说，有的将军是家乡的"发小"，那么多年过去，见面还能叫出对方的小名，回忆出一起放牛遇雨的情形，那样的童年玩伴知道他写小说，鼓励他"把我们走过的路写出来"，这也成为他后来将《山村》再续上《旷野》《远程》，构成《寂静的群山》三部曲的动力。

那天韩素音怕冷落了我不好，虽然跟叶先生还有说不完的话，也特意问我有什么新的作品，我就告诉前些时发表了一个中篇小说《如意》，写一个中学里扫地的校工，和一个清代贵族格格隐秘的暮年恋的故事，《如意》就发表在《十月》上，每期《十月》编辑部都赠叶先生，叶先生就对韩素音说："写得很不错。比以前他那些短篇节制。"我就表示会寄赠给韩素音，她说："没必要。寄是很贵的，我能自己找到。"她那爽快甚至可以说是有些泼辣的性格，在叶家展示得淋漓尽致。她环顾叶家客厅保留下来的那些红木家具，喜欢得不得了，笑道："君健，你让我都带走好吧！"当然，那只是玩笑话。

过了几年，我在家里忽然接到韩素音打来的电话，她说是叶君健把我家的电话号码告诉她的，她说住在北京饭店，问我能不能去饭店聊聊。我很高兴地去了。她请我在北京饭店里的谭家菜用餐。她先随便跟我聊。告诉我抗战时期在重庆的时候，有一天在路上遇到邓颖超，她还记得那一刻周遭的景象，乃至从小餐馆飘来的麻辣烫气息，她原来只是在某些社交场合见到过周恩来和邓颖超，并不怎么熟，但是那天遇上邓，邓蔼然可亲地跟她讲话，建议她把自己的故事写出来，令她非常感动。1949年以后，她在燕京大学的同学龚澎给她写信，约她到北京一晤，她到了北京，龚引她见到了周和邓，她觉得他们很开明，虽然她在写作上并不一定要为中国作报导，但她愿起到一些中国和西方沟通的作用。她在上世纪六十年代末才出版了《伤残的树》《凋谢的花朵》《无鸟的夏天》自传三部曲。吃完餐我们又去咖啡吧喝咖啡。这时候她才说到约我见面的正题。她说读了我的《如意》，比她想象的好很多。打动了她。她说产生了把《如意》翻译成英语的冲动。问我是否已经有了英译本？我颇吃惊。因为像她那样的作家，是不揽中译英这种"瓷器活"的。我说："您哪儿抽得出时间呢？"她一脸认真："我想做的事情，总能抽出工夫来的。"我听叶先生说过，她的英语小说被认为是文笔优美且有个人风格的，《如意》若真由她翻译，西方读者的接受度肯定是高的。我就告诉她非常感谢。聊天中她环顾饭店内景，说这北京饭店她在几个时代都进入过，现在的格局乃至某些细节依然如故，令她无限感慨。我就建议她以北京饭店的变迁为线索写部长篇，她笑："那等于给这家饭店做广告了，他们会付我广告费吗？"

叶君健是改革开放以后，最早出国访问的作家之一。先是世界语方面的文化机构邀请他去开会，他们没有忘记他是以世界语写小说的大师，那回主要是去几个东欧国家。韩素音请叶君健顺便到她在瑞士洛桑的住地一聚。叶先生后来告诉我，韩素音请他到一家高档餐厅吃海鲜，回到韩家，叶听见韩的夫君在厨房看着账单跟韩素音嘟囔，用的是瑞士味的法语，以为叶听不懂，意思是你怎么点那么贵的东西啊？韩就十分爽气地回应："马耳是我难得一见的老朋友，多贵我也要请他！怎么，你吃醋啦？"那陆文星反倒扑哧笑了。陆文星不清楚，叶君健不仅精通英语、世界语、丹麦语，也通法语、意大利语。1988年，丹麦女王玛格丽特二世授予叶君健"丹麦国旗勋章"，表彰他把安徒生的全部童话介绍给有十多亿人口的中国人民。有意思的是，安徒生在世时，也曾因童话创作而获得过"丹麦国旗勋章"。1999年叶先生与世长辞。他在文学审美方面给予我的熏陶启迪，是我没齿难忘的。

我最后一次见到韩素音，是1989年在前驻美大使章文晋家里。章大使夫人张颖——她最后的职务是中国文联书记处书记——亲自动手烹制出海鲜火锅，大家围坐品尝。2012年底传来韩素音在瑞士溘然长逝的消息，她寿数高过叶君健十一年。她虽然到头来并没有翻译我的《如意》，但她对我作品的真诚赞赏，仍是我继续写作的托举力之一。

2017年5月2日 温榆斋中

宗璞大姐啖饭图

南北两位大姐近三十年来一直对我厚爱。南边的子云大姐去年仙去，北边健在的宗璞大姐于我更加珍贵。宗璞大姐如今打来电话，总是第一句就直奔主题。比如："你该把读了《西征记》的印象告诉我。"我就马上告诉她，起码有三处我印象深刻。

一处，是有个角色叫哈察明，大有《红楼梦》角色命名的意趣。《红楼梦》里有叫詹光、单聘仁的清客，有叫卜世仁的舅舅。哈察明，似乎此人对人与事考察得很分明，他那判断却像哈哈镜，似是而非，极不靠谱。宗璞大姐电话那边轻轻笑了一声，显然满意于我的理解。小说里塑造了一位正人澹台玮。澹台玮义无反顾地参加了西征，与日寇短兵相接。在架设电话线的努力中，他中了日寇枪弹，被送到野战医院疗治。医生哈察明发现澹台玮是背部中弹，就四处散布流言蜚语，意思是只有逃兵才会背部中弹。澹台玮却终于不幸捐躯。我觉得宗璞在叙事文本上处理得非常具有匠心。澹台玮究竟为什么会背部中弹？她在前面战斗描写里交代得非常详尽。澹台玮当时和战友一起冒着敌人炮火架设电话线，为了把已经抛到街对面树上的电话线固定好，澹台玮爬到树上后不得不转身进行操作，而就在那一刻他背上中了敌人枪弹。宗璞说，她常常想到世上有这样一种人，如哈察明，自以为明察秋毫，而其判断常是南辕北辙。原因是总把别人想得太坏，只有自己好。

这也是人性的一个方面吧。

另一处，是书里的孟灵己，也就是嵋，她在战地医院里，读到一位不治身亡的女兵遗留的日记，感动不已。当嵋听到中国军队在战场终于实施了反攻时，高高举起裹着那女兵日记的纸包，心里高喊："反攻了！听见吗？"我读到这里非常感动。我不是评论家，我对作品的阅读都属于"私阅读"，许多感受与私人因素有关，因此往往羞于写出。但与宗璞大姐沟通不必顾虑。我大哥刘心世早生宗璞三年，当年就是参加滇缅抗日远征军的热血男儿。二哥刘心人比宗璞大姐长一岁，他常跟我说起那些岁月里我们父母亲友的爱国热情。作为普通的中国人，生活在重庆的我的父母亲友们，当时真诚地拥护蒋介石领导的中国军队抗日，现在有人为汪精卫辩护，但是那时在重庆海关工作的父亲，却自觉地否定汪的"和平救国"路线，主张武力救国。我正出生于抗日战争的相持阶段，父亲给我取名，"心"是排行，只有最后一个字可供明志，他就刻意选了个"武"字。后来把大哥送往远征军作战，他觉得那是养儿的责任，也是全家的光荣。父亲那时编一份《关声》刊物，他把大哥的前线来信摘登在刊物上，吸引到海关以外的读者。我家与宗璞家其实算得世交，我母亲年轻的时候在冯家借住过。如果抠辈分，我应该叫宗璞姑姑。宗璞说还是叫大姐好。我理解宗璞大姐在《西征记》里写出的相当于我父母那一辈及我大哥、二哥和宗璞那一辈（她哥哥就是参加西征的一员），在那段时空里的那种情怀，就是对中国政府的武力抗日不仅坚决拥护，而且热情投入。《西征记》里跳荡着非常真实的那时普通中国人的心脉。

有个中年人翻阅过《西征记》以后对我说，他觉得从《南渡记》《东藏记》到《西征记》，里面似乎没有塑造共产党员的形象。

他说看过一些资料，当年的西南联大，共产党的活动其实还是很活跃的，特别到了《西征记》最后，写到抗战胜利后头两年，历史的真实，应该是共产党的地下活动已经开始浮出水面。我跟那中年人讨论时替宗璞大姐解释，就是写这样的小说只能从个人生命体验出发，而不能从概念出发。与宗璞大姐通电话时我转达了那位读者的意见。她对我替她的解释没有照单全收。她说，她写的不是历史书，是小说。"我也写了共产党员啊，名字叫蔚荷。不过不是光辉万丈的共产党员。"她接着说，这正是第四部《北归记》面临的一个难度。

我告诉她，《西征记》里对我第三个警动处，恰与这个议题有关。就是书里写到抗战胜利后曾有过规模不小的学生反苏大游行。当时地下共产党员是纷纷出动加以劝导阻止的，可是游行还是激昂地进行了，这又不能说成是国民党反动派搞的阴谋。当时的学生看到关于苏联军队在东北占据铁路港口并有诸多不良表现的报导，很气愤，为什么世界反法西斯战争胜利了，中国主权和普通民众还会受到损害？上街游行的学生，那爱国情怀，是和参加远征军的激情相通的。二哥刘心人告诉我，普通的中国人，中国青年，中国学生，当年许多都是具有爱国热情，却并无意识形态崇拜，不懂政治更不明白什么路线斗争的，当年那么多中国百姓尽管对蒋介石政府多有不满，但对他1937年公开对日宣战，还是衷心拥戴的，1939年苏联和纳粹德国还在签订互不侵犯条约，共同侵犯波兰，后来有史家分析，说那是斯大林的政治技巧，为的是争取时间积蓄打击纳粹德国的力量，但你怎么能要求那时的普通中国老百姓懂得其中的玄机？苏联出兵东北的政治意义与一些官兵的具体丑行，普通中国百姓特别是青年学生当时不大懂得前者而被后者激怒，现在回过头去看，又有什么可谴责可否定的呢？

但是就有当年参加过那次游行的学生，在1949年以后被视为有政治污点。我对宗璞大姐说，你忠于认识忠于感受，在《西征记》里描下一笔，很好。

宗璞大姐说："哎呀，头又晕了。喜欢听你说，可是坚持不了啦。你把你的读后感写出来啊。"我忙说："今天就到这儿。你多保重！"

宗璞曾想要一幅图画，挂在饭厅里。画面右上角写"食不厌精，脍不厌细"，左下角画一个小人，捧着大腕噉饭。她建议我画。又说："1982年那次跟冯牧一起去兰州，你给我画的像我一直留着。不过那张太小。现在我眼睛只能看大块颜色粗粗线条，你要给我画张大的！"其实她只是要我画幅并非以她为主体的助餐漫画，我却理解成再画一幅她的像，而且是噉饭图。后来再通电话，她知道形成了美丽的误会，高兴地说："那你就画两幅，我全要！"

大姐有命，怎能不从？噉饭，大姐出语有趣。大姐的《东藏记》《西征记》全部都是口述的，虽然口授，仍是字斟句酌。所以还是自己的风格，有书卷气，有些文句仍然相当古雅。"廉颇老矣，尚能饭否"，这是连比大姐小十四岁的我如今也常遇到的诘问。望七的我现在写稍长些的文章就有干体力活的感觉。但宗璞大姐却仍在坚持《野葫芦引》四部曲最后一部《北归记》的写作，而且插空还会写些其他文章，比如极富独特见解情趣盎然的《采访史湘云》。噉饭，又可写成啖饭，更规范则是喰饭，但我却刻意要在画上题为噉饭，因为觉得这样更有趣。愿宗璞大姐每餐多噉，转化为充沛能量，把创作延续下去，我和无数读者一起，等着从《北归记》里获得更多触动心灵的弦音哩。

2010年7月22日 温榆斋中

听新凤霞说戏

《笔会》2016年8月30日刊发我《听郁风聊画》一文，文末提到世纪初一个饭局，我写吴祖光新凤霞伉俪去了，细心的读者立即指出，新凤霞仙逝于1998年，怎么会去赴宴？我与吴祖光新凤霞伉俪在那次聚餐的地方，上世纪末几次谋面，记忆里嵌得最深的，是吴先生推凤霞师轮椅的身影，本世纪初的那次吴先生独自赴宴，我竟误忆错写，很是内疚，就这一笔误，应向读者深深致歉。

我对凤霞老师，很早就有印象。我的初中，是在北京21中上的，那本是个教会学校，有两栋洋楼，后来成为公立，1953年我上初一的时候，国家拨款新建一栋教学楼，竣工后，为慰劳建筑工人们，在学校对门的大院里，搭了个临时戏台，晚上演出评剧《刘巧儿》，未曾开演，台下已经挤得水泄不通。一些学生，也去凑热闹，我是其中之一。戏开演后不久，许多学生欣赏不来，就跑开捉迷藏去了，我却一直坐在课椅上看到闭幕。那天出演刘巧儿的，就是新凤霞。回到家里跟父母讲起，父亲就说建筑工人多是京津河北的，最喜欢的就是评剧，其次是河北梆子，京剧大概只有部分工友喜欢，安排这样的慰问演出是最合理的。母亲就问我究竟看不看得懂剧情？我坦白，真是稀里糊涂，不过，唱腔真好听。这不奇怪。我父母对子女一贯有戏曲方面的熏陶，打小就带子女进剧场听戏，在家里，常常是父亲操琴，兄姊开唱，京剧里的"一马离了西凉界""苏三离了洪洞县"之类，早就耳熟能详，也能跟着哼出几句，何尝懂得那剧情及唱词含义。父亲也曾带我到天桥小剧场看过评剧《三看御妹》，更不知剧情所云，但某些优美的唱腔，却令我愉悦。那次看过《刘巧儿》以后，又从"匣子"（收音机）里听到，在家里写作业之余，竟不禁也"巧儿我自幼儿许配赵家，我和柱儿不认识怎能嫁他"地哼唱起来，还把过门伴奏也认真地模仿，对此，有的邻居讶怪，父母却十分淡定。

改革开放以后，一天接到吴祖光先生打来的电话，邀我带爱人去他家做客。我激动，首先是因为祖光先生。爱人晓歌激动，却首先是能与凤霞师亲近。晓歌是评剧迷，而且特别钟情新派。她的一位同事，原来就是评剧院的，自称曾在新凤霞的戏里跑过龙套，后来被剧团精减。这位马姓同事，带动起晓歌和一批女同事成为评剧迷。上世纪六十年代上半期，新凤霞主演的新编剧目如《会计姑娘》《向阳商店》《金沙江畔》等，她们都扎堆买票去看，看完就哼唱其中的选段。那时每晚演出，剧场会把主要演员便装照贴在前堂玻璃橱里，就有拉破玻璃偷走新凤霞和当红小生马泰照片的事情发生，她们一群听说，就互相打趣："是不是你偷的呀？"那时没有"粉丝"一词，但追星行为，一样存在。

去吴祖光新凤霞家路上，我提醒晓歌：可以主动跟凤霞师谈画画、写文章，千万不要谈戏，听说自从她1975年偏瘫不能登台以后，她就绝少跟一般访客谈戏。到了他们家，见到早去的客人，一位著名作家，一位洋人。两口子对我们十分热情。凤霞师见晓歌有些拘束，就让晓歌坐她轮椅边，用她那尚能自如的右手，握住晓歌的左手，两个人竟絮絮地聊起家常来了。我则跟祖光先生讲起上高中时看北京人艺演出《风雪夜归人》的印象。

后来开饭，大家围坐，继续闲聊。那位洋人，吴先生开始介绍时，没听清叫什么，中文口语很好，是位汉学家，席上凤霞师不断称他乃瑞，才知他的汉学研究，把评剧也当作一个项目。乃瑞说，他个人认为，评剧剧目里，"最评剧"的，当属《杨三姐告状》，"最乡土""最鲜灵""最过瘾"，吴先生就笑，说乃瑞"最内行"，凤霞师来了精神，就聊起这出戏来，说她当年最喜欢演的就是杨三姐，有年春节下乡露天演出，场场火爆，飘起雪花，观众不散，台上台下，热气蒸腾，后来知道有个老太太，八十三了，他们村演完，还想看，就让孙子拿小推车推着，连去了另外三个村，一连看了四场！我也就想起来，上初三的时候，爱到报亭买《新观察》杂志，有期封面是凤霞师扮演的杨三姐剧照，梳条大辫，侧身扭过头来，美丽而倔强。晓歌就叹息，等她进剧场看评剧的时候，古装的，民国装的，全停演了。席上那位著名作家就问吴先生凤霞师：你们大儿子吴钢，不是专拍戏曲演出照的吗？拍没拍张杨三姐？乃瑞代答，妈妈当红的时候还不会拍照，喜欢拍戏曲照片的时候，妈妈已经不登台了。2000年我和晓歌游法国，旅居巴黎的吴钢曾开车从巴黎市区送我们去远郊的枫丹白露，此是后话。

那天回到家里，晓歌兴奋不已，说在凤霞师面前，终于喉咙痒，忍不住要聊戏，那几年新凤霞主演的电影《刘巧儿》《花为媒》重见天日，晓歌百看不厌，其中的唱段少不得咿呀唱来自娱，但总觉唱不顺畅，大胆求教，凤霞师竟蔼然可亲地加以点拨，比如告诉她"巧儿我自幼儿许配赵家"的唱段，连续多句都结束在"呀"上，这"呀"可有学问……还轻声示范了两句"呀"的处理，让她觉得如聆仙音。

新凤霞因偏瘫不得不告别舞台,那时还不到五十岁。1988年评剧演员赵丽蓉五十八岁初登中央电视台春节晚会表演小品,此后八次在春晚露面,成为老少皆知的耀眼笑星,更在电视剧和电影中扮演角色,1991年凭《过年》中的"母亲"一角获该年度东京国际电影节影后。有次饭局包间中的电视上正放赵丽蓉参演的小品,新凤霞忍不住感叹:"她原来是傍我的呀!""傍"是陪衬的意思,我们会立即想到1963年拍成彩色电影的《花为媒》,新凤霞饰演的张五可是大主角,赵丽蓉饰演的阮妈是配戏的彩旦,新凤霞这句脱口而出的感叹,是对赵丽蓉晚年艺术地位升腾的艳羡祝贺,更是对自己中年就不得不息演的痛心疾首。好在新凤霞晚年在绘画和写作上的辛勤劳作,结出了丰硕成果,也足够辉煌。

现在我知道那天一起到吴祖光新凤霞家做客的乃瑞,就是秦乃瑞,这当然是他的汉名,真名John Derry Chinnery,是英国著名汉学家,曾任爱丁堡大学教授、中文系主任、苏格兰中国友好协会负责人,已于2010年去世,由他的儿子秦思源安葬在无锡陈氏墓园。原来秦乃瑞娶了陈小滢为妻,而陈小滢是中国现代文学史上著名作家陈西滢凌叔华的女儿。真是凑巧,就在我写这篇文章的时候,从网络上发现,北京新世纪出版社2016年9月刚刚出版了一本新书《中国乡村的莎士比亚:英国汉学家眼中的评剧》,正是秦乃瑞所撰,目前还只有英文版。真盼能早日看到中译本,并且相信,书中一定会有不少涉及新凤霞的内容。

2016年11月2日 温榆斋

失画忆西行

2013年6月10日《笔会》上刊出了宗璞大姐《云在青天》一文，记叙了她迁离居住了六十年的北京大学燕南园的情况和心情。我读后即致电新居的她，感叹一番。顺便告诉她，我1981年为庆祝她生日所绘的水彩画，在4月出现在北京的一个拍卖会上。她说已经有人先我报告她了。她觉得非常遗憾。她说一直允诺我要终生保留那幅小画，但迁居时她一个几近失明的老人，只能是被动地由年轻人扶持转移，哪有清点所有物件的能力？而年轻人对那三松堂中大量的字纸，又哪有心思和时间逐一地鉴别？据说现在专有一种搞收藏的达人，盯住文化名人居所，以略高于废品的价格从收垃圾的人那里打包买下所有弃物，然后细心检视，多会大有收获。往往一处文化名人迁居不久，北京潘家园旧货市场就会有其便笺售卖，而有的拍卖会上，也就会出现相关的字画手稿函件，网上也会出现拍卖的讯息。从三松堂流失出现于拍卖中的，不只是我那幅水彩画，还有宗璞自己的手稿，甚至还有宗璞父亲冯友兰先生写给一位名广州人士的亲笔信。宗璞大姐在《云在青天》一文最后写道："我离开了，离开了这承载着我大部分生命的地方；我没有回头，也没有哭。"我们通电话时，她感叹之后依然是旷达淡定。我也说，那幅三十多年前给她庆生的水彩画，有人收藏也好，我就再画一幅给她吧。

那幅水彩画上写明了绘制的时间和地点，是 1981 年 7 月 26 日在兰州。怎么会是在兰州？原来，那年夏天，应甘肃方面邀请，冯牧带着公刘、宗璞、谌容和我一起先到兰州，然后顺河西走廊一直游到敦煌采风。冯牧（1919—1995）那时在中国作家协会主事，是杰出的文学创作组织者、文学评论家和散文家。上世纪初，他在云南昆明军区任职，培养扶植了一批在全国产生影响的军旅诗人、小说家，公刘（1927—2003）就是其中的一位。宗璞比公刘小一岁。谌容是 1936 年出生的，我是 1942 年出生的。我们这一行，是个由二十世纪 10 后、20 后、30 后、40 后组成的梯队，正是改革开放初期文坛新老汇聚、文人相亲的一个缩影。

西行列车上，大家随意闲聊，我淘气，用一张 4 开白纸临时绘制了一幅西行游戏图，轮流翻书，以所显现的页码最后一位数，来用硬币走步，所停留的位置，可能是勒令后退几步，也可能是获准跃进几步，有时还会附加条件，如"念佛三声可再进三步，若拒绝则退回原位"，宗璞曾到达此位，她双手合十念三遍阿弥陀佛，乐得跃进，但冯牧对我发起的游戏很不以为然，总得我一再敦促他才勉强应付，但说来也怪，大家只玩了一次，却是冯牧最先抵达终点敦煌。一路上也讨论文学，那时候西方现代派文学的信息涌进国门，朦胧诗，小说中的意识流、时空交错、荒诞变形、黑色幽默，都引起创作者很大的兴趣，王蒙带头在其小说里实验，我和谌容等也有所尝试，但冯牧却对热衷借鉴西方现代派手法"不感冒"。有的老作家，我总觉得是因为长期闭塞，所以排拒相对而言是新颖的事物，他们的反对声音，我只当耳旁风。但冯牧却是在青年时期就接触到西方现代派文化，他父母曾在法国巴黎生活，父亲是翻译家，他自己具有英文阅读能力，涉猎过乔伊斯《尤利西斯》、伍尔夫《海浪》、艾略特《荒原》等的原版，他对当代作家过分迷恋西方现代派给予降温劝告，是建立在"知己知彼"的理性基础上的，因此，对于他的意见和建议，我就非常重视。他对我说过，西方古典主义追求精准描摹，现代派则崇尚主观印象，其实中国传统艺术的大写意，也是很重要的美学资源。我知道冯牧和京剧"四大名旦"的程砚秋关系很不一般，有说在冯牧投奔延安之前，程是收过他为弟子的，程去世前，冯牧虽然供职于文学界，也还是常去与程探讨京剧表演艺术的。就在我认识冯牧以后，还发现如今当红的程派表演艺术家张火丁，出入冯家向他讨教如何突破《锁麟囊》唱腔中的难点。冯牧的审美趣味是高尚的，他对人类文明中的新事物是抱积极了解、乐于消化的态度的。1987年秋天我访问美国70天返京，到他家拜访，他知我在美国特意参观了一些体现后现代"同一空间中不同时间拼贴"的建筑，比如位于圣迭戈的购物中心和萨尔克生物研究所建筑群，便让我详细形容，他听得非常仔细，还和我讨论了这种"平面化拼贴化"的手法如果运用到小说结构里会产生什么正面或负面的效应。我很感激在同他相识的十几年里，他点点滴滴给予我的熏陶滋养。我们当然也有分歧。西行后的几年，他对我的长篇小说《钟鼓楼》是肯定的，对中篇小说《立体交叉桥》就认为不够明亮，而我自己却始终自信《立体交叉桥》相对而言，是我小说中最圆熟的一部佳构。在兰州我也为冯牧画了一幅铅笔素描，画完还扭着他非要他签名，谌容看了说："人家是个美男子。你画成个平庸男了。"这幅画现在还在。曾在整理旧画作时又端详过，并且心头飘过一个疑问：何以有那么多女子喜欢甚至不避嫌疑地公开追求冯牧，而冯牧为什么终于一个也不接纳？冯牧作为美男子，并非柔媚型，他中学时夺得过仰泳冠军，我结识他时他已年近花甲，既阳刚也儒雅，确实有魅力。可惜他走得早了些。他仙逝后，我到他家,送去一幅水彩画以为祭奠,大哭一场。

那次西行,公刘给我的印象是非常之端庄、整洁、理性。我总以为诗人应该都是把浪漫形于外的,不修边幅,思维跳跃,言谈无忌,公刘却大异其趣。我和他谈《阿诗玛》,那部彝族撒尼人民间长诗,最早的采风及整理,他都是参与的。一听要谈《阿诗玛》,他立刻郑重申明,大家看到的那部拍摄于1964年的《阿诗玛》电影,和他一点关系也没有。他确实遇到过太多的那种询问:"电影《阿诗玛》的剧本是你写的吧?"他必得费番唇舌才能解释清楚。但是对于我来说,他不用解释。我读过他于1956年写出并刊发在《人民文学》杂志上的电影文学剧本《阿诗玛》,真是云霞满纸,诗意盎然,而且极富视觉效应。读时甚至有种冲动:我要能当导演把它拍出来该多过瘾!"又放诞坦言:"1964上海电影制片厂拍成的那个《阿诗玛》,只是有两首歌还好听,反面人物极度夸张,场面不小却诗意缺席,我是不喜欢的!现在创作环境大好,应该把你那个剧本拍出来,让观众不是被说教而是沉浸在人性善美的诗意里!"公刘听了先是惊讶,后来觉得我确实不是庸俗恭维,而是真心激赏他那个只刊登于杂志未拍成电影的文学剧本,又很高兴。他说:"二十五年后得一知音也是人生幸事。"我说要给他画像,画出诗人气质,他微笑,那微笑是觉得我狂妄但可宽恕吧。画成后,我要他在我的画上签名,他依然微笑,那微笑是坚定的拒绝。后来他的同代人告诉我,公刘很早就形成了一个习惯,绝不轻易留下自己的笔迹,而且总是及时销毁不必存留的字纸。西行后我们多次见面交流。2003年他在合肥去世。画公刘的那幅《诗潮》,我一直保留至今。

谌容虽然比我大几岁,但我从未对她以姊相称,因为就步入文坛而言,我们算是一茬的。谌容于我,有值得大感谢处。我发表《班主任》以后，暴得大名，在各种场合出现时，多有人责怪我骄傲自满，我也确实有志得意满的流露吧，检讨、收敛都是必修的功课，但有时也深感惶恐，不知该如何待人接物才算得体，颇为狼狈。有次当时的业余作者聚会，谌容为我辩解："我写小说的，看得出人的内心，心武不能主动跟人握手，生人跟他说话，他一时不知该怎么应答，种种表现，其实，都不过是面嫩，不好意思罢了！"她的这个解围，也真还缓解了一些人对我的误解。我呢，也有值得谌容小感谢之处。谌容始终把自己的姓氏定音为"甚"，但若查字典，这个姓氏的发音必须是"陈"，某位著名的文学评论家就坚持称她为"陈容"，并且劝说她不要再自称"甚容"，而谌容绝不改其自我定音，我就在一次聚会时说，我们四川人就把姓谌的说成姓"甚"的，我有个亲戚姓谌，我就一直唤她"甚孃孃"，后来都在北京，还是唤她"甚孃孃"，应该是字典上在谌字后补上也发"甚"的音，而不应该让谌容自己改变她姓氏的发音。字典大概在谌字注音上始终无变化，但后来在文坛上，绝大多数人提起她发音都是"甚容"，再无人站出来去"纠正"了，如今从网络上查谌字，则已经注明作为姓氏发音为"甚"。谌容走上文坛的经历十分曲折。但自从1979年她的中篇小说《人到中年》在《收获》刊发，并于1980年获得全国优秀中篇小说奖项后，一路顺风，有人戏称她是"得奖专业户"。那次西行，我俩也言谈甚欢。记得我偶然聊起，说"鼻酸"这个词不错，她的反应是："什么鼻酸？依我看，要么坚决不悲伤，要么就号啕大哭！"我想这应该是她天性的流露。十四年前，她在恩爱夫君范荣康去世后不久，又遭遇大儿子梁左猝死的打击。从此不见她有作品面世，也不见有信息出现于传媒。她淡出了文坛。也许，她是大彻大悟，把文学啊名利啊什么全看破，在过一种"雪满山中高士卧"的神仙般生活；也许，她竟是在埋头撰写流溢自内心深处的篇章，将给予我们一个"月明林下美人来"的惊喜。

　　人生就是外在物件不断失去的一个流程。我给宗璞大姐的那幅贺生画的流失实在算不得什么。但人生也是努力维系宝贵忆念的一个心路历程。失画忆西行，我心甚愉悦。

2015 年 11 月 13 日　绿叶居

王小波，晚上能来喝酒吗？

北京有三座金刚宝座塔。一座在蜚声中外的风景名胜地香山碧云寺里。碧云寺的金刚宝座塔非常抢眼，特别是孙中山的衣冠冢设在了那里，不仅一般游客重视，更是政要们常去拜谒的圣地。另一座金刚宝座塔在五塔寺里，虽然离城区很近，就在西直门外动物园后面长河北岸，却因为不靠着通衢而鲜为人知，一般旅游者很少到那里去。五塔寺，是以里面的金刚宝座塔来命名的俗称，它在明朝的正式名称是真觉寺，到了清朝雍正时期，因为雍正名胤禛，"禛"字以及与其同音的字别人都不许用了，需"避讳"，这座寺院又更名为大正觉寺。所谓金刚宝座塔，就是在高大宽阔的石座上，中心一座大的，四角各一座较小的，五个石砌宝塔构成一种巍峨肃穆的阵式，攀登它，需从石座下券洞拾级而上，入口则在一座琉璃瓦顶的石亭中。北京的第三座金刚宝座塔在西黄寺里，那座庙几十年来一直被包含在部队驻地，不对外开放。打个比方，碧云寺好比著名作家，五塔寺好比尚未引人注意的作家，而西黄寺则类似根本无发表的人士。

五塔寺的金刚宝座塔前面，东边西边各有一株银杏树，非常古老，至少有五百年树龄了。如今北京城市绿化多采用这一树种，因为不仅树形挺拔、叶片形态有趣，而且夏日青葱秋天金黄，可以把市容点染得富于诗意。不过，银杏树是雌雄异体的树，如果将雌树雄树就近栽种，则秋天会结出累累银杏，俗称白果，此果虽可入药、配菜甚至烘焙后当作零食，但含小毒，为避免果实坠落增加清扫压力以及预防市民特别是儿童不慎捡食中毒，现在当作绿化树的银杏树都有意只种单性，不使雌雄相杂。但古人在五塔寺金刚宝座塔两侧栽种银杏时，却是有意成就一对夫妻，岁岁相伴，年年生育，到今天已是夏如绿陵秋如金丘，银杏成熟时，风过果落，铺满一地。

至今还记得十九年前深秋到五塔寺水彩写生的情景。此寺已作为北京石刻博物馆对外开放，在金刚宝座塔周遭，搜集来不少历经沧桑的残缺石碑、石雕，有相当的观赏与研究价值。但那天下午的游人只有十来位，空旷的寺庙里，多亏有许多飞禽穿梭鸣唱，才使我摆脱了灵魂深处寂寞咬啮的痛楚，把对沟通的向往通过画笔铺排在对银杏树的描摹中。

雌雄异体，单独存在，人与银杏其实非常相近。个体生命必须与他人，与群体，同处于世。为什么有的人自杀？多半是，他或她，觉得已经完全失却了与他人、群体之间沟通的可能。爱情是一种灵肉融合的沟通，亲情是必要的精神链接，但即使有了爱情与亲情，人还是难以满足，总还渴望获得友情，那么，什么是友情？友情的最浅白的定义是"谈得来"，尽管我们每天会身处他人、群体之中，但真的谈得来的，能有几个？

一位曾到农村"插队"的"知青"和我说起，那时候，生活的艰苦于他真算不了什么，最大的苦闷是周围的人里，没一个能成为"谈伴"的，于是，每到难得的休息日，他就会徒步翻过五座山岭，去找一位曾是他邻居、当时插队在山那边农村的"谈伴"，到了那里，"谈伴"见到他，会把多日积攒下的柴鸡蛋，一股脑煎给他以为招待，而那浓郁的煎蛋香所引出的并非食欲而是"谈欲",没等对方把鸡蛋煎妥,他就忍不住"开谈",而对方也就边做事边跟他"对阵",他们的话题,在那样的地方那样的政治环境下,往往会显得非常怪诞,比如:"佛祖和耶稣的故事,会不会是一个来源两个版本?"当然也会有犯忌的讨论:"如果鲁迅看到《多余的话》,还会视瞿秋白为人生知己吗?"他们漫步田野,登山兀坐,直谈到天色昏暗,所议及的大小话题往往并不能形成共识,分手时,不禁"执手相看泪眼",但那跟我回忆的"知青"肯定地说,尽管他返回自己那个村子时双腿累得发麻,但他获得了极大的心理满足,那甚至可以说是支撑他继续存活下去的主要动力!

人生苦短,得一"谈伴"甚难。但人生的苦寻中,觅得"谈伴"的快乐,是无法形容的。

"谈伴"的出现,又往往是偶然的。

记得那是1996年初秋,我懒懒地散步于安定门外蒋宅口一带,发现街边一家私营小书店,有一搭没一搭地迈进去,店面很窄,陈列的书不多,瞥来瞥去,净是些纯粹消遣消闲的花花绿绿的东西,不过终于发现有一格塞着些文学书,其中有一本是《黄金时代》,"又是教人如何'日进斗金'的'发财经'吧?怎么搁在了这里?"顺手抽出,随便一翻,才知确是小说,作者署名王小波。书里是几个中篇小说,头一篇即《黄金时代》。我试着读了一页,呀,竟欲罢不能,就那么着,站在书架前,一口气把它读完。我要买下那书,却懊丧地发现自己出来时并未揣上钱包。从书店往家走,还回味着读过的文字。多年来没有这样的阅读快感了。我无法评论。只觉得心灵受到冲击。那文字的语感,或者说叙述方式,真太好了。似乎漫不经心,其实深具功力。人性,人性,人性,这是我一直寄望于文学,也是自己写作中一再注意要去探究、揭橥的,没想到这位王小波在似乎并未刻意用力的情况下,"毫无心肝"给书写得如此令人"毛骨悚然"。故事之外,似乎什么也没说,又似乎说了太多太多。

也不是完全没听说过王小波。我从那以前的好几年起,就基本上再不参加文学界的种种活动,但也还经常联系着几位年轻的作家、评论家,他们有时会跟我说起他们参加种种活动的见闻,其中就提到过"还有王小波,他总是闷坐一边,很少发言"。因此,我也模模糊糊地知道,王小波是一个"写小说的业余作者"。

真没想到这位"业余作者"的小说《黄金时代》如此"专业",震了!盖了帽了!必须刮目相看。

那天晚饭后,忽来兴致,打了一圈电话,接电话的人都很惊讶,因为我的主题是:"你能告诉我联系王小波的电话号码吗?"广种薄收的结果是,其中一位告诉了我一个号码:"不过我从没打过,你试试吧。"

那时候还没有"粉丝"的称谓,现在想起来,我的作为,实在堪称"王小波的超级粉丝"。

我迫不及待地拨了那个得来不易的电话号码。那边是一个懒懒的声音:"谁啊?"

我报上姓名。那边依然懒懒的:"唔。"

我应该怎么介绍自己?《班主任》的作者?第二届茅盾文学奖获奖作品《钟鼓楼》的作者?《人民文学》杂志前主编?他难道会没听说过我这么个人吗?我想他不至于清高到那般程度。

我就直截了当地说:"看了《黄金时代》,想认识你,跟你聊聊。"

他居然还是懒洋洋的:"好吧。"语气虽然出乎我的意料,传递过来的信息却令我欣慰。

我就问他第二天下午有没有时间,他说有,我就告诉他我住在哪里，下午三点半希望他来。

第二天下午他基本准时，到了我家。坦白地说，乍见到他，把我吓了一跳。我没想到他那么高，都站着，我得仰头跟他说话。请他坐到沙发上后，面对着他，不客气地说，觉得丑，而且丑相中还带有些凶样。

可是一开始对话，我就越来越感受到他的丰富多彩。开头，觉得他憨厚，再一会儿，感受到他的睿智，两杯茶过后，竟觉得他越看越顺眼，那也许是因为，他逐步展示出了其优美的灵魂。

我把在小书店立读《黄金时代》的情形讲给他听，提及因为没带钱所以没买下那本书，书里其他几篇都还没来得及读哩。说着我注意到他手里一直拎着一个最简陋的薄薄的透明塑料袋，里面正是一本《黄金时代》。我问："是带给我的吗？"他就掏出来递给我，我一翻："怎么，都不给我签上名？"我找来笔递过去，他也就在扉页上给我签了名。我拍着那书告诉他："你写得实在好。不可以这样好！你让我嫉妒！"

从表情上看，他很重视我的嫉妒。

我已经不记得随后又聊了些什么。只记得渐渐地，从我说得多，到他说得多。确实投机。我真的有个新"谈伴"了。他也会把我当作一个"谈伴"吗？

眼见天色转暗，到吃饭的时候了，我邀他到楼下附近一家小餐馆吃饭，他允诺，于是我们一起下楼。

楼下不远那个三星餐厅，我现在写下它的字号，绝无代为广告之嫌，因为它早已关张，但是这家小小的餐厅，却会永远嵌在我的人生记忆之中，也不光是因为和王小波在那里喝过酒畅谈过，还有其他一些朋友，包括来自海外的，我都曾邀他们在那里小酌。三星餐厅的老板并不经常来店监管视察，就由厨师服务员经营，去多了，就知道顾客付的钱，他们收了都装进一个大饼干听里，老板大约每周来一两次，把那饼干听里的钱取走。这样的合作模式很富人情味儿。厨师做的菜，特别是干烧鱼，水平不让大酒楼，而且上菜很快，服务周到，生意很好。它的关张，是由于位置正在居民楼一层，煎炒烹炸，油烟很大，虽然有通往楼顶的烟道，楼上居民仍然投书有关部门，认为不该在那个位置设这样的餐厅。记得它关张前，我最后一次去用餐，厨师已经很熟了，跑到我跟前跟我商量，说老板决意收盘，他却可以拿出积蓄投资，当然还不够，希望我能加盟，维持这个餐厅，只要投十万改造好烟道，符合法律要求，楼上居民也告不倒我们。他指指那个我已经很熟悉的饼干桶说："您放心让我们经营，绝不会亏了您的。"我实在无心参与任何生意，婉言拒绝了。餐厅关闭不久，那个空间被改造为一个牙科诊所，先尽情饕餮，再去医治不堪饫甘餍肥的牙齿，这更迭是否具有反讽意味？可惜王小波已经不在，我们无法就此展开饶有兴味的漫谈。

  记得我和王小波头一次到三星餐厅喝酒吃餐，选了里头一张靠犄角的餐桌，我们面对面坐下，要了一瓶北京最大众化的牛栏山二锅头，还有若干凉菜和热菜，其中自然少不了厨师最拿手的干烧鱼，一边乱侃一边对酌起来。我不知道王小波为什么能跟我聊得那么欢。我们之间的差异实在太大。那一年我五十四岁，他比我小十岁。我自己也很惊异，我跟他哪来那么多的"共同语言"？"共同语言"之所以要打引号，是因为就交谈的实质而言，我们双方多半是在陈述并不共同的想法。但我们双方偏都听得进对方的"不和谐音"，甚至还越听越感觉兴趣盎然。我们并没有多少争论。他的语速，近乎慢条斯理，但语言链却非常坚韧。他的幽默全是软的冷的，我忍不住笑，他不笑，但面容会变得格外温和，我心中暗想，乍见他时所感到的那份凶猛，怎么竟被交谈化解为蔼然可亲了呢？

那一晚我们喝得吃得忘记了时间，也忘记了地点。每人都喝了半斤高度白酒。微醺中，我忽然发现熟悉的厨师站到我身边，弯下腰望我。我才惊醒过来——原来是在饭馆里呀！我问："几点了？"厨师指指墙上的挂钟，呀，过十一点了！再环顾周围，其他顾客早无踪影，厅堂里一些桌椅已然拼成临时床铺，有的上面已经搬来了被褥——人家早该打烊，困倦的小伙子们正耐住性子等待我们结束神侃离去好睡个痛快觉呢！我酒醒了一半，立刻道歉、付账，王小波也就站起来。

出了餐厅，夜风吹到身上，凉意沁人。我望望王小波，问他："你穿得够吗？你还赶得上末班车吗？"他淡淡地说："太不是问题。我流浪惯了。"我又问："我们还能一起喝酒吗？如果我再给你打电话？"他点头："那当然。"我们也没有握手，他就转身离去了，步伐很慢，像是在享受秋凉。我望着他背影有半分钟，他没有回头张望。回到家里，我沏一杯乌龙茶，坐在灯下慢慢呷着，感到十分满足。这一天我没有白过，我多了一个"谈伴"，无所谓受益不受益，甚至可以说并无特别收获，但一个生命在与另一个生命的随意的、绝无功利的交谈中，觉得舒畅，感到愉快，这命运的赐予，不就应该合掌感激吗？

在以后的几个月里，我不但把《黄金时代》整本书细读了，也自己到书店买了能买到的王小波其他著作，那时候他陆续在某些报纸副刊上发表随笔，我遇上必读。坦白地说，以后的阅读，再没有产生出头次立读《黄金时代》时那样的惊诧与钦佩。但我没有资格说"他最好的作品到头来还是《黄金时代》"，而且，我更没有什么资格要求他"越写越好"，他随便去写，我随便地读，各随其便，这是人与人之间能成为"谈伴"即朋友的最关键的条件。

我又打电话约王小波来喝酒，他又来了。我们仍旧有聊不尽的话题。

有一回，我觉得王小波的有趣，应该让更多的人分享。谁说他是木讷的？口拙的？寡言的？语塞的？为什么在有些所谓的研讨会上，他会给一些人留下了那样的印象？我就不信换了另一种情境，他还会那样，人们还见不到他闪光的一面。于是，我就召集一个饭局，自然还是在三星餐厅，自然还是以大尾的干烧鱼为主菜，以牛栏山二锅头和燕京啤酒佐餐，请来王小波，以及五六个"小朋友"，拼桌欢聚。那一阵，我常自费请客，当然请不起也没必要请鲍翅宴，至多是烤鸭涮肉，多半让"小朋友"们将就我，到我住处楼下的三星餐厅吃家常菜。常赏光的，有北京大学的张颐武（那时候还是副教授）、小说家邱华栋（那时还在报社编副刊）等。跟王小波聚的那一回，张、邱二位外，还有三四位年轻的评论家和报刊文学编辑。那回聚餐，席间也是随便乱聊。我召集的这类聚餐，在侃聊上有两个显著的特点，一是不涉官场文坛的"仕途经济"，一是没有荤段子，也不是事先"约法三章"，而是大家自觉自愿地屏弃那类"俗套"。但话题往往也会是尖锐的。记得那次就有好一阵在议论《中国可以说不》。有趣的是《中国可以说不》的"炮制者"也名小波，即张小波，偏张小波也是我的一个"谈伴"。我本来想把张小波也拉来，让两位小波"浪打浪"，后来觉得"条件尚未成熟，相会仍需择日"，就没约张小波来。《中国可以说不》是本内容与编辑方式都颇驳杂的书，算政论？不大像。算杂文随笔集？却又颇具系统。张小波原是上世纪八十年代大学里的"校园诗人"，后来成为"个体书商"，依我对他的了解，就他内心深处的认知而言，他并非一个民族主义鼓吹者，更无"仇美情绪"，但他敏锐地捕捉到了那时候青年人当中开始涌动的民族主义情结，于是攒出这样一本"拟愤青体"的《说不》，既满足了有相关情绪的读者的表述需求，也向社会传达出一种值得警惕的动向，并引发出了关于中国如何面对西方、融入世界的热烈讨论。这本书一出就引起轰动，一时洛阳纸贵，连续加印，张小波因此也完成了资本初期积累，在那基础上，他的图书公司现在已经成为京城中民营出版业的翘楚。

王小波对世界、对人类的认知，是与《说不》那本书宣示的相拗的。记得那次他在席间说——语速舒缓，绝无批判的声调，然而态度十分明确——"说不，这不好。一说不，就把门关了，把路堵了，把桥拆了。"引号里的是原话，当时大家都静下来听他说，我记得特别清楚。然后——我现在只能引其大意——他回顾了人类在几个关键历史时期的"文明碰撞"，表述出这样的思路：到头来，还得坐下来谈，即使是战胜国接受战败国投降，再苛刻的条件里，也还是要包含着"不"以外的容忍与接纳，因此，人类应该聪明起来，提前在对抗里糅进对话与交涉，在冲突里预设让步与双存。

王小波喜欢有深度的交谈。所谓深度，不是故作高深，而是坦率地把长时间思考而始终不能释然的心结，陈述出来，听取谈伴那往往是"牛蹄子，两瓣子"的歧见怪论，纵使到头来未必得到启发，也还是会因为心灵的良性碰撞而欣喜。记得我们两个对酌时，谈到宗教信仰的问题。我说到那时为止，我对基督教、佛教、伊斯兰教都很尊重，但无论哪一种，也都还没有皈依的冲动。不过，相对而言，《圣经》是吸引人的，也许，基督教的感召力毕竟要大些？他就问我："既然读过《圣经》，那么，你对基督被钉死在十字架上以后,又分明复活的记载,能从心底里相信吗?"我说:"愿意相信,但到目前为止,还是不怎么相信。"他就说:"这是许多中国人不能真正皈依基督教的关键。一般中国人更相信轮回,就是人死了,他会托生为别的,也许是某种动物,也许还是人,但即使托生为人,也还需要从婴儿重新发育一遍——二十年后又是一条好汉嘛!"我说:"基督是主的儿子,是主的使者,不是一般意义上的人。但他具有人的形态。他死而复活,不需要把那以前的生命重来一遍。这样的记载确实与中国传统文化里所记载的生命现象差别很大。"我们就这样饶有兴味地聊了好久。

聊到生命的奥秘,自然也就涉及性。王小波夫人是性学专家,当时去英国做访问学者。我知道王小波跟李银河一起从事过对中国当下同性恋现象的调查研究,而且还出版了专著。王小波编剧的《东宫·西宫》被导演张元拍成电影以后,在阿根廷的一个国际电影节上获得了最佳编剧奖。张元执导的处女作《北京杂种》,我从编剧唐大年那里得到录像带,看了以后很兴奋,写了一篇《你只能面对》的评论,投给了《读书》杂志,当时《读书》由沈昌文主编,他把那篇文章作为头题刊出,产生了一定影响,张元对我很感激,因此,他拍好《东宫·西宫》以后,有一天就请我到他家去,给我放由胶片翻转的录像带看。那时候我已经联系上了王小波,见到王小波,自然要毫无保留地对《东宫·西宫》褒贬一番。我问王小波自己是否有过同性恋经验?他说没有。我就说,作家写作,当然可以写自己并无实践经验的生活,艺术想象与概念出发的区别,我以为在于"无痕"与"有痕",可惜的是,《东宫·西宫》为了揭示主人公"受虐为甜"的心理,用了一个"笨"办法,就是使用平行蒙太奇的电影语言,把主人公的"求得受虐",与京剧《女起解》里苏三戴枷趔行的镜头,交叉重叠,这就"痕迹过明"了！其实这样的拍法可能张元的意志体现得更多，王小波却微笑着听取我的批评，不辩一词。出演《东宫·西宫》男一号的演员是真的同性恋者，拍完这部影片他就和瑞典驻华使馆一位卸任的同性外交官去往瑞典哥德堡同居了，他有真实的生命体验，难怪表演得那么自然"无痕"。说起这事，我和王小波都祝福他们安享互爱的安宁。

王小波留学美国时，在匹兹堡大学从学于许倬云教授攻硕士学位，他说他对许导师十分佩服，许教授有残疾，双手畸形，王小波比画给我看，说许导师精神上的健美给予了他宝贵的滋养。王小波回国后先后在北京大学和中国人民大学任教，但是到头来他毅然辞去教职，选择了自由写作。想起有的人把他称为"业余作者"，不禁哑然失笑。难道所有不在作家协会编制里的写作者就都该称为"业余作者"吗？其实我见到王小波时，他是一个真正的专业作家。他别的事基本上全不干，就是热衷于写作。他跟我说起正想进行跟《黄金时代》迥异的文本实验，讲了关于《红拂夜奔》和《万寿寺》的写作心得，听来似乎十分地"脱离现实"，但我理解，那其实是他心灵对现实的特殊解读。他强调文学应该是有趣的，理性应该寓于漫不经心的"童言"里。

那时候王小波发表作品已经不甚困难，但靠写作生存，显然仍会拮据。我说反正你有李银河为后盾，他说他也还有别的谋生手段，他有开载重车的驾照，必要的时候他可以上路挣钱。

1997年初春，大约下午两点，我照例打电话约王小波："晚上能来喝酒吗？"他回答说："不行了，中午老同学聚会，喝高了，现在头还在疼，晚上没法跟你喝了。"我没大在意，嘱咐了一句："你还是注意别喝高了好。"也就算了。

大约一周以后，忽然接到一个电话，声音很生，称是"王小波的哥儿们"，直截了当地告诉我："王小波去世了。"我本能地反应是："玩笑可不能这样开呀！"但那竟是事实。李银河去英国后，王小波一个人独居。他去世那夜，有邻居听见他在屋里大喊了一声。总之，当人们打开他的房门以后，发现他已经僵硬。医学鉴定他是猝死于心肌梗塞。王小波也是"大院里的孩子"，他是在教育部的宿舍大院里长大的，大院里的同龄人即使后来各奔西东，也始终保持着联系。为他操办后事的大院"哥儿们"发现，在王小波电话机旁遗留下的号码本里，记录着我的名字和号码，所以他们打来电话："没想到小波跟您走得这么近。"

骤然失去王小波这样一个"谈伴"，我的悲痛难以用语言表达。

生前，王小波只相当于五塔寺，冷寂无声。死后，他却仿佛成了碧云寺，热闹非凡。甚至还出现了关于他为什么生前被冷落的问责浪潮，几年后，一位熟人特意给我发来"伊妹儿"，让我看附件中的文章，那篇文章里提到我，摘录如下：

> 王小波将会和鲁迅一样地影响几代人，并且成为中国文化的经典。
>
> 王小波在相对说来落寞的情况下死去。死去之后被媒体和读者所认可。他本来在生前早就应该达到这样的高度，但由于评论家的缺席，让他那几年几乎被湮没。看来我们真不应该随便否定这冷漠的商业社会，更不应该随便蔑视媒体记者们，金钱有时比评论家更有人性，更懂得文学的价值。……为什么要这样？我们没有权利去批评王蒙、刘心武（两人都在王小波死后为他写过文章）……他们的主要任务不是发表评论，而是创作。……

这篇署名九丹、阿伯的文章标题是《卑微的王小波》,文章在我引录的段落之后点名举例责备了官方与学院的评论家。这当然是研究王小波的可资参考的材料之一。不知九丹、阿伯在王小波生前与其交往的程度如何,但他们想象中的我只会在王小波死后写文章(似有"凑热闹"之嫌),虽放弃了对王蒙和我的批评,而把板子打往职业评论家屁股,却引得我不能不说几句感想。王小波"卑微"?以我和王小波的接触(应该说具有一定深度,这大概远超出九丹、阿伯的想象),我的印象是,他一点也不卑微,他不谦卑,也不谦虚,当然,他也不狂傲,他是一个内向的、平和的、对自己平等、对他人也平等的、灵魂丰富多彩的、特立独行的写作者。他之所以应邀参加一些文学杂志编辑部召集的讨论会,微笑着默默地坐在一隅,并不是谦卑地期待着官方评论家或学院专家的"首肯",那只不过是他参与社会、体味人生百态的方式之一。他对商业社会的看法从不用愤激、反讽的声调表述,在我们交谈中涉及这个话题时,他以幽默的角度表达出对历史进程的"看穿",常令我有醍醐灌顶的快感。

王小波伟大(九丹、阿伯的文章里这样说)?是又一个鲁迅?其作品是"中国文化的经典"?的确,我不是评论家,对此无法置喙。庆幸的是,当我想认识王小波时,我没有意识到他"伟大"而且是"鲁迅",倘若那时候有"不缺席的评论家"那样宣谕了,我是一定不会转着圈打听他的电话号码的。

面对着我在五塔寺的水彩写生,那银杏树里仿佛浮现出王小波的面容,我忍不住轻轻召唤:王小波,晚上能来喝酒吗?

2008年12月1日完稿于绿叶居

一江春水向西流

1956年，《人民文学》杂志编辑部收到从北京市文联一位作者寄去的两个短篇小说，《姐妹》和《一瓢水》，编辑读后，一是觉得作者写作能力很强，二是主题含混，似不宜发表。《人民文学》创刊时的主编是茅盾，但那时候的主编已换成严文井，这两篇作品能不能发表？编辑部为慎重起见，最后把作品送往老主编茅盾那里，茅盾彼时已出任文化部部长，日理万机，工作繁忙，却抽出时间细读了这两篇作品。《姐妹》写的是一对同在孤儿院长大，虽无血缘关系却一个被窝度过童年的女子，历经抗日战争、解放战争，分离遇合，渐渐在认知上出现严重疏离，却又在姐妹情谊上剪不断、理还乱的故事。作者究竟是否意在通过这两姐妹的沧桑肯定一个否定一个？朦胧，暧昧，文字传达的，似乎并非臧否，而是感叹。这篇编辑部向茅盾表态，尚可斟酌刊发，但对《一瓢水》，就觉得实在古怪，难以接受，希望茅公能予以裁决。

那两篇小说的作者，就是当年三十三岁的林斤澜。茅盾为《一瓢水》，给编辑部写去一封很长的信，先概括小说内容："写司机助手小刘留，在路上，忽值司机老赵发病，小刘留为赵找草药郎中，翌日就好了，再上路。小刘留写得还可爱。老赵工作好，负责，但是心境不好，家里闹离婚（原因是老赵工作忙，不能回家，而老赵因此也苦闷，在病中呓语，有'叫她到疯人院里找我'

之句，盖谓如此下去，自己也要变成疯人也），很少和小刘留搭腔。写小刘留扶病人找草药郎中的住处，他的举动，都带上阴森森的味道。有几处使人惊心。"然后细心统计："全篇共七千五百字左右。"下面进入评价："可以从两个方面评价这篇小说。如果要否定它，理由可以是：不知作者要拥护的是什么，要反对的是什么？（这是一句老调了，但常常被作为不可辩驳的尺度。）甚至还可以进一步作诛心之论，认为作者故意把人的心境、环境，都写得那么阴暗，把乡村描写得那么落后，荒凉，写草药郎中还要仗剑作法，巫医不分，写草药店老太婆迷信说见过鬼，而且，还可以质问作者：写满街人家都糊红纸，'红艳艳，昏沉沉'，是何所指？写老赵高热中呓语，分明是暗示紧张劳动会逼疯了人，逼得人家家庭破碎，那不是污蔑我们的制度等等……不能不说这篇小说在技巧上是有可取之处的。例如他懂得如何渲染，怎样故作惊人之笔，以创造氛围。他的那些招来指责的描写，大部分属于这一范畴。那么，看了全篇后，是不是引起阴暗消沉的感觉，即所谓不健康的情绪来呢？我看也不见得。如果我们不愿神经过敏，以为这个作者是'可疑人物'，作品中暗含讽刺，煽起不满，那么我们就可以这样想一想：这样一个似乎有点写作力的作者，倘能帮助他前进一步，那岂不好呢？"茅公此信到达编辑部，林斤澜的小说立即放行，在同一期上，把《姐妹》《一瓢水》两篇都予刊出，只是在目录与内文排序上隔开安排。那以后林斤澜的小说便频频见于《人民文学》，他接下去刊发的《台湾姑娘》更引人注目。我当时是一个十四岁的文学少年，每期《人民文学》都看，读《姐妹》，不大懂，但朦朦胧胧地产生了对命运的敬畏感。读《一瓢水》，能懂，觉得那些阴森怪诞的场景，正说明僻远山乡的落后，需要把公路修进去，需要有司机把大卡车开进去，用文明驱除野蛮。我记得小说里有个细节，就是老赵趴在车底下修车的时候，衣兜里掉落一封揉皱巴的信，说明老赵有私生活方面的隐痛，但他仍然带病修车、开车，忠于职守，是很感人的。而小刘呢，有着美好的憧憬，就是终于成为正驾驶，把文明送进更荒僻的角落，这是一篇往我那样的少年心中洒进光亮的有趣的小说啊！

茅盾就《一瓢水》写给《人民文学》编辑部的信，是应该重视的历史文献。这封信体现出对有才华的文学写作者的爱惜，对异样写作风格的保护，真正体现出容纳百花竞开的博大胸襟。但这封信直到2004年《茅盾手迹精选》出版才得以公开。我建议，所有的文学刊物的主编、出版机构的总编辑，以及从事文学组织工作的人士，都应该将这封信作为重要的参考。

众所周知，新中国的文学发展，是经历曲折坎坷的。那时候把社会主义现实主义奉为正宗。但究竟如何先把现实主义概念厘清？1956年，秦兆阳发表了《现实主义——广阔的道路》，试图把现实主义的写作路数拓宽，很快遭到了批判，1963年，法国共产党的文艺理论家罗杰·加洛蒂出版了《无边的现实主义》一书，说明关于文艺创作方法的思考，是世界性的，加洛蒂经过一番论述，他是把卡夫卡及其代表作《变形记》都纳入到现实主义的作家作品范畴，结果1965年苏联《真理报》就展开了对他的批判，我们这边也很快跟进。茅公呢，作为一个不但在创作实践上经验丰富的资深作家，也作为一个在文学理论上一贯用力的思考者，在1958年，那时他在文化部部长任上白天公务繁忙，晚上就读书、深思，断续写成了《夜读偶记》一书，这本书林斤澜当然看到了，我那时作为一个十六岁的文学青年买来很认真地学习了。茅公对文学（主要是小说）的发展轨迹，归纳为：古典主义——

浪漫主义——现实主义——新浪漫主义或现代派,他认为就文学的创作方法而言,现实主义是最正确的,但是遭到了非现实主义,尤其是现代派的挑战,那时候还没有后现代主义,所以他大力批判现代主义,他认为文学创作方法存在着两条道路的斗争,而一部现代文学史,也应以现实主义与反现实主义的斗争为纲。按我当时的阅读理解,像荒诞派、象征派、颓废派、抽象派,都属于反现实主义的东西,都是应该杜绝的。茅公在那样一个历史环境下的夜读思考,是真诚严肃的,但其思路,显然是从就《一瓢水》致《人民文学》编辑部那封信有所后退。

到上世纪六十年代初,文学写作剩下的路子已经相当狭窄,似乎只有歌颂性的作品才能存活。正是那时候,浩然脱颖而出,从短篇小说《喜鹊登枝》到长篇小说《艳阳天》,他的写法成为一种优良的范式。他笔下的生活剔除了杂质,正面人物没有瑕疵。那种写法,打个比方,就好似"一江春水向东流",大方向绝对正确,文笔顺畅,读来喜兴。那么,在这种写作环境下,林斤澜怎么写?林斤澜没有停笔,他继续写,但他移步而不换形,他也歌颂,真诚地歌颂生活中那些平凡的好人好事,但他不改艺术上的"傲骨",他坚持茅公肯定过的技巧,"懂得如何渲染,怎样故作惊人之笔,以创造氛围"。在艺术手法上,人家"一江春水向东流",他却"一江春水向西流"。中国的地理地质结构,使得大部分河流都是自西向东流,但也有例外,少数河流,是自东向西流,像新疆的伊犁河,青海的倒淌河,台湾的浞溪河;就是黄河、长江的某些河段,也有"一江春水向西流"的景象,例如湖北嘉鱼县簰洲湾,就呈现了水向西流的特异景观,以至有些游客偏要找到那里,获取特异的审美愉悦。上世纪六十年代初,林斤澜的短篇小说《新生》被《人民文学》作为头条推出,这篇小说的故事很简单,就是在北京远郊深山老林的僻远村庄,一个产妇难产,好不容易联系到公社所在的镇上,希望派一位经验丰富的老医生来抢救,但老医生年岁太大,已经难以涉水上山,"谁知到了后半夜,一声喊叫,一支火把,那二十来岁的姑娘大夫,戴着眼镜,背着药箱,真是仿佛从天上掉了下来。人们还没有看个实在,就已经钻到屋子里去了。往屋子里钻时,还绊着门槛,虽说没有跌跤,却把眼镜子摔在地上,碎了。人们定了定神,想起老大夫没有来,新媳妇躺在那里,只有出的气没有进的气了。"且看林斤澜如何渲染,怎样故作惊人之笔,以创造氛围:"半夜一阵暴雨。只见雨水里,几个上年纪的妇女,招呼着几个小伙子,悄悄地喘着气,抬着木头来了。生产队长惊问:'怎么就要做这个了?'小伙子们不作声,上年纪的妇女光说:'做吧,做一个使不着的,冲冲喜,消消灾。'提出这老辈子传下来的厚道的心愿,她们有些不好意思哩!队长心想:'防备万一,也好。'就不说什么了。"如果是"东流派"的写法,不会这样来写,这不把生活中的"毛刺"写出来了吗?这样的情景是"不纯净"的啊。林斤澜接着写,"那新媳妇的男人,是一个高身材的小伙子。山里人不爱刮脸,这时脸色煞白,胡子黑长。雨水浇透的衣服,贴在紧绷绷的肌肉上。那浑身上下,有的是山里人的倔强。一声不响,抢过斧子,猛往木头上砍,'空'呀'空'的,使劲砍哪使劲地砍。"如果"东流派"写这样的正面人物,也不会这样下笔,这人物有瑕疵啊。可是我读了这一段,就非常感动。

1980年至1986年,我曾是北京市文联专业作家,跟林斤澜"一口锅里吃饭",来往频密,有回我邀他到我家喝酒,我就告诉他,读到《新生》里的这段描写,我就产生了电影感,觉得那山村丈夫举斧砍棺材木的声响,与那屋里难产的妇人的呻吟声嘶喊声，交错一起，持续良久，那是爱与死的抗争啊！我甚至有将《新生》改编为歌剧的冲动，那时候我结识了几位很有才华的作曲家，就说可以约请他们中一位谱曲，而且，我觉得在舞台演出时，虽然舞台画面是中国山村，人物也都是土得掉渣的山民，但演到山村丈夫不停地举斧劈木时，可以像古希腊悲剧演出那样，有歌队出场，可以有五个穿希玛申长袍的男歌者，五个穿紫色基同装的女歌者……那时候我已与林斤澜成为忘年交，称他林大哥，深谈多次，林大哥对我《立体交叉桥》前的小说，虽有鼓励，但从技巧上、文学性上，多坦率指出缺陷，使我受益匪浅；他知道我早读过罗念生翻译的古希腊戏剧，我跟他说过索福克勒斯的《俄狄浦斯王》里歌队设置得最好，当"弑父娶母"的悲剧结局呈现，俄狄浦斯自刺双目，自我放逐，歌队悲怆地唱出："这苦难啊，叫人看了害怕！我所看见的最可怕的苦难啊！可怜的人呀，是什么疯狂缠绕着你？是哪一位神跳得比最远的跳跃还要远，落到了你这不幸的生命上？哎呀，哎呀，不幸的人啊！我想问你许多事，打听许多事，观察许多事，可是我不能望你一眼；你吓得我发抖啊！"

　　《新生》中写到，那姑娘大夫竟在一顿饭的工夫里，使用产钳把那小生命完好地钳了出来，"石头房子里，新生命吹号一般，亮亮地哭出声来时，男人们一甩手，扔了斧子锯子，妇女们东奔西走，不知南北。有的跌坐井台上，一时间站不起来了。新媳妇的男人脸色转红，连胡子也不显了。看见姑娘大夫走到门边，掏出巴掌大的小手绢擦汗。那男人跳到鸡窝跟前，探手抓住一只母鸡，不容分说，连刀都顾不得拿，拧断了鸡脖子，随手扔在姑娘大夫脚边，叫道：'你有一百条规矩，也吃了这只鸡走。'"写山村村民受益于姑娘大夫的医术，其感谢方式竟如此粗犷、狂放，给我留下的印象，也极深刻。同一故事，换个人写，特别是由"东流派"

来写，可能会是另一种明亮、欢快，绝对不会引起"误会"的笔法。林大哥写歌颂性作品，也能写出"一江春水向西流"的"异样"文本，透出"怪味"，而且超出当时的语境，令我这样的读者联想到古希腊戏剧，正说明，他参透了文学的本性，那就是无论你写的是什么故事什么人物，到头来你要写人性，写人类心灵相通的情愫，写爱与死的抗争，写善美的永恒。

我倾诉出对《新生》的读后感，颇令林大哥吃惊。他说改革开放后，有评论家评论他以往的作品，《新生》是排在最不看好的第三档的。我就知道，有些人士，还总是从歌颂／揭露、明亮／晦暗、抗拒／融入、拯救／逍遥等等二元对立的框架里来评判作家作品，其实文学的本性，在这些框架之外。他又说，我对《新生》的解读，显然是拔高了他那篇东西，其实他那篇小说里，后面用很多的篇幅描写那姑娘大夫是怎么在许多热心人的帮助下，才涉水爬山到达那山村的。引得我激动的那些文字，其实在全篇里所占比例有限，他也没有把那山村汉子举斧砍棺材木的声响，与石头房子里产妇的呻吟嘶叫交错着描写，他几笔淡淡的描写，竟惹得我要动用古希腊戏剧里的歌队！我们交谈的时候，我们这边，已经把德国文学理论家尧斯的"接受美学"理论介绍了过来，"接受美学"认为，一部作品印了出来，摆上了书店书架，并不能说这部作品就完成了，一部作品的真正完成，是通过读者阅读，读者在阅读中参与创作，不同的读者会根据自身的生命体验与审美经验，在接受作家文本的过程中，会把某些部分放大，或对作品加以补充，甚至加以校正，加以延伸，这样，一部作品才算活了起来，才算达于完成。林大哥就鼓励我说，老弟作为一个读者，阅读中参与别人作品的创作，使其更丰富，更动人，是个好读者。林大哥视我为知音，他感叹，知音难求！他笑我那时候写个什么都能引出轰动，总是红火，他呢，虽有若干知音，却总火不起来。我在《北京晚报》上发表短文，称他的小说为"怪味豆"，他看后呵呵笑："你给取的这个符码，还是流行不开啊！"

其实林大哥并不真在乎好评、红火、奖项、声望。他沉浸在创造的欢愉里。那几年我常和林大哥、汪曾祺（他只比林大哥大三岁，但我随其他年轻作家称他汪老）一起参加笔会、游览各处。那年头电视里热播香港徐小明执导的连续剧《陈真》，汪老在聚会时，总不免用鸭舌帽下的眼睛瞥瞥我，然后抿嘴笑，口中呐出"陈真，唔，陈真"。他认为我极像那电视剧里扮演陈真的演员梁小龙。林大哥呢，因为我们相交很深，他告诉我曾跟戴爱莲学过芭蕾舞，我也告诉他曾攒起母亲给的零花钱，偷偷去什刹海的"四维武术社"学武术。那一年我们结伴游少林寺，观看武僧表演，林大哥后来在一篇散文里这样记叙："压轴节目有气功扣碗，把个海碗扣在光肚皮上，运气，另一武僧手抓碗底，怎么也抓不下来。请观众上场试抓，一'夹克'敞胸，甩膀叉腿，年近天命的汉子，走到扣碗武僧肚皮前，蹲裆马步，推拿云手，五魁龙爪……这位面善？却原来是心武老弟。只见入静，定神，运气，发功，只是动那个碗丝毫不得。另一武僧来到心武身后，两手搂住腰肢，合力后拽。不过那碗底是毫厘之地，五爪如龙也咬不住，忽然脱手，身后的武僧一跃闪开，心武'哐啷'后仰，快着地时猛一鲤鱼打挺，躺在地上的姿势确实'卧如弓'，不是随便摔在那里的。我们立刻鼓掌助威。"现在读到林大哥这段遗文，恍若隔世。我当年竟那么有派？但还能记起，那天晚餐后在住处闲聊，汪老笑眯眯地说，我的表现，倒引出他的灵感，说可以写篇与《受戒》匹配的《拔碗》，《受戒》是写和尚恋爱的，那么，《拔碗》写什么呢？林大哥就笑着透露我小学六年级时的"秘史"，说我从武术社师父那里学得点穴，竟在跟同学嬉闹时，点了一个同学的穴，弄得人家半天不能举臂，要害是，林大哥竟在那篇散文末尾写道："点穴事件中的对方，是位女同学。"我强调："那同学并没有告到老师家长那里。"汪老就颔首："那更有意思了。"我就苦求："您可千万别写《拔碗》《点穴》什么的。"现在你检索汪老文集，并没有那样的文字，其实作家取用素材，写出的人物就是独立的艺术形象了，汪老有写作冲动却并未成篇，使我少了一桩特殊的念想，更是时下汪粉的极大遗憾。

跟林大哥在一起的最大快乐，就是谈文论艺。有段时间里他集中重读法国小说家梅里美的作品，有次他跟我特别聊起《伊尔的美神》，我记得那篇小说，写一个新郎官在花园打网球，为了不受妨碍，把婚戒暂时套到了花园里一尊美神铜像手指上，但他打完网球，却怎么也取不下那戒指了，没想到晚上听到他所住的小楼楼梯发出沉重的脚步声，竟是那铜铸女神上楼到了他的房间，第二天人们发现新郎官被铜像压得窒息而死，后来人们用那女神另铸了一口铜钟，但那口钟的钟声，造成两年葡萄藤的冻灾。林大哥问我：有的文学史，把梅里美定位为现实主义作家，但像《伊尔的美神》这样的作品，神秘，诡异，朦胧，暧昧，能算进现实主义里吗？我说，难以划定，但他写的毕竟是人们在现实中的困惑，肉身的人可能还会轻视誓言，铜铸的女神却觉得，你给我手指戴上了戒指，那你就是选我做了新娘，我找你，是要你落实誓言，从这个角度解读，写的是现实中的人际、人性，因此，也算现实主义的一种吧。林大哥后来写了篇关于《伊尔的美神》的文章，在《读书》杂志上刊出。但现在我身边的荔枝皮颜色封面的10卷本《林斤澜文集》里，却怎么也找不到那篇文章，可见是漏收了，而且这文集里每篇文章后面都没有注明写作时间，是很大的遗憾。不过，这文集能出，就好。

　　林大哥晚年推出的《矮凳桥风情》系列小说，把他那"一江春水向西流"的艺术个性，推向极致，打头的一篇，就是《溪鳗》，算算字数，七八千字，是林大哥短篇小说的标准篇幅，看下来，大体只写了三四个人物，主角是来历不明的弃婴，开篇已然徐娘半老，但风韵岂止是"犹存"，简直仍带仙气，这是个被唤作溪鳗的女子，有着极其坚韧顽强的生命力；还有一位叫袁相舟的退休教师，他被请到溪鳗开的专卖鱼丸、鱼松、鱼面的小饭铺，溪鳗请他给饭馆取个名字，并且写成匾额；还出现了一个偏瘫的男子，溪鳗精心地照顾他，小说的叙述方略是半明白半朦胧，朦胧的文字中，读者可以意会到，几十年前那配枪的强悍镇长，一番仕途浮沉，或可说是他得势时捕获了溪鳗，或可说溪鳗在他沦落时不离不弃；那袁相舟最后写下"鱼非鱼小酒家"匾额还附带题词，溪鳗满意，那瘫子也呜啊呜啊地赞好。此篇在半明半白、暧昧诡异的叙述中，竟概括出了这片大地上的沧桑变化，可以说是写了社会，写了家庭，写了邻里，写了风俗，写了爱情，却也写了情色，溪鳗半人半妖，有很纯的人情美，也有很混沌的人性挣扎，读者莫问主题，却可意会到丰沛意趣。全篇文笔好极了，比如描写矮凳桥和吊脚楼下的溪水："这时正是暮春三月，溪水饱满坦荡，却像敞怀喂奶、奶水流淌的小母亲，水边滩上的石头，已经晒足了阳光，开始往外放热了；石头缝里的青草，绿得乌油油，箭一般射出来了；黄的紫的粉的花朵，已经把花瓣甩给流水，该结果的要灌浆坐果了；就是说，夏天扑在春天身上了。""那汪汪溪水漾漾流过晒烫了的石头滩，好像抚摸亲人的热身子。到了吊脚楼下边，再过去一点，进了桥洞，在桥洞那里不老实起来，撒点娇，抱点怨，发点梦呓似的呜噜呜噜……"更妙的是写落难后的前镇长，提个篮子，里面盘着好不容易得来的两尺长的溪鳗，盖上毛巾，懵懵懂懂地就走到了矮凳桥上，"镇长一哆嗦，先像是太阳穴一麻痹，麻痹电一样往下走，两手麻木了，篮子掉在地上，只见盘着的溪鳗，顶着毛巾直立起来，光条条，和人一样高，说时迟那时快，那麻痹也下到腿上了，倒霉镇长一摊泥样瘫在桥头。"这仅仅是在写一个醉汉突发脑溢血吗？那和人一样高的溪鳗究竟是幻觉，还是那尽管他落难仍眷顾他的女子赶来了？他在得势时曾漫骂坚持开饭馆的溪鳗："来历不明，没爹没娘，是溪滩上抱来的，白生生，光条条，和条鳗鱼一样，身上连块布，连个记号也没有，白生生，光条条，什么好东西……"可见"白生生，光条条"深深地嵌入了他的潜意识，是诅咒，是暗恋，也是瘫痪时渴盼的天仙。林大哥的小说都需要细品，怪味里有乾坤，含混中有细理。

记得我2006年在美国哥伦比亚大学讲我个人的研红心得，那年夏志清还很康健，他上午来听，大声插话鼓励，我已很是感动，上午讲完，我趋前致敬，劝他下午就别来听我"胡说"了，他却下午仍来听讲，仍大声插话肯定，晚上小型餐聚，我们言谈甚欢，我就跟他说，真该像他当年把几乎被尘埃掩埋的沈从文、张爱玲发掘出来一样，也给林斤澜一个"学术公道"，引起文学史家、评论家和广大读者的最高程度的重视，我把《矮凳桥风情》中的《溪鳗》简略地讲给他听，并且模仿他当年对张爱玲《金锁记》的评价："《金锁记》是中国自古以来最伟大的中篇小说。"造出这样一个句子："《溪鳗》是二十世纪下半叶中国伟大的短篇小说。"我没有说是"最伟大"，只说"伟大"。夏先生认真听我诉说，很严肃的表情，最后叹息："可惜我精力不济，读不了那么多，也弄不来那么多了，不过，你既然真那么认为，倒不妨写点文章。"

林大哥 2007 年荣膺北京市作家协会"终生成就奖",2009 年 4 月 11 日下午,我和从维熙去医院看望他,那时候他刚又一次被抢救过来,坐在轮椅上,我大声呼唤:"林大哥!"他望着我,现出一个灿烂的微笑。女儿林布谷过去又把他搀扶到病床上躺下,对我们摆手,示意不要进入病房,我和维熙兄就绕到阳台上去,我忍不住哭了起来。我和维熙离开医院约两小时后,林大哥仙去。

前些天有晚梦见,似乎和林大哥一起,站在簰洲湾,只见一江春水,溶溶漾漾,水波潋滟,美感独特,从容西流。

2020 年 10 月 11 日 温榆斋

关于米黄色的回忆

改革开放以前，西方记者报导中国，有"蓝蚂蚁"之说，觉得到了中国，满眼不分城乡男女老幼，大多身着颜色样式划一的蓝灰色服装，其实，情况也不尽然如此，起码在北京，到上世纪七十年代初期，有些青年男女，就敢于突破划一，试图让自己穿戴得漂亮一些，那时候出现了"狂不狂，看米黄；匪不匪，看裤腿"的俚语，被我捕捉到。所谓"狂""匪"，并无多少政治含义，意思是在穿着打扮上"特立独行""敢为人先"，米黄色，突破了蓝灰划一，笔挺的裤线，昭示着个人审美尊严。粉碎"四人帮"后的1978年春天，我从那俚语获得灵感，也有生活原型，写出了短篇小说《穿米黄色大衣的青年》，通过一位青年工人对一件米黄色大衣的态度转变，表达出装扮自己固然不错，但更应投身现代化，去装扮亲爱的祖国，那样的意蕴。现在回看，是篇浅薄的作品。

那时候，我之前发表出的短篇小说《班主任》《醒来吧，弟弟》《爱情的位置》引发轰动，轰动效应由电台广播放大，前两篇被中央人民广播电台文艺部以广播剧形式录播，后一篇则直接朗诵。中央人民广播电台青年节目的编辑王成玉联系到我，说他打算请人朗诵《穿米黄色大衣的青年》播出。我与王成玉1959年就合作过，那时候他是中央人民广播电台少儿部《小喇叭》的编辑，我还只是个高中生，在他指导下，编写了若干对学龄前儿童播出的节目，其中广播剧《咕咚》颇有影响。王成玉要安排《穿米黄色大衣的青年》播出，我自然高兴，但他告诉我，要约北京人民艺术剧院的董行佶来朗诵，却心里打鼓。

董行佶！那年头还不时兴"大腕""粉丝"一类语汇，但在我心目中，董行佶可是个杰出的表演艺术家，我则是他地道的剧迷。北京人民艺术剧院的专有剧场首都剧场，建筑立面就是米黄色的。在那米黄色的剧场里，我几乎观看过北京人艺那些年演出的全部剧目。上世纪五十年代末六十年代初，我看过北京人艺演出的《雷雨》《北京人》《日出》，惊讶地发现，在《雷雨》里，董行佶饰演的是比他实际年龄小很多的纯真少年周冲，在《北京人》里却又饰演比他实际年龄大很多的腐朽昏聩的老太爷，在《日出》里他倒是饰演了跟他实际年龄接近的一个角色，但那却是个人妖似的胡四，什么叫杰出的表演艺术家，就是演一个活一个，但所饰演的角色可以反差大到惊人地步，如果不看演员表，简直不能相信这几个角色都是董行佶一个人变幻而成。那时期，这三出戏轮番上演，董行佶也就轮番进入完全不同的角色的境界，生动而有信服力地令观众接受。

我写《穿米黄色大衣的青年》时，是当时北京人民出版社（现北京出版集团）文艺编辑室的编辑，出版社在崇文门外东兴隆街，编辑部在一栋老旧的西式洋楼里，楼外另有个中式院子，是当时北京市的文艺创作联络部，主持工作的是原来北京人艺的党委书记赵起扬，每当编余，我总爱往那中式院里跑，跟起扬前辈聊天。赵起扬在北京人艺和院长曹禺、总导演焦菊隐配合得非常好，是内行领导内行的典范，他对人艺的演员不仅熟悉，而且深切地辨析出每个人在艺术上的优势与弱点，我跟他聊到于是之在电影《青春之歌》里饰演余永泽，认为演得非常好，他却不以为然,看法是,于在舞台上天衣无缝,但电影镜头前,没有摆脱舞台演出痕迹,是个遗憾,他说,北京电影制片厂的导演崔嵬到人艺是点名借于是之的,其实,董行佶从外形上,也是接近小说《青春之歌》里余永泽这一人物的,如果让董行佶去演,董是机灵鬼,也许能在镜头前克制舞台痕迹,什么是舞台痕迹?因为话剧演出不可能给观众特写镜头,演员在表情上适度夸张是必要的,好让台下坐后排的也能看清,但你演电影,在镜头面前也忍不住夸张,就显得"跳脱"了。我跟起扬前辈说,人艺演员,有的不演戏,光是朗诵也光彩照人、令人陶醉,比如苏民,他就补充说,还有比如董行佶,据说有位专攻朗诵的专业人士说了,当然是调侃,夸张,出语也不雅,大有"既生瑜,何生亮"的意味,说是"恐怕只有董行佶死了,我在朗诵界才排得到第一!"

  王成玉告诉我要请董行佶朗诵《穿米黄色大衣的青年》,我虽期盼,却不抱希望。又听说去请董行佶朗诵的各方人士很多,他一般都推掉。他对所提供的作品非常挑剔,大体而言,不是名著名篇,不合他口味,都不屑一顾,他朗诵的高尔基《海燕》、朱自清《荷塘月色》、契诃夫《变色龙》,都成为朗诵精品。《穿米黄色大衣的青年》他过目后,会破格接纳,录制朗诵吗?我惴惴不安地等待消息,不久王成玉告诉我,董行佶竟同意朗诵这篇小说。节目播出了,我听得发愣,这是我写的那些浅陋的文字吗?一句一字没改,听来却成了另外一个温馨而清新的故事。我这才深切地懂得,什么叫作朗诵艺术。董行佶把我作品里那些累赘粗糙的文句轻轻掠过,把作品里得以打动听众的元素似乎是不经意地拎起,仅仅用他那绝妙的声音处理,就使这篇小说仿佛脱胎换骨,从一个粗陶碗变成一件细瓷器。四十年过去,前两天在网络上发现有位署名"小筑微语"的网友,去年在他的微博中写道:"虽然三十多年过去了，我依然保存着中央人民广播电台寄给我的一本蓝色塑料封皮的笔记本，里面还完好地夹着一张泛黄的便笺，那是中央人民广播电台的用稿通知。笔记本是那个年代很常见的，用稿通知也仅有寥寥数语。之所以珍藏至今，是因为它留住了我的记忆，写给中央台的那篇听后感的字里行间所记录的青春之气令人难忘。大概那时自己觉得在中央台播出稿子很是难得而且值得记住吧，我还在留存的底稿上特意写了一行小注：八月十三日（一九七八年）中央人民广播电台《青年节目》广播了我的一封信。"他在信里是这样写的："编辑同志：七月七日晚上，我打开收音机，收听《青年节目》。本来并没有注意去听，但播音员一开始的介绍立即像磁石般把我吸引住了，我身不由己地坐了下来，几乎是屏着呼吸在听，生怕漏掉一个字。刘心武的短篇小说《穿米黄色大衣的青年》像重锤一般深深地叩动了我的心扉，仿佛自己也在扮演着小说中的某个角色。我是1975届高中毕业生，正值'四人帮'流毒泛滥之际。那时候，青年人精神空虚，无所事事，不少人正是过着和小说中主人公相同的生活。这种令人难受的现象对我这个闯进社会生活大门不久的青年人来说，真是百思不得其解。我不禁问自己：难道他们没有理想和抱负吗？难道他们甘愿碌碌无为地庸俗地生活一辈子吗？我问自己，问同学，问友人，然而，有谁能回答这个问题呢？历史回答了这个问题！……在这里，我要喊出我们周围年轻人的共同心声：向'四人帮'讨还青春！刘心武同志继《班主任》之后，又写出了这篇动人心弦的作品。我感谢他用自己的笔实实在在地打动了我，不，应该说打动了青年人的心！"我想，《穿米黄色大衣的青年》这篇小说经广播后获得这样的肯定，一是它确实和《班主任》一样具有一定的超前性，那时候"四人帮"虽被粉碎，党的十一届三中全会尚未召开，整个社会是否能改变"蓝蚂蚁"的景观，人们还在期待中，也就是说，这样的文字参与着对改革开放路线的正式确立与宣示的推动；二是它获得董行佶这样的朗诵艺术家的再创造，他的声音，比我那些文字，更能激荡青年人的情怀。

现在赞扬一位朗诵者，动辄说他声音富有磁性。董行佶的声线似乎并不怎么磁性，他五十四岁英年早逝后，曹禺写诗悼念他，这样形容他的声音："你的台词是流水在歌唱，你吐字，像阳光下的泉水，那样清晰，那样透亮。"我现在还保留着当年王成玉给我的一盒董行佶朗诵《穿米黄色大衣的青年》的录音带，应该赶快把它转换成数码制品，以便永久保留。

到上世纪八十年代初，董行佶就患了抑郁症，曾到安定医院调治。但他仍接受了大导演汤晓丹的邀请，在电影《廖仲恺》中扮演了廖仲恺。他抱病把电影拍完，自己却未看到完成片。据说他定妆以后，廖仲恺儿子廖承志那时候还健在，一见不禁热泪盈眶。我祖父刘云门上世纪在日本留学时就认识廖仲恺何香凝夫妇，上世纪二十年代初祖父把我姑妈刘天素带到广州，交给何香凝在她手下做妇女工作，后来更成为何先生的秘书，姑妈对廖仲恺当然是接触过真人的，她看过电影《廖仲恺》后对我说，在电影院里，几乎忘记了是在观影，觉得那就是廖伯伯本人复活在眼前。我观影时，想起当年赵起扬的话，董行佶果然机敏过人，一点舞台痕迹皆无，令我更加懂得话剧表演和电影表演虽有相通处，却又是大相径庭的两种表演艺术。董行佶凭借在《廖仲恺》中的表演获得第四届金鸡奖最佳男演员殊荣，但那之前他已经在1983年6月自杀。抑郁症导致自杀是全球性疾病现象。总有人胡猜乱想，董行佶有什么想不开的呀？我要强调：抑郁症是一种疾病，不要往什么思想问题、心胸狭隘、小肚鸡肠上去瞎琢磨，我们应该自责的是，对抑郁症患者欠缺细微的关怀，对他们与病魔斗争所经受的痛苦缺乏尊重，对他们以非正常方式结束生命缺乏悲悯。

记住董行佶。他的话剧演出资料，他的电影作品，他那像阳光下的泉水般清晰透亮的朗诵，如星在天，光芒不灭。

2018 年 10 月 13 日　温榆斋

被春雪融尽了的足迹

大约是1985年的夏天，我从琉璃厂海王村书店出来，顺人行道朝南走，忽然迎面的慢车道上，一个清瘦的中年男子骑自行车过来，他先认出我，到我跟前，便刹住了车，招呼我："心武！"

这一声招呼，事隔二十六年了，却似乎还在耳畔。是一种特别具有北京味儿的招呼，"武"字儿化得极其圆润。其实招呼我的人并非地道的北京人，他祖籍本是浙江萧山，大概因为全家迁京定居年头多了，因此说起话来全无江浙人的平舌音，倒蛮像旗人的后代，往往将一种亲切感，以豌豆黄似的滑腻甜美的卷舌音自然而然地表达出来。豌豆黄是一种北京美食，据说当年慈禧太后最爱，就如她将京剧调理得美轮美奂一样，豌豆黄也在满足她的嗜好中越来越悦目可口。

那天不过是一次偶然的邂逅。我去琉璃厂买书，他那时住在琉璃厂南边不远的虎坊桥，也许只是骑车遛遛。完全不记得他招呼完我以后，我们俩说了些什么话了。但是那一声"心武"，却在岁月的磨砺中仍不失其动听。

我是一个敏感的人。往往从别人并不明确的表情和简短的话音里，便能感受到所施与我的是虚伪敷衍还是真诚看重。我从那一声"心武"，感受到的是对我的友好善意。

那天招呼我的，是兄长辈的诗人邵燕祥。

早在1955年,也就是一声"心武"的招呼的再三十年前,邵燕祥于我就是一个熟悉的名字,我背诵过他的篇幅颇长的诗《到远方去》,那时候不仅他那一代的许多青年人,充满了建设自己祖国的激昂热情,就是还处在少年时代的我,以及我的许多同代人,也都向往着到远离北京的地方,去建设新的工厂和农庄。还记得那前后邵燕祥写了一首题目完全属于新闻报导的诗,抒发的是架设了高压输电线的喜悦豪情,现在的青少年倘若再读多半会怪讶吧——这也是诗?但那时的我,一个爱好文学的少年,读来却心旌摇曳,那就是我这个具体的生命所置身的地域与时代,其实每一个时空里的每一个具体生命,都无法遁逃于笼罩他或她的外部因素,其命运的不同,只不过是他或她的主观意识与外部因素相互作用所产生的效应不同罢了。

那时候看电影,苏联电影多半是莫斯科电影制片厂出品,开头总是其厂标,一个举铁锤的健硕工人和一个举镰刀的集体农庄女庄员,以马步将铁锤镰刀交叉在一起,形成一个极具冲击力的图腾。中国国产电影仿照其模式,片头在持铁锤镰刀的男工女农外,增添一个持冲锋枪的士兵,随着庄严的音乐徐徐从侧面转成正面。因为看电影多了,因此我和许多同代人都能随时将那片头厂标曲哼唱出来。后来就知道,那首曲子叫作《新民主主义进行曲》,是由老革命音乐家贺绿汀谱成的。新民主主义,至少在1955年以前是一个非常响亮的主义,毛泽东曾撰《新民主主义论》,记得那时我父亲——他是一个被新海关留下并予以重用的旧海关人员——每当捧读《新民主主义论》的时候都会一唱三叹,服膺不已,我那时候还小,不大懂得,却印象深刻。还记得那时候老师是这样给我们解释五星红旗的:大的那颗星星代表共产党,团结在其周围的四颗星,则分别代表着工人阶级、农民阶级、小资产阶级和民族资产阶级。

想到这些，不是无端的。与那时所有的人皆相关，包括邵燕祥。

邵燕祥少年时代就左倾，那时的左倾，就是倾向共产党，多半还不是领袖崇拜，而是服膺于新民主主义的纲领，在"新民主主义进行曲"的旋律下，建设一个光明的新中国。

但是没过多久，新民主主义的提法就式微了，要掀起社会主义革命的高潮，还要跑步进入共产主义。国产片片头的工农兵塑像还保留着，却取消了《新民主主义进行曲》的伴奏。到后来，老师跟学生解释国旗上五颗星的象征意义，也就不再是我儿时听到的那种版本。《社会主义好》的歌曲大流行，《新民主主义进行曲》被抛弃淘汰。

一首歌，抛弃淘汰也就罢了。但是人呢？活泼泼的生命呢？

建设当然也还在建设，与天斗，与地斗，却都还不是第一位的，提升到第一位的是人斗人。到我十五岁那一年，就有不少我原来熟悉的作家、诗人、艺术家，被从人民的队伍里抛弃淘汰掉了。在被批判的诗人名单里，赫然出现了艾青。紧跟着我被告知，还有一些诗人也成了社会主义革命的对象，其中就有邵燕祥。多年以后，我读了邵燕祥回忆那一段生命历程的《沉船》，有两个细节给我的印象最深，一个细节是当他刚参加中国新闻代表团访问苏联回来不久，本来似乎更要"直挂云帆济沧海"，却猛不丁地就遭遇"飓风"而"沉船"，他在自己的宿舍里闷坐，对面恰好是大立柜上的穿衣镜，他望着自己的镜像，头脑里不禁浮出"好头颅谁取之"的意识；还有就是他写到有一场对他的批判会是在乒乓球室召开的。我曾当面问他："怎么会在乒乓球室里召开批判会？"他没想到我会有如此一问，说他那样记录不过是白描罢了。我的心却在阵痛，敢问人世间，自有乒乓球这项运动，设置了供人锻炼游戏的专用乒乓室后，在何处，有几多，将其用来人斗人？

生命是脆弱的。生存是艰难的。穿越劫难活下来是不容易的。

1975年，我从任教的中学借调到当时的北京人民出版社文学室当编辑，当时在文学室的一位女士叫邵焱，她负责编诗歌稿件。我们相处半年以后，才有人跟我透露，她原名邵燕祯，是邵燕祥的妹妹。这让我想起了《到远方去》，想起了新民主主义时期的高压输电线，觉得自己有了接触邵燕祥的机会，暗中兴奋。但是我几次试图跟邵焱提起邵燕祥，她虽满脸微笑，却总是一两句话便岔开。1976年10月以后，政治情势发生了变化，1978年出版社同仁一起创办《十月》丛刊，我那时忝列《十月》"领导小组"，就跟邵焱交代，跟邵燕祥约稿，无论诗歌散文都欢迎。邵焱仍是满脸微笑，过几天我问起约稿的事，她的回答很含蓄，好像是"现在行吗"一类的疑问句。我隐隐觉得，是邵燕祥还要再观察观察，包括观察《十月》究竟是怎样的面貌。后来与他接触，证实他的确不是个急脾气，而是凡事深思熟虑，一贯气定神闲的性格。

后来进入改革开放时期。邵和我先后被调入中国作家协会，他在《诗刊》，我在《人民文学》，他忙他的，我忙我的，见面不多，谈得很少，但我总还感觉到他对我的善意。我记得他曾将邵荃麟女儿邵小琴一篇回忆亡父的文章刊发到《诗刊》上，我问他：邵荃麟是文学理论家、翻译家，并非诗人，而邵小琴写的也不是悼亡诗，你怎么不介绍到《人民文学》发而偏在《诗刊》发呢？他也不解释，只是告诉我："邵荃麟在1957年保护了人啊，要不那时中国作协的运动会更惨烈！"后来他又几次跟我说起邵荃麟"保人"的事。这说明邵燕祥对爱护人、保护人的行为深深崇敬。我心中不免暗想，倘若那一年邵燕祥是在邵荃麟够得着的范围里，是不是也有幸被保护下来，只"补船"而不至于"沉船"呢？人世间基于正直、仗义而冒风险保护别人不至沉沦的仁者，确实金贵啊！

到了上世纪九十年代，邵燕祥和我都赋闲了。后来通知他，还把他的名字保留在中国作协的主席团里，他坚决辞掉了。再后来又一届会议，我收到一份表格，是保留全国委员需填写的，我退了回去，注明应将此名额给予合适的人选，结果中国作协当时一把手通过从维熙兄打电话转达我：名单已上报无法更改，但我可以不填表不去开会。这样我们都自在了。就有几次结伴去外地旅游。2001年我们同去了奉化、宁波、普陀、杭州。回京后燕祥兄将几张照片寄我并附一信：

心武：

　　鄂力已将他的照片寄来。我们拍的也冲出加印四张奉上，效果尚可。

　　此行甚快，值得纪念。唯发现你平时欠体力活动，似宜注意。不必刻意"锻炼"，散步（接地气，活血脉）足矣。

　　绣春囊为宝钗藏物，亦"事出有因"之想，可启人思路，经兄之文，始知世间有人如此细读红书。顺祝
双好

燕祥

九，一九，二〇〇一

信中所提到的鄂力，是京城许多老一辈文化人都熟悉的民间篆刻家，我是从吴祖光、新凤霞那里认识他的，后来也成了忘年交，他以我私人助手的名义帮助我十几年，那次南游他也是燕祥、

文秀伉俪的好游伴（现在的网络语言称"驴友"）。燕祥自己坚持长距离散步已经很多年了，他很早就习惯在腰上挂一个计步器，严格要求自己完成预定的步数，这和他写杂文一样，在时间、地点、人物、事件的引述上一丝不苟，尤其是原来某人某文件是怎么说的，后来如何改口的，总凿凿有据，虽点到为止，必正中穴位，读来十分痛快。我老伴去世前，不怎么能欣赏燕祥的诗，却总对他发表在《新民晚报》"夜光杯"专栏上的杂文赞叹，有时还念出几句或一段给我听，然后对我说："看看人家！"意思是让我"学着点"，但我却总自愧弗如，学不到手，其中最关键的一点，是燕祥兄有积攒、查阅历史资料的超强意识与意志，所以能做到言必有据，他的反诘句，也就格外具有尖锐性与精确性。

这封信里提到的关于《红楼梦》研究的一个新奇怪的观点，并不是我提出的，我只不过是在一篇文章里引用，并表达了一番感慨罢了。在曹雪芹笔下，王夫人抄检大观园的起因，是傻大姐在大观园里的山石上捡到了一个绣春囊，所谓绣春囊就是绣有色情图画的香袋儿，富贵家庭的小姐按礼是绝不应拥有的，就是个别丫头行为不轨得到了，也该藏在身上不令旁人看到。在曹雪芹笔下，后来有个情节，就是从二小姐迎春丫头司棋的箱子里，搜出了她表哥给她的一封情书，里面提到了香袋，这应该是司棋拥有绣春囊的一个证据，但毕竟曹雪芹并没有很明确地交代出绣春囊究竟是何人不慎遗落到山石上的，因此后来就有研究者提出多种猜测，清末有位徐仅叟，他就发表了一番惊世骇俗的见解，认为那绣春囊是薛宝钗收藏的。燕祥兄写这封信前大概正看完我发表在报纸副刊上的相关文章，因此即兴提起，他并不认为绣春囊为薛宝钗所藏的说法荒唐，反而觉得"事出有因""启人思路"，我觉得他并非是在参与红学研讨，而是多年来阅世察人有所悟，深知人性的深奥莫测,世上就有那么一种表面上温良恭俭,而内里藏奸的人,也许就在你的身边,不可不知,不可不防。

燕祥兄几年前动了手术,心脏搭了四个桥。愈后良好。现在他仍坚持每天按预定步数散步。我曾为《文汇报》撰写过《宗璞大姐噉饭图》《维熙老哥乒乓图》《李黎小妹饮酒图》,都是随文附图,一直想再写一篇《燕祥仁兄计步图》,成文不难,难的是如何画出他腰别计步器散步的那悠闲淡定的神态。前些时跟他通电话,他告诉我耳朵开始有些失聪了。在流逝的岁月里,有多少值得记忆的声音积淀在了他的心底里?相信还会化作诗句,以有形无形的乐音,浸润到读者的心灵。

燕祥兄从1990年4月到1991年6月,写成了组诗《五十弦》,前面题记里用了曹雪芹的话:"忽忆及当年/所有之女子……"可知是一组情诗,或者其中许多首都是献给过去、现在、未来岁月里,他始终深爱的谢文秀的。不过我读来却往往产生出超越男女爱情的思绪。其中第二首:

> 曾经　少年时
> 全部不知珍惜
> 一次回眸　一次凝睇
> 一阵沉默　一阵笑语
> 一回欢聚　一回别离
> 当时说成是插曲
>
> 人生如歌
> 随早潮晚潮退去
> 最值得追忆的

> 是再也听不到的插曲
>
> 被风声吹散的断句
>
> 被星光点亮的秘密
>
> 还有渐行渐远的
>
> 被春雪融尽了的足迹

我已过了童年、少年、青年、中年，进入老年。我懂得珍惜生命中小小的插曲，即如那年在琉璃厂，燕祥兄迎面骑车而来，见到我亲热地唤我一声"心武"。他可能早忘怀了，我却仍回味着这小小的插曲。他现在在电话里仍然用同样的语气唤我"心武"。在共同旅游中他应该是看到我许多的缺点，他仍不拒弃我，总是尽量给我好的建议，对我释放善意，包容我。就有那么一位他的同代人，也跟他一样有过"沉船"的遭遇，后来我在《十月》也是积极地去约稿，后来也在一口锅里吃饭，二婚的时候我还为他画了一幅水彩画，他见了我故意叫我"大作家"，我那时也没听出其中的意味，后来，他竟指控我"不爱国"，甚至诬我要"叛逃"，若不是大形势未向他预期的那样发展，他怕是要将我送进班房，或戴帽子下放了吧，人生中此种插曲，虽也"随早潮晚潮退去"，许是我这人气性大吧，到如今，到底意难平。插曲比插曲，唯愿善曲多些恶曲少些。

人生的足迹，印在春雪上，融尽是必然的。但有一些路程，有些足迹，印在心灵里，却是永难泯灭的。于是想起来，我和燕祥兄，曾一起走过，长长的路，走到那头，又回到这头，那一次，他腰里没别计步器。

2011 年 4 月 15 日 温榆斋

松本清张一去不返

一个作家怎么可以长得这样丑？

一个著名作家怎么会是这样的相貌？

实话实说，这是十一年前我在日本东京见到推理小说泰斗松本清张的第一印象。

日本人都矮，这不足奇，中国人早把"倭"字"赠"给了他们。那一年松本先生已年过七旬，背有一点驼也不为怪。令人惊异的是他的面容。稀疏然而粗直的灰白头发一律向后背去，又在齐耳处剪成一条直线；略呈扁四方形的面庞，皮肤黧黑而粗糙，还分布着一些更黑更糙的死斑；嘴唇很厚，而下唇朝前突出，毫不夸张地说，大约足足突出去一市寸；两只眼睛仿佛藏在很深的洞里，放着幽幽的冷光。

呀！

上个月不知道为什么电视台在很晚的时间里重新播出了日本根据松本先生同名小说拍摄的影片《砂器》。

记得是七十年代末，我曾带着儿子去看过这部影片。当时儿子不足十岁，看不懂，大约片子还没放映完，便坐在椅子上呼呼大睡。这回已经二十岁的儿子坐在电视机前屏住气息从头看到了尾。看完他说他受到了很强烈的刺激。

他说《砂器》这个故事实在古怪。乍看觉得太有悖于情理。

那个功成名就的大音乐家，就算他羞于让社会知道他的父亲是个隔离在荒岛上的麻风病人，那他也犯不上，更何忍心杀死那个当年对他们父子有救命之恩的退休警察呢？那慈蔼的退休者无非是找到已隐姓埋名的他，告诉他他父亲仍然活着，并且非常想念他，希望他去见一面罢了，而他竟下了毒手！但他的杀人行径又终于被警方侦破。影片最后以很大篇幅表现他在豪华的演出厅中亲自演奏自己谱写的钢琴协奏曲，而那动人心魄的大曲，却又寄托着他对父亲那无法割舍的血脉之爱与对命运的无奈之叹，影片结束在拘捕他的警员已逼近台口的瞬间，在最后的一组闪回镜头中，干脆用字幕点出了"宿命"的主题——再成大器，终究砂制，人之命挣不脱血脉的遗传。

儿子久久地同我交谈着观看《砂器》的感想。末了他说："我想，写这个作品的人，他内心一定非常非常地孤独！"

非常非常地孤独！

犹如一记重槌击在了我记忆的鼓面上。

是的，我感到松本先生非常非常地孤独。

1981年我在东京拜见松本先生时，他已红到顶峰。据说1980年全日本个人上缴所得税数额，松本先生名列第一。他已出版了《全集》，在东京购买地皮按自己的想法让建筑师设计、施工队修造出了豪华的住宅。我们一行三人是由日本文艺春秋社引领着到松本宅邸去拜见他老先生的。在寸土寸金的东京，松本先生的宅邸不仅有造型别致的小楼、回廊、凉棚、天井，还有面积相当可观的花园，除了大片的草坪，还有多种树木花卉，以及中国式的太湖石、竹丛与卵石镶的弯曲小径，周遭呈不规则状态的金鱼池，当然也有日本式的亭形石灯柱。

据说松本清张很少在自己的宅邸接待来访者。我们之得以被他接待，当然并不是我们特别是我有什么引起他兴趣的地方，我想他一定从未听说过我的名字，更不消说绝未读过我的任何一行文字。他之所以给我们礼遇，一是看在文艺春秋社的面子上，二是他当时有自己的一个打算。

先说文艺春秋社的面子。到过日本的人就知道日本有一种发行量极大、历史相当悠久、颇具权威性的社会综合性杂志《文艺春秋》，每月厚厚一册，相当于中国一本大32开的四五十万字的长篇小说的篇幅，但里面其实并没有多少纯粹的文艺作品，以类似我们报刊上的新闻报导、新闻述评及文化评论等等的文章居多，还有大量的新闻性社会性照片的插页和广告，大凡日本知识界人士和一般的白领阶层，都是它的读者。文艺春秋社到八十年代初时早已建起了堂皇的大楼，并且已不止出版发行一种杂志，实际上已是一个颇具规模的文化性财团。文艺春秋社虽然早已不拘泥于文艺而几乎涉足于日本社会的各个方面，但它对日本文艺界却长期有着左右潮流的作用，这就是它几乎有半个多世纪（二战时期一度中断）在每年春、秋两季颁发两种以前辈大作家命名的文学奖，一种是芥川龙之介奖，属纯文学性质；一种是直木五十三奖，属通俗文学（推理小说）性质，日本作家凡得了这两种奖之一，便形同跃入"龙门"，虽说奖金保持着最初的数目到今天已几乎只有纯象征意义，但"跃入龙门"的作家身价倍增后，稿约不断，版税飞升，那收获是难以计算的。松本清张原是朝日新闻社驻外省的一个默默无闻的小记者，就因为向文艺春秋社投了稿，得了奖，才脱颖而出，为人所知。但值得注意的是他当时得的并不是直木五十三奖，而是芥川龙之介奖。这也就决定着他嗣后以《点与线》等推理小说走红以后，其作品总有着一种一般仅只写侦破过程的推理小说所不具备的纯文学气息，即注意到写人，写人的命运，写人性的挣扎，写当代人的困境，特别是精神困境，《砂器》可以说是最能体现他这一创作个性的代表作，后来步他后尘也极走红的推理小说家如森村诚一，森村那也拍成电影、也在中国上映过的代表作《人证》，以我个人的眼光看来，虽也出色却并未突破松本拓出的阔地。文艺春秋社既然是松本的发掘者，松本先生与该社的关系自然非同一般。后来他许多力作都交该社出版，到我见到松本先生时该社已推出了他的全集，精装套匣版本，总有二十几卷之多，放在书架上确实非常之堂皇。我们既是文艺春秋社邀请访日的客人，文艺春秋社为显示自己有能力说动松本先生出面接待，法力非其他文艺团体可比；松本先生为表示他对文艺春秋社当年的提掖贵不忘本，这两方面一凑拍，几乎从不在家里见别的作家尤其是外国作家的松本先生，便破了戒。

另一因素则是松本先生当时已从《日本的黑雾》那类的"黑幕小说"和《砂器》那类的"人性探秘"小说的路数中超越了出来，他决心写一部多卷的历史小说，具体地说，便是要写祆教从波斯经中国传入日本的复杂过程，把许多不同种族、不同民族、不同性别、不同身份的人物的命运，纠葛在一起，展现壮阔瑰丽而又神秘诡谲的历史画卷与人生诗篇；为写好这部巨著，他除了搜集各种文献、文物资料，作案头准备外，还打算到中国一些尚有祆教遗迹的地方和史书上提及的山川驿路去补充素材和感受氛围。因而他也愿破例同中国作家接触，以探询其可能性。

会见的场面是近乎冷寂的。

松本先生很客气地接待我们。他的话很少，而且也几乎不笑。

不知道他为什么临到我们快到达时，忽然想起来或许要拍照，便让他的一位助手赶紧到照相器材商店去买回一架昂贵的照相机来，既然昂贵，当然并非"傻瓜机"，结果他完全不知道如何使用,他的助手看了说明书竟也一时掌握不好,那时候我们已经到达,他因为不会用那照相机,便命令他的助手再去商店换一个好的"傻瓜机"来,助手赶忙去了。

这件事当时便令我吃惊,至今回想起来,还不禁发愣。

他腰缠万贯,也并不吝啬,却在我们去做客之前,并不置备一架照相机!难道他是自知相貌丑陋,回避照相吗?似乎那原因又并非如此简单。孤独,深深的孤独!只有最孤独的人,才会有这样的举措。

其实也无需他购买照相机。文艺春秋社的人士带有最高档的照相机,里面装的是400度的胶片,因此即使当时已然夕阳半敛,我们在庭院中合影时也全然无需使用闪光灯。

助手换回了"傻瓜机",尽管文艺春秋社已拍过照,并说好洗印出来以后既给他,也给我们,他还是要助手用那相机在原处再拍几张。

他领着我们大略参观了一下他那座结构复杂的小楼。记得后半部忽然演变为完全的"和式"即日本风格,在天井翠竹掩映的木格纸拉门后,显露出完全的传统布置,并有一位瘦小的老太婆穿着雅致的和服双手贴膝向我们行90度的鞠躬礼,那是他的夫人,原配夫人。文艺春秋社的人说,松本自己著文讲过他之所以有那样的成就,端赖他夫人的背后支撑。那支撑我猜想或许并非什么语言的激励以及充当所谓"第一读者"的切磋,而是默默地同他共同度过那些平庸乃至猥琐的日子而绝无怨言——松本出名时已经四十多岁。据说那宅邸的后半部建成日式的结构并保持传统的情调,完全是松本为夫人着想,就他个人而言,看得出他是比较喜欢西式的房屋结构和东西合璧的风格的。

他重点引领我们参观了他的藏书库和文物库,那真令人艳羡不已。都不记得上了几次楼梯又下了几次楼梯,迈过了几道门,走过了几道廊,印象中他的藏书足可媲美于一所名牌中学的图书馆,这还只是就数量而言,实际上他还搜罗到若干珍本乃至孤本,可惜绝大部分是日文或西文,虽有文艺春秋社的翻译略加解释,我还是不懂或当时懂了而不能记牢。记得有一处书架上是些纸张相对比较粗黑的平装中文书,细一看是北京中华书局出版的二十四史分册简装本,松本先生却特意让翻译告诉我们,他十分珍爱那套书,因为经过比较,他认为大陆的这一套校雠水准远远高于香港和台湾所出的,这当然是内行话。

他所存的古币、古镜、古瓷及古工艺品也很不少,最令人叹为观止的是他还收藏了一只巨大的中国铜鼓,上面雕铸着许多细琐的花纹,我也无从鉴别那是真的古物还是一种制作得很认真的赝品,就算是赝品吧,我想不出哪一位中国当代作家的居室中可以从容地陈列出那样一件收藏品来。

在他的藏书和文物面前,我才看到他脸上现出了一个微笑。

这是一个孤独的微笑。

一个寂寞的微笑。

对他人而言的孤独。

对人世而言的寂寞。

他为自己构筑了一个心灵的慰藉所。享受孤独。消解寂寞。

最后走进了他的书房。相对而言,不大。似乎当时他也还没使用电脑。他一见书桌前的那把椅子便不由自主地坐了上去。在待客的时候那似乎很不得体,但他情不自禁。

坐在书桌前,有一瞬间他似乎忘记了我们的存在。

我理解。

唯有深深的孤独,才能透过笔尖向纸上倾泻出对人世、人生、人性那样近乎冷酷的揭示与剖析。

我对儿子说：《砂器》里的那个音乐家，当他泪流满面地演奏那个大曲时，他内心该受着怎样的煎熬！

而松本清张在创作《砂器》时，他不得不写到那个音乐家的儿子为隐瞒自己的卑贱血统而杀害恩人时，他内心又该受着怎样的煎熬！

儿子说：这个松本清张好冷酷，这个《砂器》拍得好瘆人，看完我做了一夜的噩梦，他就不想想读者、观众内心该受着怎样的煎熬！

没办法。

孤独者把我们从热闹场中拉回到清凉界，使我们骇然于自我的孤独。

不知道松本清张所有的作品是否都贯串着这样一种凄厉的调子。

那天他送了我一本他写的书，书名是两个中国字《眩人》，用墨笔签了名，还郑重其事地盖了印鉴，有位日本朋友后来在我家书架上见到了这本书，他说倘若我将这签名本拿去拍卖，那至少能得到书价100倍的收入。但是我不想拍卖它。然而我也看不懂。面对着这本书，我只是回想起见到过一个红得发紫而又孤独得要命的老人。

后来松本清张先生请我们去东京一家最大的中国餐馆吃饭。是事先订好座的。

那座餐馆至少有三层楼的堂座，还有许多单间的雅座。

但走进去以后我们不免大吃一惊，整个餐馆的厅堂桌面布置是营业状态，然而三层楼里除我们以外竟再无一名顾客！

原来，据说松本清张出名后几乎从不到餐馆用餐，又是为了我们才破戒，然而，为了不让别的顾客影响我们——不，其实是不让别的顾客影响他，他便预先向老板打过电话，那一晚他把整个餐馆全包了。

我们登到三楼，三楼厅堂里专为我们布置了一桌。坐下来以后，我们一共不足十人，大大的圆桌，空空的厅堂，至少我是感到一种莫名的惊诧与尴尬。

记不得都吃过些什么菜肴。只是强烈地感觉到松本清张的怪诞、荒唐。后来细细回味，才意识到那仍然是源于他内心深深的孤独。

红得发紫，却羞于见人。

确确实实是羞涩，而并非狂傲。

谁信呢？

都不信，所以内心像深井般的黑暗，没有理解的光芒射进。最深沉最浓酽的孤独啊！

都走出那家餐馆，分别要进入小轿车了，忽然停车场上有一位妇女认出了松本清张，她禁不住惊叫一声，竟至于将手中的车钥匙咣当落到地上，匆忙拾起车钥匙后，便简直是朝着松本先生疾跑而去……

仿佛突然见到一位天神。

仿佛突然见到一位圣贤。

她崇拜他。

她热爱他。

她掏出一个什么本册，请松本先生签名，松本先生站在汽车门前，给她签了。

她发出一种幸福的、快乐的声音。

她的出现和表现，是否说明松本先生并不孤独？

我至今不解，以松本先生那样的相貌，那妇女偶然撞见发出的不是惊悚的呼叫而是狂喜的欢呼，究竟是为什么？

难道他那些小说，竟有那样奇伟的魅力？

还是主要因为他那如日中天的名气？巨大的名气可以使丑人变得千人爱万人喜，这样的社会现象全世界都有，过去，现在，将来都有。

试着这样去解释，却不能圆通。

松本先生对那妇女的狂热崇拜并不呼应。他淡淡地签了个名，便钻进了车里。

他似乎只甘心让他写出印好的文字与社会见面，他自己则要固执地缩在一个壳子里。

也许他是对的。

他是永远的孤独者。他要保持这个本色。

后来松本先生来了中国。他去了他想去的地方。有些地方我这样比他年轻的人听了都发怵：没有汽车道，只能骑马、骑驴或步行，没有像样的客栈，没有卫生间，吃饭时有许多苍蝇来做伴。然而他以七十多岁的高龄——都踏勘寻访到了。想必他把那些感受都写进了他那以祆教东传为内容的长篇巨著之中。他的巨著想必已经完成出版多年，我未看到中文译本，或许是我孤陋寡闻。

松本先生来中国，基本上是静静而来，悄悄而去。但日本驻华使馆为他举办了一次宴会，我有幸与宴，去给他老先生进酒，提起在东京拜望过他，他记得，但只是淡淡地点头，没话。

前两天在报上看到了"日推理小说家松本清张病逝"的消息。老实说，并没有什么悲哀，而且，似乎也轮不到我来悼念他。只是想起了电影《砂器》中的一些镜头，感到有一个孤独的人，从此背向我们，一去不返了。

1992年8月12日于北京绿叶居

心灵深处

1

我正在家里心情大畅地准备行装，忽然有人敲门，打开门一看，不免吃惊——门外站着我们单位的一位负责人。

那是1983年初冬。我被安排进中国电影代表团到法国参加南特电影节。中国电影代表团的名单是由当时的电影局长石方禹拍板的。当然，电影局还必须征得我那时所属单位——北京市文联的同意。很爽快，甚至可以说是很高兴地同意了。第二天就要出发了。北京市文联的负责人老宋却忽然到我家来，是不是发生了什么变化呢？

我把老宋让进屋，他也不坐，看看周围，我告诉他爱人孩子还没回家，他知道家里只有我一个，就跟我说："有个事要嘱咐你一下。"

老宋为人一贯温厚随和，但他话一出口，我不禁有些紧张了。明明头两天他见着我还提起去法国的事，只表示为我又能增加见闻高兴。他有事要嘱咐我，怎么早不说，现在风风火火地跑来说？

老宋个子高，真所谓虎背熊腰，我站在他面前，仰望着他。他十分严肃地嘱咐我："到了法国，如果有人问到时佩璞，你要证实，他是北京市文联的专业创作人员。"

原来是这么句话。我说："那当然。他就是嘛。"

宋老又叮嘱一句："你记住啦?"我点头。他就蔼然可亲地说："那好,不耽搁你收拾行装了。祝你们一路顺风!"接着就告辞。

老宋走了。我暂无心收拾东西,坐下来细细琢磨。

2

我意识到,老宋突访我家,一定不是他个人心血来潮。

到了法国,我应该在有人问起时,证实时佩璞属于我们北京市文联的专业创作人员。

我能证实。

想到这一点,我心安。我害怕撒谎。哪怕是为正义的事业撒谎。老宋不是嘱咐我撒谎而是强调我应该说实话。我很乐于跟任何人陈诉真实情况。

我是1980年从北京出版社调到北京市文联任专业创作人员的。直到我1986年又从那里调到中国作家协会《人民文学》杂志工作,并没有为专业创作人员评为什么一级、二级……专业作家的做法。后来时兴那样的做法,我已经从事编辑工作,未能参评,那以后到现在,我已没有专业作家的身份。但1980年至1986年之间在北京市文联任专业创作人员(也可以说成专业作家)那几年的情形,回忆起来还是花团锦簇、满心欢喜的。

那时候的北京市文联专业作家群真是老少几辈济济一堂,蔚为大观。老一辈的,有萧军、端木蕻良、骆宾基、阮章竞、雷加、张志民、古立高、李方立、李克……壮年的,有管桦、林斤澜、杲向真、杨沫、浩然、李学鳌、刘厚明……归队的,有王蒙、从维熙、刘绍棠……新加入的,有张洁、谌容、理由……因为人多,每次组织学习，必分组进行。我所分到的那一组，除了上面提到的某些大名家外，还有一位资历极深的老诗人柳倩，他曾是"创造社"的成员；另一位呢，跟我友善的兄长辈作家附耳嘱咐："千万别在他跟前提到艾青！"原来艾青于他有"夺妻之痛"；再一位呢，就是时佩璞。

开始我也没怎么注意他。有一天又去学习，他恰巧坐在我旁边。他堪称美男子，头发乌黑，脸庞丰腴，给人印象最深的是脸庞和脖颈皮肤超常地细腻，我估计他那时怎么也有四十岁了，心中暗想，他就没经历过下放劳动吗？怎么能保持着这样的容颜？更引起我好奇的是，他里面的衣裤和皮鞋都很洋气，可是身上却披着一件土气的军绿棉大衣，那时候可是只能从军队里得到的啊。

学习会休息期间，我们有对话。我跟他说，真不好意思，还不知道您是写什么的，是诗人吗？他就说是写剧本的。我就问他写过什么剧本？他说写过《苗青娘》，我就"啊呀"了一声。

我敢说王蒙他们可能直到今天都不知道何谓《苗青娘》，那真是太偏僻的作品了！可我偏偏知道！

当然，我以前只知道有出京剧是《苗青娘》，并不知道编剧是谁。于是我不得不再自我惊叹，我的祖辈、父辈、兄姊辈，怎么会牵出那么多七穿八达的社会关系，竟一直影响到我，有的甚至延续到今天。父亲曾和一位赵大夫有密切交往，而那位赵大夫的弟弟，便是京剧界鼎鼎大名的程派青衣赵荣琛，因而，我们家的人，在以往的程派青衣里，也就特别关注赵荣琛。也就因此知道些赵荣琛的秘辛。比如，上世纪六十年代初，忽然有关部门夤夜造访赵荣琛家，说是对不起打搅，毛主席想听您唱戏。赵荣琛登上接他的汽车去了中南海。下车的时候，发现另有一辆车，接的是侯宝林。原来毛主席把夜里当白天过，白天是要睡觉的。进去后发现那是一个跳交际舞的大厅。毛主席跳舞间隙，再听段相声，来段京剧清唱。毛主席很亲切地接见了赵荣琛，让他坐到自己那架大沙发的阔扶手上，说你今天能不能唱段新鲜的？赵荣琛就说，那我唱段《苗青娘》里的二黄慢板吧。毛主席那时候也不知道何谓《苗青娘》，说生戏生词听了不懂，赵荣琛就扼要地介绍了剧情：此剧又名《羚羊锁》，剧中的苗青娘因金兵入侵与丈夫儿子离散，丈夫投入敌营，苗青娘后来也被掳去，在敌营她私下劝丈夫杀敌归汉，丈夫不从，还要加害于她，她就在儿子帮助下刺死丈夫，以明爱国之志。毛主席听了剧情，十分赞赏，说表现大义灭亲啊，好！又让秘书拿来纸笔，赵荣琛当场挥毫，毛主席直夸其书法漂亮，后来赵荣琛唱那段二黄慢板，毛主席就边看写出的唱词边叩掌细品。

我跟时佩璞说知道《苗青娘》，他长眉微挑，道："真的吗？"我略说了几句，他发现我非吹牛，十分高兴。我问他是否自己也上台演唱，他说当然，只是次数不多。他说曾拜在姜妙香门下，在北京大学礼堂唱过《奇双会》。哎呀，天下巧事到了我这儿真是一箩筐！我就跟他说，我哥哥刘心化是北京大学京剧社的台柱子啊，唱的是梅派青衣。他说那回他们在北大演出，前头就有北大京剧社的成员唱"帽戏"，我说指不定就是我哥哥唱《女起解》哩……我们聊得就更热乎了。

后来又有一次，学习时我们又坐一块。休息的时候又闲聊。他问我住哪儿，我告诉他在劲松小区。那时候只有给落实政策的人士和极少数加以特殊奖掖的人士，才能分到新小区里的单元房。我告诉他时不无得意之色。我分到一个五楼的两室单元。四楼有一套三室的分给了赵荣琛，刚听到那个消息时我兴奋不已。但由于赵荣琛那时年事已高，又有腿疾，拿那四楼的单元跟别的人调换到另外地方的一楼去了,我也因此不能一睹赵荣琛便装的风采。不过我们那个楼里住进了荀派传人孙毓敏,还有著名武旦叶红珠……时佩璞很为我是个京剧迷高兴,他说,原以为你只知道几出"样板戏"。散会时我顺便问他住在哪儿,他说在和平里。欢迎我有空去坐坐。他问我喜欢喝茶还是咖啡?我说当然是茶,咖啡喝不惯。他说那真可惜——他那里有上好的咖啡。他给我留下了电话号码,又说,你要来一定先打电话,因为我也许在城里的住处。他家里有电话?那时候我们住在劲松的中青年文化人几乎家里都没有安装电话,打电话接电话都是利用公用传呼电话,所谓"劲松三刘"——刘再复、刘湛秋和我,都是到楼下那个大自行车棚里去,那里有一台宝贵的传呼电话,我记得有一次因为都在那里等着别的邻居把老长的电话打完,站得腿酸,湛秋就一再问我,怎么才能申请到家里的个人电话?但是时佩璞家里却有私人电话。更让我妒火中烧的是,他居然除了和平里的住处,在城里还另有住处!当时阴暗心理油然而生:《苗青娘》的影响,怎么也没法子跟《班主任》相比啊……(那时候因为和平里在二环路以北,被视为"城外",现在是四环以外才算郊区了。后来知道,他城里住处在新鲜胡同,是一所宅院,那住所里不仅有电话,更有当时一般人家都还没使用上的冰箱等电器。)

我当然没有给时佩璞的和平里居所打电话,也没有去拜访他打扰他构思写作新剧本的想法,我只盼望下一次学习时能再跟他插空聊上几句。

但是那以后时佩璞再没有出现。我也没太在意。那种专业作家的学习会常会缺三少四,我自己也请过几次假。

当我已经差不多把时佩璞忘记的时候,在去法国前夕,老宋却突然来我家,特别就他的身份问题嘱咐于我。没得说,我一定照办。

3

到了法国，在巴黎住了一晚，第二天就乘火车去了南特。那是一座典型的西欧富裕城市，整个儿活像一块甜腻腻的奶油蛋糕。在那里每天要参加许多电影节的活动，我的神经高度兴奋，兴奋点几乎全跟电影有关，因此，我几乎把时佩璞忘得一干二净。在南特期间没有任何人跟我问起过时佩璞。

从南特返回巴黎，第一夜，我就想起了老宋，他那嘱咐我的身姿神态宛在眼前，我就提醒自己：若有人问，一定要如实回答。当然，我也懂，如果没有人问起，我一定不要跟任何人提起这个名字来。

在巴黎停留的几天，我多半是约上陶玉玲，用当时堪称大胆、如今已很时兴的"自由行"的方式，乘地铁加步行，到各个名胜点观光，没有任何人认识我们，当然也就不可能有任何人跟我们提出任何问题。巴黎的华侨领袖请谢晋和我们一行去看"红磨房"的演出、参观新奇有趣的蜡像馆、到华侨开的旅游纪念品商店购物、到有红柱头和龙图案的中餐馆吃饭……其间也没有任何人提起过时佩璞。在巴黎还有几位专门研究中国电影的人士跟我们聚谈，他们谈的都是中国电影，不涉及京剧，当然更没有什么跟《苗青娘》相牵扯的内容。

那是在巴黎最后一晚了。我跟陶玉玲逛完了回到旅店，谢晋见到我就跟我说，有位叫于儒伯的汉学家把电话打到我们俩住的房间，说晚上想约我出去吃个饭，聊聊天。谢晋告诉他我可能会吃过东西再回旅馆，于儒伯就让谢晋转告我，多晚都不要紧，吃过饭也没有关系，他还会打电话来，一直到我接听为止，如果我吃过晚饭，他会带我去酒吧聊天。

于儒伯是那时候法国汉学家里关注当代中国作家创作的一位。他多次访问中国，跟几辈中国作家都有交往。他在北京见过我，在法国报纸上介绍过《班主任》和"伤痕文学"。我既然人在巴黎，他来约会，没有理由拒绝。但谢晋发现我面有难色，以为我是逛累了，就劝我说："人家是好意。你累了先躺一躺，到酒吧喝点鸡尾酒，你就有精神了。"他哪里知道，我是怕终于由于儒伯来问时佩璞。

于儒伯是个中国通。但他有时候"通"得有些可怕。记得有一次我应邀到外地参加一个活动，住在一个我自己连名字都还记不清的旅馆里，刚进房间不久，电话铃响了，一接听，竟是于儒伯打来，我吃惊不小，忙问他怎么知道我到了哪个城市而且还知道我住的旅馆更知道我住进了几号房间？什么事跟侦探似的追着我来电话？于儒伯却只在电话那边呵呵笑。其实听下来，他找我也并没有什么特别要紧的事。

那晚在巴黎，我还并不知道，时佩璞从我们北京市文联专业作家学习活动中消失，是应一个文化活动的邀请到了法国，而就在我们中国电影代表团去参加南特电影节前数月，在法国以间谍嫌疑被捕，将面临起诉审判。但绝不愚钝的我，已经敏感到，无论是有法国人跟我问起时佩璞，还是我答曰他跟我一样是北京市文联的专业作家，都绝非一桩可以轻描淡写的事情。

我紧张了。甚至问谢晋要了点他所喜爱的威士忌来喝。我希望于儒伯不再来电话。毕竟，我是戴过红领巾和共青团徽章的人，我的成长过程决定了那时的我绝不适应夜生活，哪怕是很雅皮的酒吧夜生活。那个时间段我应该是上床睡觉了。

然而电话铃响了。谢晋提醒："找你的。"我去接。是于儒伯。他第一句话就是："我的车就停在你们旅馆门口……"

我就出去上了于儒伯的车。他驾车，我坐在他旁边。问好之外，且说些淡话。他开车太快，拐弯太猛，而且，妈呀，怎么要跑那么远？什么鬼咖啡馆，非去那儿吗？

终于到了。是一间很雅致，甚至可以说是相当朴素的酒吧。显然于儒伯是那里的常客，柜台里外的服务人员都跟他亲热地打招呼。于儒伯把我引到一个车厢座，哎呀，那里怎么另有两位法国人？于儒伯给我介绍，人家也就礼貌地跟我握手。我只听清其中一位是一家什么报纸的编辑。另一位没听清是什么身份。我是否该再追问一下呢？心里这么想，却也没追问。于儒伯给我推荐了一种淡味的鸡尾酒。后来又要了些小点心。他谈兴很浓。他向我问到一些人，记得问到巴金，问到王蒙，问到毕朔望（当时是中国作家协会外联部主任）……我心上的弦绷得很紧，随时打算回答他那重要的一问："是的，时佩璞是我们北京市文联的专业作家之一，他是位剧作家，写过一部剧本叫《苗青娘》……"但是，直到后来我说实在很疲惫，明天一早就要去机场赶飞机了，他乐呵呵地送我回到旅馆门口，跟我挥手告别，祝我一路顺风，又说北京再见，也并没有一句话涉及时佩璞。

睡下以后，我在被窝里重温与于儒伯的会面，他应该不负有向我询问时佩璞的任务。他跟我交谈中，不时穿插着用法语跟那两位不懂中文的法国人翻译我的部分话意，又仿佛略讨论几句，我仔细回忆推敲，其中一位确实是报纸编辑，另一位则应该是出版社的人士，于儒伯跟我探讨的主要是当下中国哪些文学作品适合介绍翻译到法国。

回到北京，我很快选择了一个只有我和老宋在场的机会，跟他简单地汇报:"整个在法期间,没有任何人跟我问到过时佩璞。"

老宋听了只说了两个字:"那好。"

说完我就离开了。

1984年,我又接到当时西德方面一个邀请,去了那里。在法兰克福,一位德国汉学家说刚从巴黎回来,我就问他是否见到于儒伯?西欧汉学家是个小圈子,一般都有来往,若是汉学界方面的活动,一定会熟脸会集。没想到他说:"你不知道吗?于儒伯死了。前些时候他开车去奥利机场赶飞机,半路上跟人撞车,死了。"我一惊,跟着一乍:"是一般车祸吗?会不会是……"对方说:"就是一般车祸。谁会谋杀一个搞汉学研究的人呢?"虽然道理确实如此,我还是发了半天愣。

4

后来我跟小哥刘心化说起时佩璞,他还记得当年时佩璞在北大礼堂演出《奇双会》的盛况。他说时佩璞还跟关肃霜配过戏。时佩璞不仅能唱小生,也能演旦角,扮相极好,嗓音也甜,只是音量太小,"跟蚊子叫似的,若不坐头几排,根本听不清,那时候也不兴戴麦"。但是,他对我说时佩璞是《苗青娘》编剧,却大撇嘴。他强调那是老早一位叫金味桐的先生专为程砚秋编的本子,但是程本人并没有将这出戏排演出来,后来赵荣琛演了,但统共也没演几场,是极冷的一出戏。

出于好奇心,我到图书馆去查,找到了薄薄的一册《苗青娘》,是1964年北京出版社出版的,那个戏曲剧本署了两位编剧的名字,第一位是薛恩厚,第二位是时佩璞。再后来又打听到,时佩璞曾在云南大学学过法语和西班牙语,他与薛恩厚合编《苗青娘》剧本的时候,编制在北京青年京剧团。关于苗姓女子杀夫殉国的故事,不知究竟源于何典,但闽剧里早有相关的剧目,只是女主角姓苗而不叫青娘。1952年金味桐编写的本子叫《羚羊锁》,羚羊锁是戴在女主角儿子脖颈上的具有标志性的佩件,是贯穿全剧的一个道具。这个儿子长大后与父母重逢,在父母发生去留争议时站在母亲一边,最后跟母亲一起大义灭亲。将同样的故事改编成有所区别的本子,在戏曲中是常见的事。薛、时的本子究竟与金味桐的本子差别何在,因为没见到过金本,我无从知道。但有一点是可以肯定的,就是薛、时的本子在弘扬爱国这一主题上,特别地用力。

随着时间的流逝,我对时佩璞的好奇心渐渐淡漠。

1988年我再次踏上法兰西土地,这回是参加一个中国作家代表团去的。在巴黎,有一天聚餐时,我忽然听见几位巴黎的中国华侨议论起时佩璞来,他们议论的内容是,时佩璞1983年被捕,轰动一时,但很快人们就又被新的轰动事件吸引,几乎全把他忘记了,可是,三年过去,1986年忽然法院进行了宣判,判时佩璞间谍罪,判他的情人,法国原外交官布尔西科叛国罪,顿时又引发了轰动。

细听那几位华侨讲述,事情也真该轰动。太耸听了啊!

原来,布尔西科先在法国驻北京大使馆工作,是身份很低的外交官。他在一次酒会上见到了时佩璞,当时时被邀去表演京剧唱段,是彩扮演唱,扮出来的不是小生而是小旦。布尔西科为之倾倒。两个人后来私下就往来起来。布尔西科一直以为时佩璞是个女人。两个人的关系最后发展到肉体接触,多次做爱。后来布尔西科奉调回国,但两人情深意绵,剪不断理还乱。再后布尔西科又谋到了法国驻蒙古国大使馆里的职务,利用出差北京的机会,跟时佩璞再续前缘。有一次布尔西科到北京找时佩璞时，发现时佩璞身后有个怯生生的小男孩，是中国人与西洋人混血的模样，时佩璞就让那孩子叫他爸爸。布尔西科没有怀疑。接受了这个意外的惊喜。后来时佩璞带着这个孩子来到巴黎，跟布尔西科团圆。但好梦难续，法国反间谍部门称掌握了确凿的材料，布尔西科跟时佩璞交往期间，不断把大使馆里的机密文件带给时佩璞……

最令法国舆论大哗的是，布尔西科直到1986年宣判时，才知道时佩璞竟是个男子！而时佩璞虽然不承认是间谍，却对自己的男子性别直供不讳！法庭更呈现了DNA检测结果，那个男孩与布尔西科了无血缘关系，根本就是一个从中国西北部找来的貌似中西混血儿的中国儿童！布尔西科当场精神崩溃。这究竟是怎么回事？难道一起做爱还不能辨别性别吗？后来媒体根据分别采访向公众解释，说时佩璞主要是使用了两个方法来迷惑布尔西科，一是他能巧妙地隐蔽自己的性器官；二是他强调自己是东方人，东方人不习惯在光照下做爱，必须在黑暗中进行；这样，布尔希科竟一直以为自己在和女子做爱……

华侨的议论还有更多的内容。说是法国的审判结果出来，在中国外交部例行新闻发布会上，有记者提问时，中国外交部发言人称，时佩璞不是间谍，他是办理了正当手续被法国当局批准进入法国的。中国在任何时候也不会施用"美人计"以获取情报。时佩璞间谍案对中法两国的关系似乎并没有产生什么负面影响。更有意思的是，宣判才过一年，1987年，密特朗总统就宣布了赦免令，既赦免了时佩璞，也赦免了布尔西科。那么，他们出狱后，还会再在一起生活吗？当然不会。到1988年我们中国作家代表团来巴黎访问的时候，据说时佩璞已然流落街头，他到中国领事馆要求回到中国，领事馆以他没有了中国护照并且已然入了法国籍加以拒绝。

他们议论时,我一直默默地听着。我身边一位不住在北京的同行问我:"这个时佩璞是个什么人啊?"我就回答说:"他原是北京市文联的专业作家,他写剧本,京剧剧本《苗青娘》就是他跟另一位剧作家合写的。"

就这样,在巴黎,我终于回答了关于时佩璞身份的问题。

5

我曾画过一幅抽象画,命意是《心灵深处》。那正是我从"不惑"朝"知天命"跋涉的生命阶段。在那一阶段里,我不仅画水彩画,也画油画。有时更在材料、颜料和画纸的使用上"乱来",我完成后一般会在画题后注明"综合材料"。《心灵深处》就是一幅"综合材料"的制作。经过近半个世纪的生命历程,我开始醒悟,其实,无论政治、经济、文化、时尚……在表象之下,有很深很深的,难以探究却又必须孜孜不倦地加以探究的东西,那就是人性。在人,那活生生的躯体里,存在着一个神秘的心灵,在心灵的深处,时时涌动着的,究竟都是些什么因素?

时佩璞和布尔西科间谍案,确实没有搅乱中法关系。从官方来说,中国方面虽然坚决否认时佩璞是间谍,认为法方以间谍罪审判时佩璞令人震惊和遗憾,但表完态也就算了,不仅政治、经济方面的中法关系继续友好推进,文化交往也有增无减,刚判了时佩璞六年监禁,包括我们中国电影代表团在内的若干文化团体与个别文化人,仍前往法国参与各项文化活动,就是明证。

时佩璞确实爱布尔西科。布尔西科也确实曾把时佩璞当作东方美女爱得死去活来。这应该不算典型的"同志之爱"。时佩璞后来证实生理上并非双性人，也没有做过变性手术。时佩璞在法庭审判时说，他虽然任由布尔西科当作女子来爱，但他自己从未跟布尔西科宣称自己是个女性。这申明对于法官确认他是间谍毫无动摇之力，但时佩璞说这话时眼泛泪光，使不少旁听的人士感到，他对布尔西科确有某种超越政治的情感的忠诚。据说两个人同被赦免后，布尔西科对时佩璞转爱为恨，不愿再跟他来往，但到了两个人都越过了"耳顺之年"，时佩璞主动找到因中风住进疗养院的布尔西科，在他榻前真诚地表白："我还是深深地爱着你。"这应该绝对不是为完成某种使命才使用的"伎俩"，而是发自心灵深处的幽咽之声。

布尔西科难以原谅时佩璞。他比时佩璞小六岁。当他被时佩璞激起情欲拥吻做爱时，才刚满二十岁。据说他们头一次做爱后，时佩璞去浴室洗浴，布尔西科在朦胧的光影下，看到时佩璞下体上有鲜血，就激动地冲过去紧搂他，连喊"我的女人"。由此布尔西科对时佩璞给他生下儿子深信不疑。他们给那个孩子取的法国名字叫贝特朗，中国名字则叫时度度。时佩璞当然是欺骗了布尔西科，但直到法庭审判，布尔西科仍坚称他向时佩璞提供使馆文件绝不是为了金钱，而只是出于感情，那感情不仅是爱情，更有亲子之情。当时佩璞自己承认并非女子不可能生育后，布尔西科一定感觉陷入了地狱。审判结束他们被作为一对男犯关进同一监室，对于布尔西科来说那就是地狱的最深一层。他质问时佩璞究竟是男是女？时佩璞拉开裤子的文明链让他看，又再拉拢。这比魔鬼的拷打更疼痛。监狱出于人道考虑，很快将时佩璞移往别处。布尔西科用剃刀自杀未遂。

法国总统为什么赦免布尔西科？据说布尔西科先后提供给时佩璞的那些使馆文件都是保密级别最低或次低的，当然，作为法国大使馆成员,哪怕只将一份最低级别的保密文件拿去给人都属叛国行为,但布尔西科给法国带来的损失确实不足道,他的浪漫痴情却颇令人同情,这也许是赦免他的一个重要原因吧。尽管布尔西科从那以后一直不能原谅时佩璞,但有人在他家中发现了一段写在纸上的话,大意是时佩璞毁了他的一切,但到头来被人欺骗总比欺骗人好,他仍然宁愿时真是一个女子,贝特朗真是他的儿子……

至于法国总统赦免时佩璞,那可能是出于向中国示好。既然这个引起轰动的间谍案,社会舆论热点并不在政治、外交方面,那么,乐得施恩。一般人都认为时佩璞被赦后找到中国领事馆要求回国被拒,于是带着时度度隐居巴黎。但有细心的人士在1999年发现了一份《北京市卫生局统战处先进事迹》的打印件,其中列举的一桩"先进事迹"是:"旅法华侨时佩璞教授回京,他患有心脏病、糖尿病,我们安排同仁医院给予细心的治疗,他非常满意。"当然,那也许只是姓名相同的另一位时先生。

[本节部分内容参考了2009年《南都周刊》第27期由括囊根据Joyce wacler 撰述编译的文章。]

6

1994年初,我到台北参加了《中国时报》主办的"两岸三地文学研讨会"。除了会议的正式活动,也和一些台湾文化人一起到茶寮酒吧聊天。有一次在茶寮里,是和几位很年轻的台湾文化人在一起,有的还在大学里学戏剧或电影,尚未正式进入文化圈,但他们思想很活跃,心气很高,话题也就都很前卫。不知怎么就聊到了"同志电影"。有的说到底还是台湾走在了前头,八年前

（1986年）虞戡平就把白先勇的《孽子》搬上了银幕；有的就说还是大陆后来居上嘛，陈凯歌的《霸王别姬》去年（1993年）不是在戛纳夺得金棕榈了吗？于是就有一位提到了最新的好莱坞电影《蝴蝶君》，说是根据一个中国大陆男扮女装的间谍的真人真事改编的，那间谍案在法国刚刚尘埃落定，纽约百老汇就编演了歌舞剧《蝴蝶君》，编剧叫黄哲伦，是个ABC（在美国出生长大的中国裔人士），这剧一演就火了，去年（1993年），华纳公司请澳大利亚导演柯南伯格把《蝴蝶君》拍成了电影，本来是非常出色的，可真是"既生瑜，何生亮"，谁想到去年国际上同性恋的电影扎堆儿出现，陈凯歌的《霸王别姬》拍得有霸气，那光芒硬是把《蝴蝶君》给掩下去了！有的就说，柯南伯格特别请到尊龙来演蝴蝶君，尊龙也真出彩，但是怎么又想得到人家张国荣出演程蝶衣，"此蝶更比那蝶狂"，张国荣又把尊龙给比下去了……他们在那里对"同志电影"品头论足、嬉笑怒骂，独我一旁沉思，于是对面一位女士就问我："刘先生，您听说过'蝴蝶君'的事情吗？"我答："岂止是听说过。不过，我觉得，那个法国外交官和他之间，似乎还并非'同志之恋'……"席间有位人士就说，他有刚翻录来的《蝴蝶君》录像带，非常难得，如果我想看，他可以请大家陪我去他家欣赏。在座先就有女士尖叫起来，催着快走。有人建议他回家把录像带取来，在茶寮的电视机上放，他说："那就犯法了啊！"他问我想不想去他家看《蝴蝶君》的录像带，我的回答不仅出乎他的意料，更令几位想跟他去看带子的人士失望，我说："算了。以后总有机会看到的吧。"

那时，我对"蝴蝶君"时佩璞及其风流艳事，已经完全没有了兴趣。黄哲伦也好，柯南伯格也好，尊龙也好，他们通过电影能诠释出什么来呢？

又过了十年，2004年，我才得到一张电影《蝴蝶君》的光盘。本来就没抱什么期望，放完光盘更是大失所望。其中只有一段涉及什刹海银锭桥畔的镜头，引出了我若干伤感情绪，但那与电影中人物的命运无关，而是因为我自己在那镜头展现的空间附近生活过十八年，我的反应属于"接受美学"范畴里的"借酒浇愁"。

当然，看完《蝴蝶君》的光盘，也不禁沉思。究竟时佩璞的心灵深处，涌动的是些什么东西？他还在巴黎吗？

7

今年，即2009年6月30日，时佩璞病逝于巴黎，享年七十岁。法新社马上予以报导。中国新闻社及国内一些传媒也有所报导，《南都周刊》还作为"封面故事"，给读者提供了图文并茂的信息。存在过的肉体将在棺木里渐渐腐烂。心灵呢？是马上消亡，还是也有一个慢慢腐烂的过程？

记者们当然不能放过肉体和心灵都还存在的布尔西科，他们到疗养院找到了风瘫的他，出乎他们的意料，布尔西科对时佩璞死去的反应十分冷淡。他只是用游丝般的语气说："四十年过去了。现在盘子清空了。我自由了。"谁能充分阐释他说这几句话时，心灵深处究竟是什么状态？

从网络上寻觅到一段京剧《苗青娘》里的二黄慢板，是赵荣琛生前留下的宝贵录音资料，这一唱段，正是近半个世纪前，他深夜在中南海里幽咽婉转地唱出来给毛主席听的：

> 骤然间禁不住泪湿襟袖，
> 悲切切想起了国恨家仇，

叹此身逢乱世我嫁夫非偶，
母子们咫尺天涯难诉从头，
我好比在荆棘里挣扎行走，
我好比巨浪中失舵的扁舟，
到如今断肠事不堪回首，
对孤灯闻夜漏痛彻心头！

  这段戏词究竟是出自金味桐，还是薛恩厚，抑或就是时佩璞的手笔？不管是谁所撰，总之，细细体味吧，搁在"蝴蝶君"自己身上，不是很有宿命意味吗？

           2009年9月23日完稿于绿叶居

兰畦之路

1957年初冬,我十五岁那年,忽然有个妇女出现在我家小厨房门外。我望着她,她也望着我。我不知道她在想什么,我在想的是:她算孃孃,还是婆婆?

那时候我家住在北京钱粮胡同海关宿舍里。那宿舍原是大户人家的带花园的四合院。我家住在有垂花门的内院里,但小厨房是另搭在一边的,一株很高很大的合欢树,像巨伞一样罩住小厨房和住房外的部分院落。走拢小厨房的那位妇女,穿着陈旧的衣衫,戴着一顶那个时代流行的八角帽(帽顶有八处褶角,带帽檐),她脸上尽管有明显的皱纹,但眼睛很大很亮,那时我随父母从重庆来到北京,还保持着重庆地区的话语习惯,对较为年轻的妇女唤孃孃,对上了年纪的妇女唤婆婆,但是眼前的这位妇女,年纪介乎二者之间,我望着她只是发愣。她望够了我,一笑:"像天演啊!你是他幺儿吧?"我父亲名天演,显然,这位妇女是来我家做客,我就朝厨房里大喊一声:"妈!有客来!"妈妈闻声提着锅铲出得厨房,一见那妇女,似乎有些意外,但很快露出真诚的微笑,而那妇女则唤妈妈:"刘三姐,好久没见了啊!"妈妈忙把她引进正屋,我就管自跑开去找小朋友玩去了。

我妈妈姓王,在她那一辈里大排行第三,因为嫁给了我爸爸,同辈亲友都唤她刘三姐,后来广西民族歌剧《刘三姐》唱红了,又拍了电影，有来我家拜访的人士跟传达室说"找刘三姐"，常引出"你开什么玩笑"的误会，但我从小听惯了人家那么称呼妈妈，看电影《刘三姐》绝无关于妈妈的联想。

我玩到天擦黑才回到家里，那时爸爸下班回来了，那位妇女还没有走，爸爸妈妈留她吃晚饭，她就跟我们同桌吃饭，这时妈妈才让我唤她胡孃孃，我唤她，她笑，笑起来样子很好看，特别是她摘下了八角帽，一头黑黑的短发还很丰茂。

我家常有客来，留饭也是常事。爸爸妈妈跟客人交谈，我从来不听，至于客人的身份，有的直到今天我也搞不清。

但是就在胡孃孃来过后的一个星期天，妈妈责备我到处摆下书报杂志，督促我整理清爽，我懒洋洋地应对，妈妈就亲自清理床上的书，其中一本是长篇小说《福玛·高尔捷耶夫》，妈妈正看那封面，我一把抢过去："正经好书！高尔基写的！"妈妈就说："啊，高尔基，那胡孃孃当年很熟的呀！"我撇嘴："我说的是苏联大文豪高尔基啊！你莫弄错啊！"妈妈很肯定："当然是那个高尔基，他常请胡孃孃去他家讲谈文学的啊！"我发蒙，这怎么可能呢？

我那时候虽然还只是个中学生，但是人小心大，读文学书，爱读翻译小说，高尔基的《福玛·高尔捷耶夫》有的成年人读起来也觉得枯燥难啃，我却偏读得下去。妈妈又拿起一本法国作家巴比塞的《火线下》，说："啊，巴比塞，胡孃孃跟他就更熟了啊。"我大喊："天方夜谭！"妈妈不跟我争论，只是说："好，好，你看完一本再看一本吧，不管看没看完都要放整齐，再莫东摆西丢的！"

胡孃孃没有再到我家来。我没有故意偷听，但偶尔爸爸妈妈的窃窃私语，还是会传进我的耳朵。关于胡孃孃，大体而言，是划成右派分子,送到什么地方劳动改造去了。爸爸提到四川作家李劼人,"也鸣放了,有言论啊,可是保下来了,没划右",很为其庆幸的声调,妈妈就提到胡孃孃:"她也该保啊!那陈毅怎么就不出来为她说句话呢?"爸爸就叹气:"难啊!"他们用家乡话交谈,"毅"发"硬"的音,但我还是听出了说的是谁,非常吃惊,不过我懒得跳出来问他们个究竟。

　　1983年,爸爸已经去世五年,妈妈住到我北京的寓所,记不得是哪天,我忽然想起了胡孃孃,问妈妈,她跟我细说端详。论起来,大家都是同乡。在上个世纪的历史潮流里,爸爸妈妈上一辈及那一辈的不少男女,走出穷乡僻壤,投入更广阔的生活,也就都有了更复杂扭结的人际关系。胡孃孃名胡兰畦,她虽有过一次婚姻,但遇上了陈毅,两个人沉入爱河,在亲友中那并不是秘密,他们山盟海誓,在时代大潮中分别后,互等三年,若三年后都还未婚,则结为连理。胡兰畦生于1901年,1925年大革命时期,活跃在广州,后来国民党分裂,胡兰畦追随国民党左派何香凝,何香凝让儿子廖承志先期去了德国,胡兰畦不久也去了德国,并在那里由廖承志介绍加入了德国共产党,组成了一个"中国支部",积极投入了国际共产主义运动,1933年德国纳粹党上台,疯狂打击共产主义分子,廖承志和胡兰畦先后分别被逮捕入狱,那一年何香凝去了法国,并到德国将廖承志营救出狱,何先生与廖承志回到巴黎以后,就和我姑妈刘天素住在一起,我姑妈刘天素到法国留学,也是何先生安排的,不久入狱三个月的胡兰畦也被营救出狱,也流亡到了巴黎,在那里写出了《在德国女牢中》,这个作品先在法国著名作家巴比塞主编的《世界报》上以法文连载,很快又出版了单行本,并被翻译成了俄、英、德、西班牙文,在世界流布。那时候的苏联文学界,能阅读中文原著的人士几乎为零，汉学家虽有，翻译中国当代作家作品很少，他们也许知道鲁迅，却未必知道冰心，丁玲在当时的中国才刚露头角，更不为他们所知，但他们却都读了俄文版的《在德国女牢中》，这虽然是部纪实性的作品，但有文学性，那时世界共产主义运动密切关注德国纳粹的动向，这部作品也恰好碰到阅读热点上，于是，1934年苏联召开第一次全苏作家大会，就向寓居巴黎的胡兰畦发出邀请，她也就以唯一的"著名中国作家"身份参加了那次盛会。

胡兰畦命途多舛，但胡兰畦寿数堪羡，她熬过了沦落岁月，活到了改革开放时期，得到平反，恢复党籍，1996年含笑去世。她在复出以后写出了《胡兰畦回忆录》，但到1997年才正式出版，尽管关注这本书的人至今不多，留下的宝贵历史资料却弥足珍贵。1934年胡兰畦到了莫斯科，那次全苏作家大会邀请了世界上许多著名作家为嘉宾，虽然多数是左翼作家，开列出那名单来一看也够壮观的。胡兰畦是来自中国并且作品广为人知的女作家，那一年才三十三岁，端庄美丽，落落大方，成为会上一大亮点。那次大会选举高尔基为第一任作协主席，他对胡兰畦非常欣赏，除了大会活动中主动与胡交谈，还多次邀请胡到他城外别墅做客，一次高尔基大声向其他客人这样介绍胡兰畦："她是一个真正的人！"那时候胡所接触的苏联官员与文化界人士中赫赫有名的除高尔基外还有布哈林、莫洛托夫、日丹诺夫等，像爱伦堡、法捷耶夫等都还不足以与她齐肩。因为作为共产主义作家，西欧对胡限制入境，苏联政府就为她在莫斯科安排了独立单元住房，说养起来都不足以概括对其的礼遇，实际上简直是供了起来。1936年高尔基去世，尽管历史界对他的死亡是否系斯大林的一个阴谋有争议，但当时的情况是，斯大林亲自主持了高尔基的丧事，出殡时，斯大林亲自参与抬棺，那时有多少人出于崇拜也好虚荣也好，都希望能成为棺木左右执绋人之一，但名额有限，最后的名单由政治局，实际上也就是由斯大林亲自圈定，而"来自中国的著名女作家胡兰畦"被钦定为执绋人之一。

"人生最风光的日子，也就那么几年！"这是十几年前一位仁兄在我面前发出的喟叹。他举出的例子里有浩然。他说有的人争来论去地褒贬浩然，其实浩然的悲苦在于，他最风光的日子，往多了算，也就是1963到1966，以及1973到1976那么六七年。胡兰畦作为"国际大作家"在莫斯科活动的日子，只有不到两整年的时光。

1936年年底胡兰畦回到中国。1937年到1949年这十二年里，她的活动让我这个后辈实在搞不懂。国共联合抗日，她公开身份是在国民党一边，作为战地服务团团长，蒋介石给她授了少将军衔，成为中国近代史上的第一个女将军。她为共产党暗中做了许多策反一类的事情，但她的共产党员资格却被地下组织轻率取缔，这期间她与陈毅有几次遇合，爱得死去活来，但盟誓三年之后他们失却联系，陈最后与张茜缔结良缘，并携手穿越历史风雨白头偕老。1949年中华人民共和国成立，这应该也是胡兰畦此前奋力追求的一个胜利果实，但她的身份却变得格外尴尬，她算什么？国际共产主义运动的斗士？但能证明她这一身份的人要么已经不在人世，要么也已经在这个运动的流变中成为了可疑之人甚至"叛徒"。她算苏联人民的朋友？跟她一起照过相谈过话来往过的如布哈林等人在1937年斯大林的大肃反中已被处决，一些也曾被斯大林养起来的外国文化人在大肃反中也被视为西方间谍驱逐出境，实际上她后来也被"克格勃"怀疑。她算"中国著名作家"？她那本《在德国女牢中》后来虽然也在中国出版，但并没产生什么大的动静。她算共产党的地下工作者？谁来证明她有那样的身份？她一度是宋庆龄的助手，但宋和何香凝、廖承志一样，多年没见过她，不能证明，陈毅跟她之间只有隐私没有工作联系，又能证明什么？上海解放后，陈毅担任第一届市长，她顺理成章地写信到市政府请求会面，很快有了回音，约她去谈，但出面的不是陈毅而是副市长潘汉年。潘汉年多年来担任共产党谍报机关负责人，却并未将胡纳入过他的体系，他告诉胡陈已娶妻生子，"你不要再来干扰他"，胡只好悻悻离去。1950年以后她在北京工业大学找到一份工作，不是担任教职，只是一个总务处的职员。那时候北京工业大学在皇城根原中法大学的旧址，离我家所住的钱粮胡同很近。当她灰头土脸地走过隆福寺前往我家时，街上有谁会注意到她呢？谁能想象得到这曾经是一个在中国革命大潮乃至国际大舞台上叱咤风云的巾帼英雄呢？谁知道她在1927年大革命时期的事迹，被茅盾取为素材，以她为模特儿塑造为小说《虹》中的女主角呢？更有谁知道她曾经和蓝苹也就是江青，以及其他当年美女一样，登上过《良友》画报的封面呢？

　　就是这样一位女性，五十几年前，出现在我面前，妈妈让我唤她胡孃孃。那时从爸爸妈妈的窃窃私语里，我就知道，胡孃孃"日子难过"，"三反五反"运动里，她因管理大学食堂伙食，在并无证据的情况下被定为"老虎"（贪污犯），关过黑屋子；"肃清胡风反革命集团"时，她又被定成"胡风分子"，其实她根本不认识胡风，她倒是与远比胡风著名的国际大作家有交往，苏联的那些不说了，像德国的安娜·西格斯（其《第七个十字架》《死者青春常在》等长篇小说在新中国成立后翻译过来风靡一时），就是她的密友，那可是坚定的左派啊，可谁听得进她那些离奇的辩护呢？她的国民党将军头衔虽然是在国共时期获得的，但"肃反运动"一起，她不算"历史反革命"谁算？到了"反右运动"，像她那样的"货色",有没有言论都不重要了,不把她率先划进去划谁?她实在是比热锅上的蚂蚁还难熬啊!她到我家来找"刘三姐",连我那么个少年都看穿了,除了享受温情,实际上也是来借钱的,在那个革命浪潮涌动的年代,像我爸爸妈妈那样还能接待她的人士,实在已经属于凤毛麟角。

在胡孃孃波澜壮阔的一生里,我爸爸妈妈其实只是她复杂人际关系里最边缘的一隅,但我爸爸妈妈在人际圈里,确实有"心眼最好"的口碑,在那个事事都要讲究阶级立场,对每个人都该追究阶级成分的历史时期,我的爸爸妈妈也是很注意不能犯政治错误的,在我的印象里,他们衷心地认同新中国、拥护共产党,但是他们对具体的人和事,却不放弃基于良知的独立判断,比如除了这位胡孃孃,还曾有位蓝孃孃,在"肃反运动"里被判刑入狱,刑满释放后,无处可去,且不说其身份不雅,她是个老处女,脾气很古怪,纵使没有那样的政治污点,哪个亲友愿意收留她呢?但她辗转找到"刘三姐",爸爸妈妈竟让她住进我家,供吃供喝,直到政府终于把她安置到一个学校里去工作。据说当时组织上也曾找爸爸谈话,问他怎么回事?他坦然地说,蓝女士在德国留学时期,与周恩来、朱德都很熟的,也算是个社会主义者,不过后来她参与的派别是错的,解放后对她的历史进行清算,我是理解的,但她的罪不重,这从刑期不长且提前释放可以看出来,她还是可以进行思想改造,把她化学方面的一技之长发挥出来,贡献给新中国的,我们暂时收留她,也给国家如何对她妥善安置,留下了充裕的考虑时间,觉得还是一件应该做的事。爸爸妈妈公然收留蓝孃孃一事胡孃孃当然知道,那么到了她走投无路时,来到我家求助,也就毫不奇怪了。即使在最苛酷的斗争风暴里,也还保持一分对个体生命的温情与怜惜,这是爸爸妈妈给予我最宝贵的心灵遗产，他们相继去世多年，我感谢他们，使我穿越过那么多仇恨与狂暴，仍没有丧失大悲悯的情怀。

最近我抽暇整理近二十几年来陆陆续续画出的水彩画和油性笔线画，把其中自己比较满意的装进定制的画框里。装好了，自我欣赏的过程里，我往往浮想联翩。我有一幅田野写生画的是田间小路。那是2002年春天，中央电视台纪录片板块拍摄一组《一个人和一座城市》，让我作为"一个人"来讲北京这个城，他们在我乡村书房温榆斋录完访谈，又随我到藕田旁的野地，我画水彩写生，他们录了些镜头，后来用在了完成片里。我画这条乡间小路时，想到的是自己似乎曲折的命运。但是现在再端详这幅画，忽然想到了胡兰畦，她的生活道路，那才是真的万分曲折、千般坎坷、百般诡谲呀！兰畦之路，几乎贯穿一个世纪，折射出多少白云苍狗、河东河西、沧海桑田！……忽然想缄默下来，咀嚼于心的深处。

2008年11月4日写完于绿叶居

辑三

抚摸北京

1

侃北京，有多种侃法。从周口店的北京猿人说起，缕叙城市沿革变迁，是讲史的侃法；从故宫天坛、胡同四合院讲起，是梳理人文景观的侃法；从"五四运动"的"红楼"，一路说到1949年举行开国大典的天安门，以至改革开放后城区天际轮廓线的跃动，是政治角度的侃法；把烤鸭子、涮羊肉、冰糖葫芦、景泰蓝、京剧、大鼓书、抖空竹、摔跤、中幡……一一道来，是强调民俗风情的侃法；从北京话与普通话的不同说及北京人的性格共性，也许可以构成更具学术性的侃法；还可以设计出若干更独特以至更令人有匪夷所思之叹的怪侃法；但我现在却打算只从我个人半个世纪的生命体验，这一单纯的角度，来侃北京。

2

我出生在四川成都，三岁后住在重庆，八岁那年，跟随父母从重庆迁到北京，由那以后，便一直定居北京，从童年，经历少年、青年、壮年时期，直到如今渐入老年，已达半个世纪之久，所以，我虽不是"土生"于北京，却可称得上是"土长"在北京了。

关于我自称"定居北京半个世纪"这一点，曾引出过质疑，比如一位海外的汉学家就问过我：你"文革"中没有"上山下乡"吗？没有"下放锻炼"过吗？没有去过"五七干校"吗？他知道我出生于1942年，"文革"爆发的1966年，该是二十四岁，按十九岁上大学算，如果是五年的学制，我那时应该大学快毕业而尚未能分配工作，在卷入"红卫兵"运动之后，应该是有一段离开北京的"上山下乡"或"下放锻炼"的经历，至少得一两年；如果我在1966年以前已然分配了工作，则又难免有下放到外地"五七干校"的遭遇；因此，我的"定居北京"，怎么说也该是断续的。可是，我的实际情况是，户口自1950后从未迁离过北京，1966年以前既没有到外地上大学，也没有被派往外地参加"四清"，1966年后也没有上山下乡或下部队或到"五七干校"锻炼，1978年改革开放以后，虽年年都有国内或海外之游，但最长也都不足三个月；在我八岁后的生命史上，迄今为止，没有连续三个月双脚不踩北京地皮的情况出现过。这就使得我，对北京从此刻前溯的，差一点点就满半个世纪的风云变迁，具有最充分的"现场感"，我的观察体验，身历憬悟，一旦用文字"侃"出，也许，其"一手"的资料价值，总还不可抹煞吧。

3

1949年以前，我父亲是重庆海关的职员，我家住在长江南岸，他每天上下班都要坐"海关划子"（一种小的机动船）摆渡，母亲是家庭妇女，她嫌我在家淘气，而那时附近并没有托儿所，只有一座海关子弟小学，于是她将那所小学权当托儿所，把我送去上了一年级，那是1947年，我只有五岁。父亲在国民党的海关里，跟共产党的地下工作人员过从甚密，对他们很起了些掩护作用，1949年10月1日，北京宣布中华人民共和国成立时，重庆还没有解放，父亲跟地下党一起，为迎接解放，做了大量保存海关物资的工作——我曾以此为素材，拓展想象，写过一个中篇小说《嘉陵江流进血管》——1949年年底解放军来到后，重庆海关成立接收小组，成员除了军代表和公开了身份的地下党员以外，还特别吸收了我父亲参加；那时，北京的人民政府成立了海关总署，立即调用重庆海关的原地下党员到任，而他们又特别推荐了我父亲，去担任新海关统计处的副处长；于是，1950年初，父亲以兴奋的心情，携母亲和我的小哥、阿姐和我，先乘江轮到武汉，再乘火车抵达北京。到了北京，暂时把我们家安顿在东交民巷的海关机关的一座洋房的地下室里。我因为上学早，因此也许比同龄的孩子在感知身外世事上较为敏锐。刚到北京时，正值寒冷的冬日，待在屋子里，也仍然冻得够呛，偶然跟着大人外出走走，只觉得街道上一片灰蒙蒙的景象，对比于重庆南岸四季有绿的风光，真是不喜欢。那时小哥、阿姐和我一时都未能解决转学续读的问题，窝在家中，一起嬉闹时，常常故意学着父亲的腔调说："北京好着呢！"以为讽刺。

父亲和母亲在重庆带着我们奔赴北京时，的确频频地向我们宣谕北京的佳妙。他们虽祖籍四川，很小便随我爷爷到了北京，童年、少年和青年时代，都是在北京度过的，婚后才离开北京；他们壮年时得以回来，大有重归故里之感；我们一时却难以共鸣。记得母亲曾带我去前门某胡同，一座大四合院里，探视某昔年的故旧，那破败的门廊，纸制的窗帘，烧煤球用以取暖的，比我身体还胖大的"花盆炉子"，以及一节套一节弯出窗户去的黑铁皮烟筒，还有大砖炕上半身不遂的，戴着旧式黑绒帽，喉咙里呼噜呼噜总涌着黏痰的胖老太太，炕头放着的齐我大腿根高的，长脖细腰的黄铜痰盂，连带着弥散在他们屋子里的羊肉茴香馅饺子的气味，都铭心刻骨地让我感到与之格格不入。那该是旧北京的残存景象之一。

没过多久，海关总署为我家安排了正式宿舍，在钱粮胡同35号。现在那条胡同的外观变化并不很大。但我们住过的那个院子，经重新编排门牌号码，已不是35号了。那是一个不仅有外院，有垂花门通进去的，院心栽有四株西府海棠的漂亮内院，而且还有后院、侧院和花园的，很大的一座宅院。据说汉奸当权的敌伪时期，那座院子一度是日本鬼子的特务机关，我家所入住的那套住房里，便留下了明显的"和式"格局。我随父母在那个院子里住了十年，从八岁到十八岁。这个院子不仅是我从童年、少年向青年时代过渡的生命空间，也是我心性发育的重要载体。那院子使我逐渐喜欢上了具有北京特色的市民生活，我家门外那高大的合欢树（即马缨花树），我家后窗外仲春时几乎要把花枝伸到我床头的西府海棠，后院那需要三四个孩子才能合抱的古槐，还有分布在好几处，每到秋初全院孩子都会为收获、分配其上果实而激动的枣树、核桃树，都扎根在了我的心灵中，永不会枯萎……

住到钱粮胡同以后，我先在胡同南端的私立耀华小学插班。至少到1953年左右，那时还有很多的私营机构，从私人工厂、商店、电影院到私立学校。我家附近当时的蟾宫电影院和明星电影院，就是私营的，记得家里大人曾带我去那里看过费穆导演的，梅兰芳主演的彩色戏曲片《生死恨》，和美国好莱坞的彩色歌舞片，虽说我上学早有早慧的可能性，但那时这样的电影只能让我没看完第一本便在座位上呼呼大睡。抗美援朝以后，美国电影被驱赶了，梅兰芳等"四大名旦"的戏照唱，家里大人全是戏迷，带我看了不少京剧，以及评剧（那时叫"蹦蹦戏"），稍后又出现了一种从大鼓书等曲艺形式攒合而成的曲剧，我由此不仅知道了"四大名旦"，也知道了马连良、谭富英、裘盛戎、叶盛兰，以及新凤霞、魏喜奎……

我大约从1951年起转入了隆福寺街上的公立隆福寺小学上学。隆福寺街与钱粮胡同平行，我每天上学，要来回穿过隆福寺两次，那时隆福寺除了前面的头层殿堂早已焚毁外，其余的殿堂大多完好，而且住持喇嘛也还住在里面；殿堂外的甬路和庭院、隙地，则是一个每天都营业的露天市场，由当年逢一定的日子才开市的庙会发展而成。北京在我眼前展开了她那丰富多彩、妙趣横生的一面。隆福寺露天市场里那些千姿百态的绢花、巾帕、鞋袜、古玩、杂货，那些千滋百味的豆汁、面茶、灌肠、炒肝、驴打滚、艾窝窝、三鲜肉火烧，那些千奇百怪的摔跤、开弓、魔术、杂耍、拉洋片、"小电影"，常常使我眼眩神迷、津液横生、流连忘返，也许，那确实耽误了我若干功课，然而，也积淀为了我后来描摹北京的本钱。我走上文学创作之路后，许多的作品，那想象的空间，都由此生发。长篇小说《四牌楼》里，有一个曾独立出来，以《蓝夜叉》为题，作为中篇小说发表的章节，里面便融汇进了我少年时代的这段生命体验。

怎样来向一位对北京不甚了了的人侃北京？我不想引用种种现成的资料，更不想来回来去地叙说那些人们耳熟能详的名胜古迹：长城、故宫、明十三陵、颐和园、圆明园、香山、八大处、太庙、天坛、北海、景山、雍和宫、白云观……是的，由明成祖监建的北京城，其以中轴线为铺排的大格局到如今依然线条分明，黄瓦红墙的皇权建筑和神权建筑大体完好，从空中鸟瞰望去，半城宫墙半城树,几片碧水棋格街,气魄非凡,举世无双,那是写多少本厚书,拍多少幅照片,也表达不尽的。我倒想对那些有可能在北京多流连一时的外地人建议:若想深入地体味北京,无妨用相当的时间,去亲近上述所列举到的项目之外的,北京的某些"小风景",比如,到朝阳门内南小街的智化寺去,听听那独特的佛教音乐;到南城的法源寺去,赏赏其满院的丁香花;到动物园背后的五塔寺去,观观奇妙的石雕艺术;到建国门边,登上古观象台,赞叹我们古人与宇宙那"天人合一"的亲和关系;到隐蔽于古城深处的恭王府花园,去领略《红楼梦》大观园的意境神韵……

北京是古色古香的,幽雅神秘的,也是静穆温煦,易于亲近的。

"北京好着呢!"这话再由我口中呐出时,是掏自肺腑的赞美了。

4

我目睹了北京城的变化。

1956年以前,北京的种种变化,常在我家引出由衷的赞叹与喜悦。记得,人民政府首先疏浚了北京的水域,从西北部的积水潭,到什刹海,到北海、中海和南海,这大面积的湖水,都进行了彻底的疏浚整治,使其从杂草丛生、污泥淤积、垃圾围绕的状况,迅速变为了水波潋滟、绿树环合、铁栏齐整的崭新面貌。北京在历史上是座通航的水城,元代时,中型的运粮船可以顺大运河以及进城的河道直抵什刹海码头;并且,从现今南城犹存的水道子、河泊厂、三里河等地名,可以想见,有些区域甚至颇具威尼斯、苏州那类水城的风姿。五十年代初，人民政府对北京的水域该疏浚的疏浚，该填埋的则填埋，南城的那些已然无疏浚价值的烂泥沟就都改造为阴沟加以了掩埋，还为附近居民开通了自来水，老舍先生的名剧《龙须沟》，就写的是相关的故事。后来又大规模疏浚了北京城区主要街道下面的下水道，我家附近的东四牌楼就一度"开肠破肚"，大肆整治。父母说起这些事，跟《龙须沟》里面程疯子等角色一样，笑得合不拢口。

同时，北京的公共交通也迅速发展起来。原有的有轨电车，修整了轨道，添置了新车，又不断开辟了新的公共汽车线路，还大力发展了无轨电车。我小学毕业后，到北新桥附近的北京二十一中上初中，那原本是一所教会学校，我考取前才随着政府的全面接收私立中小学而成为公立学校，它离我家较远，上下学需要乘坐公共汽车或电车，因为公共交通发展很快，学生月票又极便宜，所以来来回回的也不觉得怎么费事。二十一中原有两座具有欧陆风情的灰砖楼房，记得一座顶部还有西洋式的钟楼，可以拉索敲钟；但那时已然非常老朽，甚至走在楼梯上时会有摇摇欲坠的感觉；于是政府很快投资修建新的教学楼，那时几乎座座学校都在盖新楼，有的新开办的学校干脆平地起新楼。我从二十一中毕业后，到骑河楼街的六十五中上高中，那便是一座新中国兴办的，只有高中的新学校，它的教学楼呈工字形，顶层有镶嵌着高级软木地板的体育馆；教室宽大敞亮，那时已是前后均有玻璃黑板，课桌椅是非常特殊的连体式，每个教室对面还配备着供学生存放衣物的储藏室；教师休息室里则配置着镶绿呢的台球桌；有人或者以为那是"全盘苏化"的产物，不尽然；据说那是按照当时民主德国（东德）中学的模样建造配置的，而民主德国的讲究程度，是胜于苏联的。当时学校里有一个特殊的荣誉班级，命名为"威廉·皮克班"，威廉·皮克正是第二次世界大战后，民主德国党和国家的最高领导，他似乎在我到六十五中上学时就去世了，接替他的领导人叫乌布利希，我上高一时，他来访华，还特别莅临六十五中，我们师生在楼前排队鼓掌欢迎，他很随和地和一些自动伸出手去的同学握手，那情景如今还宛在眼前。在我的中篇小说《大眼猫》里，溶解着那一段生活的某些甘甜与苦涩。

北京的文化设施也在不断地兴建。我在六十五中上学时，来回也还是要穿过隆福寺市场，它逐渐从露天形式变化为大棚形式，后来又进一步变化为通行的室内商场形式，这且暂不说它；我要说的是，在穿过隆福寺商场前后，我照例要经过首都剧场，那是北京人民艺术剧院的专用剧场，那剧场据说也是当时的民主德国援建的，即使到了九十年代，它变得老朽而必须彻底维修了，但它那设计的风格，宽敞的前厅，合理的出入口，拢音的效果，颇有气派的电动转台，典雅的预告开幕的钟声，实用的卫生间，等等，都依然赛过嗣后建造的许多剧场。我那时因为"近水楼台先得月"，竟在那个剧场看遍了北京人艺所演出的几乎所有的剧目，从难忘的保留剧目到演过就算的，应时应景的，过眼云烟般的速朽剧目。

我上到高三时，北京开始兴建"十大建筑"，包括人民大会堂、历史博物馆、军事博物馆、电报大楼、民族文化宫、北京火车站、农业展览馆、中国美术馆、广播大楼和工人体育场（馆），那可绝对不是"豆腐渣工程"，不仅历经多年风雨而依旧巍然屹立，其中有些建筑，如民族文化宫和电报大楼，其设计在美学造诣上也堪称成功的典范。

那时，北京旧城区除了天安门的展拓，以及为了发展现代化的交通，不得不拆除了东四牌楼、西四牌楼、东单牌楼、西单牌楼以及地安门、三座门等实在妨碍汽车、电车畅通的古建筑外，大体保持完好；在京城西面，正根据梁思成等专家的建议，营造着"新北京"。

那一时期，尤其是新中国成立头七年，我上到高中的时候，北京真是欣欣向荣，而且，世界上，从东欧到苏联到中国到朝鲜越南，社会主义阵营连成了片，仿佛盛开的硕大的花朵，那时候，像我那样的青年人，除了迅速实现共产主义，真是不作第二想；作为一个生活在北京的青年，更是无比自豪。我觉得黄蜀芹根据王蒙同名小说改编拍摄的电影《青春万岁》里，那最后的一组汽车奔驰在西郊大杨树掩映的公路上，青年们互相喊出冲满希望的豪言的镜头，在传达那一历史时期青年人的主流情绪上，非常地准确；我那时每当行进在通往颐和园的公路上，望着那些白杨树时，心中便洋溢着那样的激情。

5

1959 年，我十七岁时，便高中毕业了。那时我还并不知道父亲在 1957 年的"大鸣大放"中，因为在座谈会上提出来旧海关的某些规章制度值得借鉴，而新海关的某些官僚主义作风应予改进，事后从海关总署统计处副处长，调往外贸部编译室搞起了资料工作，是内定为了"中右分子"，需"控制使用"的缘故；这本已影响到我考大学被录取，我自己又因遭人暗算，更招致操行评语里有"不宜入大学深造"一类"建议"——详情在我于 1999 年出版的《树与林同在》一书中有具体披露，此处不赘——所以，我没能进入自己所向往的大学；要不是那一年师范类院校开头未能招满，从而再从已淘汰的考生中拣拾回了一些，我可能连北京师范专科学校也上不成。它原是北京师范学校，地址在外城宣武区南横街。这样，它也就成全了我，连大学也留在城圈里上。从1959年入学到1961年毕业，那两年我的生命轨迹基本上在师专左近游动。那里离菜市口很近，是清代行刑的地方，谭嗣同等"戊戌变法"的六君子，就牺牲在那里。那附近还有回族聚居的牛街。在我们师专对面，有解放后新修的一座伊斯兰风格凸现的伊斯兰教经学院。那一带地方，贫苦人家较多，京腔京韵更浓，显示出北京另一面的风情。

  北京城原来分为以皇城为中心，皇城西边多贵族府第，而皇城东边多富商豪宅（其实不尽然），大致呈正方形的内城，和前门（正阳门）、崇文门、宣武门——近年来常被合称为"前三门"——以南的，大致呈矩形的外城。现在这内、外城都在二环路内，分为四个行政区：东城区，西城区，崇文区，宣武区。我1950年至1960年所住的钱粮胡同，所上的学校，所出没的隆福寺、东四牌楼、北新桥、交道口、东皇城根、骑河楼、王府大街……都属东城区。1960年，我父亲调往张家口工作，母亲随往，北京没有留房，我只得把师专宿舍当作自己的家，那两年活动在南横街、烂漫胡同、虎坊桥一带，那属于宣武区。1961年我从师专毕业后，分配到北京十三中工作，那本是辅仁附中，在什刹海附近的李广桥斜街，后改称柳荫街；我先住在西煤厂宿舍，后搬进学校本址里住，在那里经历了"文化大革命"，并娶妻生子，搬到柳荫街一个小杂院里，住进一间十多平方米的小平房，在那里写出了我的成名作《班主任》，迎来了改革开放的新时期，进入了文坛，并在1979年，第一次坐上了飞机，是参加中国作家代表团到罗马尼亚访问，第一次看见了大海，看到的人家国家边上的黑海；我也就在这一年，从柳荫街搬到了北京东南方一个叫劲松的新居民区。在十三中的那十几年里，我熟悉了那一带的市民生活，我那一阶段所来来去去的地面，什刹海、银锭桥、钟鼓楼、烟袋斜街、鸦儿胡同、花枝胡同、羊角灯胡同、三不老胡同，等等，都属于西城区。我的第一个长篇小说《钟鼓楼》，就是以那十多年的生命体验为主，结晶出来的；其中有关四合院的描述，当然也还动用了在钱粮胡同居住所积淀的印象。1975年我从中学先是借调，后正式调到北京人民出版社（现北京出版社）当编辑，工作地点在崇文门外东兴隆街，由此我又熟悉了崇文区的花市、榄杆市、东四块玉等地面。你看，我这半个世纪转来转去，把北京城圈四个区，可谓是"十二栏杆拍遍"了！

在北京十三中当中学教师时，我是很卑微的一种存在。我就是教书，有时当班主任，因为不是党员、干部，所以不会抽调我到远郊搞"四清"什么的；"文革"开始后，学校里乱作一团，那些糟心事就不去说它了，但因为我并非学生，所以也轮不到我"上山下乡"。后来"复课闹革命"，因为反"师道尊严"，学校的玻璃窗几乎都被砸光了，但我们当教师的也只能是夹着尾巴，勉强维持；中学是很小的社会单位，哪里能到外地设"五七干校"，所以除了短期到市郊劳动，我一直没有离开过北京城区。记得大概是1970年年初，满北京城的国家机关干部似乎都在限期奔赴"五七干校"，一时间北京所有的旧货商店塞满了干部们惶急中处理掉的家具，往往店堂里放不下，就直接摆在店门外的人行道上；那时北京郊区一些成分好不怕事的农民，便赶着大车进城搜罗这些便宜货，往往三五块钱便能买去一张饭桌，十来块钱便能买下一架带镜子的大衣柜，构成那一历史阶段北京街头的奇观——恐怕也只有我这样的，既没下"干校"任务，又尚未成家、无购物欲望的芥豆人物，才得以对之冷眼旁观，暗中叹息吧！

"文革"噩梦醒来，睁眼一看，呀，北京的城墙，怎么几乎荡然无存了啊！再去隆福寺，天哪，所有的庙堂，其中所有的文物，以及附属的古老房舍，竟也拆除得星渣不存，包括我在《蓝夜叉》里写到的那个无与伦比的，世界上最瑰丽奇特的藻井，也湮灭无踪！

因为净忙着搞一波狂似一波的阶级斗争和路线斗争，建设事业停顿，北京市民长期积压的住房紧张问题，造成了原来大体上还看得过去的多户合居四合院，家家户户争地皮，搭盖小房子，致使绝大多数的胡同四合院变得面目全非，甚至呈现出惨不忍睹的混乱、破败景象。1949年以前，关于北京四合院风情曾有"天棚石榴金鱼缸，先生肥狗胖丫头"的说法（"先生"不是指男主人，而是指主人雇用的"账房先生"或"门房先生"），到这时基本上荡然无存。栖息我生命的北京啊，你令我心疼！

6

但是无论如何，我总还是爱我的北京。记得在冰心的早期文字里，读到过她爱万丈沙尘的北京城的句子，她那时在美国留学，属于很新派的女性，也曾用她那生花的妙笔，细腻地描绘过她所就读的威尔斯利女子大学的洁净、绮丽的风光，令人艳羡、向往，然而，她却在文章里动情地说，她依然爱着北京，而且是万丈沙尘的，生态状况极其成问题的北京！往昔的北京，素有"雨来墨盒子，雨后烟灰缸"一说，即使到了九十年代的今天，春天仍时有沙尘天气，天上落下的不是雨滴，而是黄沙泥尘，这当然可以就环境保护问题做许多的文章，可是，抛开环保问题，我也要说，即使这样的北京，我也爱。

一个生命，他爱一片土地，往往极有道理，却又用不着"讲理"。

我也不仅是爱北京这片土地，我更爱北京人。我这里所说的北京人，主要指胡同杂院里，那些最普通的北京市民。我在《钟鼓楼》里，表现了他们身上所体现出的，那一分自然流露的温情，与人际磨合中的圆通。在表现九十年代新北京人的新状态的长篇小说《栖凤楼》里，我又着重揭示了北京人精神世界里的某些新的生长点，比如他们不得不抑制怀旧情绪，去应付扑面而来的市场经济。现在有许多试图对北京人的性格"一锤定音"的说法，比如以北京的出租汽车司机为例，把北京人的共同性格定位于"善侃"，就是既好客、开放、热情、多嘴多舌，又未免沾沾自喜、夸大其词、吹牛没商量。北京人是一种多元存在，就老北京而言，我以为我在中篇小说《如意》里，通过校工石大爷所体现的憨厚善良直率坦荡、必要时不顾后果挺身而出，以及清朝皇族末代格格所体现出的贞静多礼恬淡隐忍，关键时不惜抛弃功利倾心相许，是比较典型的品格；就新一代北京人而言，则长篇小说《风过耳》里的那几个青年男女，他们或见多识广、满不在乎，或焦虑犹豫、热衷于形而上思辨，则可能较具代表性。

所谓"冠盖满京华"，北京那"官本位"的价值观念，既外化为许许多多的社会景观，也沉淀在人们的心底里。八十年代初，我作为编辑到上海组稿，走在上海的高楼大厦下面，觉得街景很洋气，可是，令我惊讶的是，街道上的小轿车密度不高，而且车型都很落后，远比不了北京大街上那种进口轿车亮锃锃地奔来驰去的阔绰堂皇，这是怎么搞的呢？后来才恍悟，这是因为北京充满了中央机构，光是部级干部，就数点不清，司、局级干部那就更多了去，按"官本位"的待遇规定，部级干部都可配备专车，司、局级干部其实也都可以把着机构车队里的小轿车敞开了使用，那时还没有限定必须乘坐红旗等国产品牌，所以大都置备的是从日本进口的皇冠、公爵等豪华型小轿车；而上海呢，市委书记和市长也才只是个正部级罢了，以此往下类推，就是在上海很重要很威严的机构，其行政级别也不能不"矮"了下去，难与北京的众多机构平肩，因此，在配车上，也就只能相对地"因陋就简"一些，结果，两座城市街道上的车流景观，也便具有了不同的"风格"。到了九十年代，北京出现了马路上黄汪汪一大串"面的"游动的景观，所谓"面的"，就是用微型小面包车充当的出租车，它们大多矮小单薄，里面没有空调，冬冷夏热，而且所排放的尾气含毒量大，污染着北京的大气环境；堂堂京城，怎么出租车竟如此丑陋寒酸？上海、广州的出租车，就很少这种"面的"，这又是怎么一回事儿？关键的因素是，北京作为一个"官本位"的城市，它的大小官员们在大多数情况下，或有专车使用，或可很方便地从本机构往往是具有相当规模的车队要车，进入市场经济后，各种公司更都有很漂亮的小轿车，而且不受"只能使用国产车"的限制，以至炫财斗宝般配备进口豪华车，各类公务员办事，也可以很容易地"借坐"这类车辆，所以，恰恰是在北京，一般的无官非吏的市民，他们才是出租车的主要消费者，而他们的消费能力有限，"面的"虽简陋，毕竟是汽车，坐上去总比坐三轮车体面，且收费较低，省时合算，也具有深入到胡同深处的功能，与他们好面子又图省钱的生活习惯、心理定势相契合，故而大受欢迎；许多的出租汽车公司，也乐得以投资低、回收快的"面的"，为其主要的，甚至唯一的车型。我曾在南方一个很小的县城，看到那里的出租车全是奥迪、桑塔纳，开头很吃惊，后来一问，也便释然——原来那里的出租车的主要顾客是当地的干部，他们的行政级别都很低，不可能有专车伺候，机构也不好公然花钱置备一个车队，但他们"因公"打"的"，一律可以报销，故而支持县里某些经商的朋友，成立以他们为主要顾客的出租汽车公司，实际上那也便是他们的变相专用车队。北京的"面的"因尾气问题，已在最近被强行淘汰，但替代它们的，一时也大都是仍较寒酸的夏利小轿车，因为一般较有身份的干部，仍用不着打"的"。一位出租汽车司机告诉我，有一回，某级别相当高的干部，他那专车半道坏了，于是转乘他的出租车，快到那条单行道的出口时，他问那位干部怎么走，那干部只是说："回家呀。"他问："您家在哪儿？怎么走？"那干部竟一时语塞，该决定往哪边拐了，还说不清，只是强调"回家"……最后他不得不绕一圈回到那干部专车抛锚的地方，跟那焦急地等待救援的司机详细打听："究竟这位大爷的家在哪儿？该怎么走？"……

当然，北京的官员，现在应称为公务员，各色各样，不可一概而论。我在《钟鼓楼》里写到了一位张局长，又在《栖凤楼》里写到了一位副部长，都属于既有责任感又富有人情味的廉吏形象；在《风过耳》里则刻画了好几个寡廉鲜耻、卑鄙猥琐的京城官僚；要侃北京人，不观察、剖析公务员群体，绕过他们，那是不能及格的。

7

八十年代以后，特别是进入九十年代以来，北京大兴土木，城市天际轮廓线活泼地跃动着，鸟瞰效应也联翩更新。出现了一些很不错的,具有时代标志性的新建筑群,如国家奥林匹克体育中心、国际贸易中心等;但更多的新建筑,特别是位居要冲,例如长安街上的某些大体量建筑,却颇遭诟病;1998年以降,北京的几个大型建设项目,以及关于北京城市整体规划的方案,更引出了热烈的争论。

1998年秋天,接到一位朋友电话,问我对拟建造在天安门广场西侧的国家大剧院的诸种设计方案印象如何,倾向于哪两个?我说我根本就没去看在历史博物馆公开展示的模型,他很惊讶。又有一位朋友来电话问,报载豁开菜市口丁字街的道路工程已然开工,那工程势必拆毁一系列与"公车上书""戊戌变法"有关的会馆、故居、胡同,我怎么对此竟"沉默无语"?像这样的一些朋友,因为我在该年出版了一本《我眼中的建筑与环境》,便觉得我应对所有涉及北京建筑与环境的问题站出来发言,他们的期盼是善意的,而我不得不告诉他们,以及我那本书的读者,我自己是绝不能陷入那样的一种错觉的:因为出了一本关于建筑与环境的书,便俨然有资格介入所有的有关事宜,仿佛真成了个专业人士似的;我的爱好面虽广,文字涉猎面虽宽,但因青年时期未能得到系统的学术训练,壮年时期虽想恶补而终未如愿,所以无论在哪个方面,都只是一个业余爱好者罢了,我的意见,处在专业的边缘,或能对专家们起点参考作用,而又因为我经常把游入专业领域的意见,以通俗的形式,发表在非专业的报刊上,这样也就多少起了点沟通专家与大众的作用吧;这种边缘游弋,只能是有触动时随机发言,而不可能"有问必答"。

但有关北京城市改造与规划的问题,我这个"老北京"毕竟不能沉默。我发表过一篇题为《为新而舍旧,值得》的文章。这篇文章,是针对北京1998年开工的"第二条长安街"即"平安大道"的展拓而发表的,这条贯通北京城区东西的大道在展拓中要遇到一系列历史文物,如段祺瑞执政府("三一八惨案"刘和珍君等牺牲地)、孙中山行辕、和敬公主府、欧阳予倩故居等等,虽然市政当局在施工计划中已经妥善避让、保护了上述文物古迹,但一些一般的四合院,包括一些美丽的垂花门、穿山游廊等等,则不能不加以拆除,这就引起了许多市民的訾议,一些文化人更痛心疾首,一位文化人持有相当有代表性的观点:北京旧城应当整个儿博物馆化,原封不动地保留下来,现在城内的机关单位及居民,应当尽可能迁到城外(三环、四环)以外去!他甚至于认为解放初把东四、西四十字路口的四座牌楼,以及东单、西单的单座牌楼拆走,以便公共电、汽车通行的做法,也是不对的,激愤地说:"那本来就不是走电车、汽车的!你电车、汽车非走那儿干吗?!"北京旧城的文物古迹,大体而言由三部分构成,一是当年为皇权服务的建筑及相关设施,包括紫禁城、景山北海中南海等皇家园林以及像恭王府那样的尚存规模的贵族府第;二是当年为神权服务的,包括天坛等祭祀场所及寺庙道观等等;这两大部分现在人们都有共识:无论如何要加以保护,绝不允许擅动!但第三部分:为俗众使用的,大量的胡同、四合院,是不是要全盘保留?不同的意见集中在这个问题上。主张基本上全保留的人士,还提出了种种设想,比如由市政当局做耐心的工作,将现在杂居的四合院一一清理,大多数住户动员他们搬到旧城外的居民楼去住,每个四合院留下一户或至多三四户,他们既是旧城区的居民,更是作为历史文物的四合院的保护者,而政府应给予他们一定的优惠政策,如为他们普遍安装抽水马桶,拨款给他们使四合院整旧如昔,鼓励他们在院中栽花种树、养鱼饲鸽等等;有不少人悟到,这种使整个北京旧城区连民居也博物馆化的设想,是一种乌托邦,他们因此不那么极端,他们的想法,是对北京旧城区的民居,实事求是地区别对待,把实在值得保留的四合院作为珍品维护下来,比如开发一片地区,可以绕过某些选出的文物性建筑,最后的效果,是现代化的高楼与所保留的四合院错落有致地并存;但如果是必须豁开打通,以使道路适应现在的车流人流,则势必不可能使路面过分地错落曲折,到头来还是免不了一个"拆"字;而有一个因素,其实这是最重要的——开发商,他们是不可能不考虑经济效益的,让他们把钱拿出来只是保护文物作无私奉献,那是不可能的,他们只要能遵守有关保护文物的法律、法规,比如不超过限高,挖地基时发现具有考古价值的遗迹时能停工申报,由有关文物部门来进行评估处理,也就很不错了。我的思路,是北京现在的城市发展,人口已然膨胀到了这种程度,城墙城门已然基本上悉数拆毁,而胡同四合院除了少数由首长或机构使用及租给外国人的以外,绝大多数早已成为自搭小屋壅塞不堪的杂居院落,生米业已煮成了熟饭,再侈谈当年梁思成的设想,或空言另觅一片空地建都(如巴西的巴西利亚),或痛斥发展商恨不能将其一一逐退,恐怕都只能是一时痛快,而并不能有补于眼前急速发展中的北京旧城区开发。对于北京旧城中民居部分,虽然"条条胡同必有掌故,座座院落皆有故事",但就现在生活其中的绝大多数北京市民而言,冬天生炉子取暖的问题,给排水设施落后的问题(一般都还得到胡同中设施简陋的公共厕所去蹲坑,洗澡也难),上下班道路拥塞不畅的问题……问题实在很多!从保护文物的角度、审美的角度、怀旧的角度来考虑旧城改造固然是重要的,但有一个角度我以为更重要,那便是人的角度,这里所说的是现在时的人,我也听到了这样的声音,一位四十多岁,至今与妻子女儿挤住在胡同杂院自盖小屋中的工人,他这样对我说:"你们敢情住得宽,天天坐抽水马桶,屋里摆着古玩什么的……来到我们院,东张西望,爬高就低地拍照片,什么这屋檐下的砖雕真棒呀,那个垂花门的罩子还全呀……开口就是,一要对得起祖宗,二要对得起子孙后代……可我们这祖宗跟子孙之间的一代,每天上班去创造社会财富的一代,你们怎么就忽略不计啦?我们这一代,首先要住得舒服,住得方便!我们就盼着拆了这些破房子盖楼房,我们要煤气暖气上下水道抽水马桶!要出门街道宽敞坐车方便省时间省体力!……别动不动就说,你们这些人搬三环、四环外头住去!我们为什么就不能住城里?我就主张拆了这些破院子,建现代化居民楼,我们要就地入住!我们这一代对社会贡献最大,正挑大梁呢,旧城改造、城市规划,不首先考虑我们的需要,我们不依!"也够激昂的!

如果我们把视野放大,把思路进一步展拓,那么,其实全人类所面临的旧城改造和新城建设问题,争论的焦点都差不多。而刻意创新的理论与实践,也都蓬勃地发展着。比如美国有位瑞姆·库哈斯(Rem Koolhas),1995年出版了《普通城市》(Ceneric City)一书,该书认为无个性、无历史、无中心、无规划的城市是当今最适应城市发展的类型,并从十五个方面阐释了他的这一观点,引起了相当的轰动。倘若这类极端偏激的观点,只是在纸面上喧嚣倒也罢了,然而一些持前卫观念的建筑师与规划师,却在比如说日本京都这样的绝对是古香古色的城市中,造起了与其传统风貌全然抵牾的,体量极为庞大的京都新火车站,这座由建筑师原广司设计的火车站以后现代风格的玻璃幕墙、怪异的装饰部件、超大的公众共享空间、太空情调的内部装潢,令人目眩神迷,乃至目瞪口呆。我们当然不必取此"他山石",来攻自己的"玉",但我们这边,其实也有相当前卫的观点,比如我就在一次聚会中,听到著名的德语文学翻译家叶廷芳(他也兼写建筑评论),针对国家大剧院设计三原则发表尖锐的反对意见:"为什么一定要'一看就是国家大剧院'?悉尼歌剧院一看就不像歌剧院,不是很好吗?为什么一定要'一看就是中国的国家大剧院'?(他当时怎么举例质疑的忘记了,我现在倒可以为其举一个例子,北京西四妙应寺和北海琼岛顶上的白塔,一看就不是中国建筑——那是地道的尼泊尔式建筑——可是遗留到今天,不也跟北京的中国建筑挺和谐,而且很添光彩吗?)尤其是,为什么一定要'一看就是建筑在天安门广场的国家大剧院'?'天安门广场'能作为审美的附加条件吗?……"我理解他的意思,就是主张不设框框条条,任建筑师张开想象的翅膀,在人类全部文明的基础上,去刻意创新。

  我在北京定居近半个世纪,深感北京这座古城是人类拥有的一颗无价明珠。我说"为新而舍旧,值得",是面对北京城市发展的现实,针对宫殿坛庙以外的旧城民居中,那些实在妨碍现在一代人生存的事物而说的。我何尝不心痛哪怕是在这种情况下所拆毁的胡同、四合院?而且,我以为,市政当局应该更明确地划出整片的旧城地区,作为古都风貌精心地保护下来。像北京西北城的什刹海地区,包括钟鼓楼以及迤东迤北直到菊儿胡同在内的一大片地区,现在就保护得较好,并且还开辟了"北京胡同风情游"的旅游路线,不仅使中外游客领略了北京除宫殿坛庙园林之外的民居民俗之美,也增进着北京普通市民珍惜现存民居民俗风景风情的意识。最近,旅游公司还定制了若干摇橹船,游人可乘船从前海出发,摇呀摇,摇到银锭桥,穿过桥洞,进入后海,泊北岸,可游宋庆龄故居,泊南岸,可游恭王府花园……北京啊北京,我们要在保护中发展你,发展中保护你,别看持各种意见的人士争论起来面红耳赤，那跳动着的爱心，脉搏原是相通的啊！

8

常常地，在睡梦中，感到自己飘升了起来，而且气化了，仿佛飞翔在北京的上空，鸟瞰着心爱的京城，往昔在这个城市里的沉浮歌哭、酸甜苦辣，种种细节，"定格镜头"，霎时都无序而联翩地涌到心间，于是感觉自己能伸出既有形又无形，不成比例却功能具备的双手，去抚摸北京，拥抱北京……而最令人激动不已的是，往往会生动地感觉到，北京，她也伸出气化的，既无形又有形的双手，母亲般地，回抱我，摩挲我，爱抚我……最终，我融进了北京，而北京那母亲般的胸怀，也毫无保留地吸纳了我……

是的，北京，你不仅是镶嵌我生命的镜框，也是我生命活力的源泉，对你，怎一个"爱"字了得？

1999年5月21日 北京安定门，绿叶居中

前门箭楼传奇
——城市美学絮语之十三

1996年是我国建筑界泰斗梁思成先生诞生九十五周年，1997年又逢其谢世二十五周年，故这两年纪念他的文字不少，这些文章里，几乎无一例外地都提及他关于保存北京城墙与城门的建议终被否定弃置的遭际；未及他撒手人寰，北京的城墙与城门除少数幸存的残段与孤门外，已被尽悉拆除，实在令人扼腕唏嘘。由此人们又进一步生发出关于城市改造中如何尽量保护体现地域文化的古旧建筑的讨论，冯骥才就特别关注这一问题，并在天津的城市发展过程中参与了不少具体而微的"护旧"工作。

我1950年定居北京，是北京城墙与城门近乎"全军覆灭"的见证人，对此我也是痛心疾首的。但痛定之后，冷静思考，也就悟到，一座大城，在历史的进程中一味地想维护古风古貌，实在是很难很难的。

北京的城墙与城门，其实早在辛亥革命之后，就被动过一次"手术"。那便是前门（正阳门）及周遭城墙街区的改造。那改造的最主要的缘由，是其旧有的格局不仅完全不能适应新时代的交通需求，而且严重地妨碍了彼时人流与车流的通畅。我们都知道，当时北京火车站建在前门的东南侧，如今遗迹仍存（拱形顶的室内车站现改造为铁路工人俱乐部），这样前门一带便必须提供疏阔畅达的公众空间，以使从轿子骡车转换到蒸汽火车时代的人际交流，在数量与速度上都能得到充分的保障。

改造前的正阳门，在正门与箭楼之间，有封闭性的瓮城，巨大而富有神秘感的瓮城的设置，本是刻意要使进城的过程变得艰难而曲折，当然皇帝本人穿行时会成为一种例外，那时位于中轴线的所有门洞中那些布满巨大门钉的沉重门扇都会彻底敞开，但一般官绅平民出入这座界定内外城的大门时，麻烦就多了，即使恩准出入，也必得绕瓮城从侧面穿数个门洞迂缓而行；至于敌人，那瓮城与护城河的配置，特别是箭楼的巍然屹立，都是"固若金汤"这个成语的物质性体现，是"挡你没商量"的。世纪初对正阳门的改造，其最主要的"手术"便是拆除了瓮城。瓮城一拆，正阳门的门楼便与其南面的箭楼分离开来，各成一景。这景象一直延续到今天。

从瓮城上剥离下来的北京前门箭楼，一个世纪以来已成为北京的三大代表性徽号之一（另两个是天安门城楼和天坛祈年殿），由于有一种跨越几个历史时期而至今依然存在的香烟牌子"大前门"，那烟盒上总是印着它的雄姿，所以前门箭楼的形象传播可说已十分地深入人心了。

我们现在所看到的前门箭楼，其主体结构，是否是明正统四年（1439年）初建时的风貌？答案是否定的。这箭楼在乾隆和道光时代都曾因火毁而重建。1900年八国联军入侵时，又一次毁于大火。清王室再次重建时，那建筑师并没有按原样来设计这座箭楼，幸好位于城西北的德胜门也还存有一个箭楼至今，我们可以两相比较，据载，1900年毁于大火的前门箭楼，与德胜门箭楼是基本相同的，但现在我们所看到的前门箭楼，它的体量在改建时被增大了，齐平台处宽五十米，最大进深二十四米，通高三十八米，建筑构件的强度与数量均有增加，是二重檐、歇山顶样式，北面凸出抱厦五间，东、西、南及两檐间开箭窗八十二洞。另外，其墙基的倾斜度大增，就视觉效果而言，更显得雍容儒雅。

这重建的前门箭楼好不好看？说不好看的，大约不多。拆除瓮城后面貌稳定下来，并在"大前门"烟盒上被世俗所熟知的这座箭楼，其实与清光绪年间火毁后重建的那形象，又有了变化，其一，是登楼的梯道，改成了"之"字形，并且台阶间有数层平台；其二，是梯道与城楼上的大平台周遭，增加了汉白玉栏杆；其三，是其下面两层箭窗上，增加了拱弧形护檐；其四，是在楼基的斜壁（月墙断面）上，增加了巨大的水泥浮雕。这些装饰性构件，不仅在影视照相中十分显眼，即使在用线条表达的烟盒画上，也凸现为其不可删却的细节。因此我们必须注意到，光绪年间前门箭楼的重建，并非"恢复都门旧貌"，而民初拆除瓮城后改装的箭楼，更是改变了容颜。

对这改变了容颜的前门箭楼，从审美心理上予以排拒，尤其是以"未能保持古貌"的理由而加以排拒的，从那时到如今，究竟有几多人？恐怕其人数，是本来就未必多，而随着时间的增加，更以反比例而锐减吧！

民初的那次改建，具体而言，是1916年，当时的北洋政府，请了德国建筑师罗斯凯格尔（Rothkegel）来主持的，前门箭楼以上所述的四大装饰性配置，全是他的设计，特别是楼基侧壁上的巨大浮雕，真亏他苦运"匠心"，以至当我把这一点向一位看熟了前门箭楼的朋友指出后，他大吃一惊说："怎么？那不是原来就有的？竟是一位洋人生给加添上去的？"可是他迟疑了一下也就表了态："唔，看上去倒也天衣无缝……看惯了，抠下去也许倒会觉得不对劲了……"那浮雕其实说不清究竟像个什么，只是其配置于其位，使中国古典风韵中，糅进了一些西洋的趣味，既与附近的西洋式火车站有了一种必要的视觉与情调的呼应，又制衡了因拆除瓮城后楼体本身的单调感，增强了稳定效应。

　　古建筑作为文物弥足珍贵，尽量地加以保存，必要时投资修复，已成为绝大多数人的共识，但在公众生活方式及审美趣味不断发生巨大变革的历史进程中，某些古建筑也未必不能拆除，而修复重建时也未必不可以加以变通性更动，我在《祈年殿的启示》一文中，已表达过这一见解。但天坛祈年殿当年的改建，还并不牵扯到公众共享空间的配置，而随着世道的昌明、文明的推进，古旧建筑群如何在城市发展中适应公众共享空间的展拓，越来越成为一道难解的方程式。在梁思成先生出生前后直至他的少年时代，前门箭楼的改头换面、瓮城的拆除，以及前门箭楼楼基侧壁上巨型浮雕装饰件的出现，提供了前人的一次经验，激励着我们超越"旧物勿动""整旧如旧"的简单化思路，去探索开辟出一条既尊重文明史的"旧链环"，又大胆创造"新环节"的蹊径来！

羊角灯胡同

北京恭王府现在是一个热门旅游打卡地。恭王府所在的那条东西向的小街现在叫作前海西街，海指的是什刹海，这条街南边，有条胡同，叫作羊角灯胡同，羊角灯胡同与前海西街并不完全平行，它呈西南往东北延伸的态势。也许是被恭王府旅游热的带动，近来羊角灯胡同也成了一个旅游打卡地。其实这条胡同，长度不足二百米，宽度大体在两米多，胡同两边的院落，也至多不过是些寻常的小四合院，影壁后也就一进，没什么两进或更宽阔的院落，其中有的早成了混居的杂院，实在是无足观。那为什么有越来越多的人对其感兴趣？我想，首先是胡同的名字吸引人眼球吧。

既叫这名字，那是否与一种特殊的灯具——羊角灯——有关呢？答案是肯定的。北京胡同的名字，千万不要一律望文生义，比如也在什刹海附近的两条胡同：大翔凤胡同、小翔凤胡同，我初到那里时，就以为一定有过彩凤飞翔的美丽传说，或至少是以前生产凤凰头饰的作坊集中地，后来知道，其实是大墙缝、小墙缝的谐音转化，因为那两条小胡同，是依附在大王府高墙之间的隙地形成的，谐音将俗义转为雅称，是北京许许多多胡同命名的不二法门，比如大格巷原来是打狗巷，奋章胡同原来是粪场胡同，高义伯胡同原来是狗尾巴胡同（北京话尾巴发音为"以巴"）……但难能可贵的是，羊角灯胡同并非俚语俗音雅化而来，它确确实实是跟羊角灯这种独特的古灯具相关。

熟悉《红楼梦》的人士，肯定能想起，书中出现过羊角灯。第十三回写王熙凤从荣国府出发，出至厅前，上了车，前面打了一对明角灯，大书"荣国府"三个大字，款款来至宁国府。明角灯就是羊角灯，灯上可以写上大字，等于是荣国府的告示牌，可见灯体很大，透明度很强，体面而威严。第五十三回，写祭完宗祠，荣国府那晚各处佛堂灶王前焚香上供，王夫人正房院内设着天地纸马香供，大观园正门上也挑着大明角灯，两溜高照，各处皆有路灯。大观园的园门，据第十七回交代，是正门五间，虽比不上荣国府府门宏伟，也应该相当阔朗，门上所挑的大明角灯，也就是大个儿的羊角灯，想象中或许比十三回为凤姐开路的角灯体积还大。第五十四回写荣国府元宵开夜宴，廊檐内外及两边游廊罩棚，将各色羊角灯、玻璃、戳纱、料丝，或绣或画，或堆或抠，或绢或纸，诸灯挂满。在各色灯具中，羊角灯居首位，可见羊角灯已成为贵族府第奢侈级别的一种标识。

现在网上可以查阅关于羊角灯胡同的资料，其中一条是这样写的："位于什刹海历史文化保护区，在三座桥胡同与龙头井街之间……羊角灯胡同这个名字从乾隆时期开始叫到现在，据说当初这里有许多制作羊角灯的作坊。也有民间传说这里是负责和珅府安全的警卫人员驻扎地。夜间士兵提着羊角灯巡逻，故名羊角灯胡同。21号院曾是刘心武先生住过的地方。23号院内北屋姓张，其主人的先辈是著名的大鼓表演艺术家张宝和，俗称'大鼓张'，相声大师侯宝林曾向他学艺。侯宝林先生小时候也曾在此住过。"还有一些别的条文，大同小异。

羊角灯胡同北边的恭王府，其称呼是因为1850年道光皇帝驾崩，咸丰皇帝继位，将原庆王府赐给其六弟恭亲王奕䜣，咸丰二年四月二十二日,恭亲王奕䜣迁居此府,始称恭王府。现在不少人士参观了恭王府以后,都有一种感觉,就是《红楼梦》中所描写的荣国府,几进院落呀、垂花门呀、抄手游廊呀、东西夹道呀、穿堂门呀、后楼呀,都能在小说中找到影子,而叫作萃锦园的恭王府花园,里面更有诸多景观,令人联想到书中的大观园。但是《红楼梦》成书于乾隆朝中期,作者不可能超前到晚清去从恭王府及其花园撷取素材,因此,有一种说法,就是恭王府的前身,一度是乾隆宠臣和珅的宅邸,和珅当时有可能看到过《红楼梦》抄本,他是参考书中的大观园,来营造他的花园的,晚清恭王对其照单全收,才形成这么个格局。此说可供参考。

  周汝昌先生曾出版一书,考据《红楼梦》大观园的园林原型,首印时,出版社可能是考虑到书名最好能简洁明快,就叫作《恭王府考》,有的人不仔细去看书里内容,只凭这个书名,就严重质疑:恭王府是《红楼梦》成书很久以后才有的,就算从和珅府说起,其造成也在《红楼梦》手抄本流布于世之后,你这考据意义何在?其实,周先生此书自定的书名,本是《芳园筑向帝城西》,再出此书时坚持以此为书名,盖是取《红楼梦》中元妃省亲,薛宝钗奉命题诗的第一句,这一句大有考据的必要,意思是大观园的位置,在京城的西部,再参考书中其他的描写,更可知具体位置是在西北,虽然书中的大观园是作者把关于中国古典园林的识见加以融会贯通后形成的浪漫想象,但追踪蹑迹,探讨作者这想象的最主要的原型依据,还是很有意义的。周先生书中考据了和珅府建造前,那处空间的沿革,可知最早可追溯到明朝,那处地方,原有明代成化、弘治年间,擅权的大太监李广私建的园林,我1961年到那处空间工作、居住时,地名还叫作李广桥斜街,听老居民说,直到1950年,那里的水道以及以李广命名的拱桥还在，大约1952年，河道才被改造成暗河，桥才拆毁，李广桥斜街的地名一直保留到1965年，才改名为柳荫街。那一地域，不仅有什刹海前海、后海的大片湖泊，还有许多的网状水系，李广当年在那里建造别墅，就是利用了那里的水资源，形成一处美丽的园林。清朝取代明朝，明朝的紫禁城成了清宫，明朝遗留下的一些豪宅园林，也多被清朝统治者接收，逐步分配给清朝的贵族达官建府建园享受，李广遗留下的那处园林，后来归了谁呢？应该是被清朝内务府收管，在康熙帝分封他的众多阿哥时，修葺为某阿哥的府邸，但因康熙晚期，有九子夺嫡的闹剧，最后胤禛即雍正胜出，而两立两废的太子胤礽，以及大阿哥胤禔、三阿哥胤祉、八阿哥胤禩、九阿哥胤禟、十阿哥胤䄉、十四阿哥胤禵（后来雍正把这些兄弟名字中的胤字全改成了允字，而且八、九阿哥还被革出宗室，取了侮辱性的称谓"阿其那""塞思黑"），都被不同程度打击，他们当中是否有的倒台前的府邸，就在李广桥那边？和珅后来所获得的地盘，应该就是那地方的一处废府，而这样的废府，照例应该由内务府处置，在成为废府的时期，官绘京城全图，当然只能画成一片卑陋之地，而将废府改建成新权贵的宅邸，应该由相应的工部官员负责，其下面应该有具体实施工程的营缮郎，曹雪芹的父辈曹頫在雍正朝的江宁织造任上遭到查抄，但未被赶尽杀绝，逮京问罪后，还给他家在北京蒜市口一个十七间半的院落居住，雍正驾崩乾隆登基初期，乾隆实施缓解前朝紧张形势的怀柔政策，起用了雍正朝被治罪的内务府官员，其中就有曹頫，曹頫很可能就参与了废府改造为新府的过程，那过程绝非短时可竣，负责施工时可能就会常到现场，而他的儿子曹雪芹（若非儿子应是堂兄曹颙的遗腹子），那时虽然只有十几岁，也可能就会趁机跟过去打打下手，当然也就对那园林有了细致的观察深刻的感受,但乾隆四年发生了"弘晳逆案",曹𫖯被牵连,才终于"忽喇喇如大厦倾,昏惨惨似灯将尽",以至于"落了片白茫茫大地真干净",曹𫖯不知所终,曹雪芹潦倒沦落,贫居西山,举家食粥,但这倒成了曹雪芹后来撰写《红楼梦》大悲剧的动力,他真事隐,假语存,一个有原型的大观园,在其丰富的想象力和高超笔力下,也就呈现出来了。1962年,周恩来总理在当时北京市副市长、著名红学家王昆仑等人陪同下到恭王府视察,关于恭王府花园前身是《红楼梦》大观园原型的说法,他指示说:"不要轻率地肯定它是,但也不要轻率地否定它就不是。要将恭王府保护好,将来有条件时向社会开放。"

位于恭王府南边的羊角灯胡同,从乾隆时期一直叫到现在,那确实是因为当初这里有许多制作羊角灯的作坊,更有民间传说,这里是负责和珅府安全的警卫人员驻扎地,夜间士兵提着羊角灯巡逻,故名羊角灯胡同。羊角灯是一种奢侈品,而且应该首先是供应宫廷,由皇帝来享用的。恭王府居然连其巡府的兵丁也大摇大摆各执一盏,可见府里悬挂提用的更不计其数,这是很惊人的。明朝的李广在此建造别墅园林,后来李广倒台,大臣们弹劾李广八大罪状,其中的第四条就是"盗引玉泉,经绕私第",玉泉山的水本来只能皇帝引用,李广却通过月牙儿河把那泉水引到了自家的花园里,这就是僭越。和珅被嘉庆治罪,开列的罪状多达二十条,其中第十三条:"所盖楠木房屋,僭侈逾制,其多宝阁,及隔段式样,皆仿照宁寿宫制度,其园寓点缀,与圆明园蓬岛瑶台无异,不知是何肺肠。"僭侈逾制,其实是各朝各代贪官的通病,《红楼梦》里写到的荣宁二府,地位其实在王爷之下,其吃穿使用,如玉田胭脂米、凫靥裘、大玻璃穿衣镜、大明角灯等等,不仅直追王府,甚至简直就是皇宫水平。羊角灯胡同满布的羊角灯作坊，其生产的羊角灯，主要应该是供应宫廷，其次才是其他贵族府第，但和珅府却独占鳌头，几乎垄断了羊角灯产量的大半，这当然是严重的僭侈逾制。

那么，羊角灯究竟是怎么生产的呢？有三种说法。一种是说，将山羊角煮烂成糊状，然后置于浅碟中冷却，最后形成类似玻璃的薄片，然后把这些薄片镶嵌在事先制作好的灯框上。但这样形成的灯具，不能呈浑然一体的圆筒形或枣核形，与留存至今的实物不符。另一种说法，则是有一种模具，类似两个大小不一却也相差不多的圆形，把煮烂的山羊角形成的糊状物灌进两个圆形的缝隙中，待冷却干燥后，拆去模具，就形成了长圆或浑圆的灯体，上下再附加铁丝等制成的烛台提手，就形成了羊角灯。邓云乡先生持此说法，可供参考。但我相信第三种说法，这是我在李广桥斜街工作居住期间，在羊角灯胡同里，听一位老爷爷告诉我的，我结识他的时候，不到三十岁，他却已经八十开外，左近的人们都称呼他冰爷，我也跟着那么叫，刚开始的时候，我以为写出来是"兵爷"，以为他当过兵丁，后来才知道，所谓"冰爷"，就是在冬季什刹海的冰冻期，参与采冰的爷们，直到上世纪七十年代，每到冬季，什刹海还都有采集天然冰，运往冰窖保存，在夏季加以使用的做法，但我结识冰爷时，他早干不动采冰，听左近有的知根底的人说，其实也可以叫他杠爷，就是在解放前，他一度当过给人抬棺材的杠夫，这个称呼比冰爷难听，有人那么叫唤他，他不应声，但他跟我熟了以后，我问起羊角灯的事情，他就说自己在光绪三十年，十四五岁的时候，到这羊角灯胡同的作坊里，当学徒制作过羊角灯，他说那时候这胡同里原来的羊角灯作坊已经倒闭过半，但也还有继续坚持那营生的，来订货的主顾，达官贵人多过了皇家贵族。他跟我细说羊角灯的制作过程：把大山羊角截去尖端，放在大锅里，放满水，用大量的白萝卜丝一起焖煮，掌握住火候，一定要在山羊角没有煮烂却又软化的情况下停火，然后把煮得膨胀的羊角捞出来凉起，也要掌握住火候，在捞出的山羊角仍温热的时候，用一组木头制成的楦子，塞进羊角里面，将其撑大，开头使用的楦子类似纺锤形，然后逐步换成中部鼓起更多的楦子，这期间，有的羊角就会破裂，那就只能放弃，没破的，再小心翼翼地换更鼓的楦子撑开，最后，才形成或圆筒状或大体浑圆的灯膜，灯膜形成后还要再细心打磨，使其各方位厚薄大体一致，最后再附加上下的提框烛座，成为一盏可供使用的羊角明灯。听他这么说，羊角灯制作过程中的损耗率是相当高的，他说煮一大锅羊角，最后成型的，也就三两个，大型的成品，往往一季也就几盏，而且羊角灯使用期也短，冬寒夏暑，容易开裂，不经磕碰，即使外壳完整，也往往会变得失去透明度，不再美观。我很感谢他给我提供的这些宝贵信息，就跟他说，我管您叫灯爷吧，他摆手，说还是叫冰爷好，原来他是从国营采冰队退休的，他以那个正经职业为荣。冰爷已经谢世四十余年，羊角灯胡同作坊的制灯工艺，随他那代工匠湮灭无传了。

  如今存世的羊角灯，非常罕见。整个故宫博物院，也仅存1889年光绪大婚时坤宁宫洞房使用过的两盏硕大的喜字羊角灯。从网上得知，浙江在诸暨大唐箭路村，至今还有一位羊角灯制作传人——张方权。他家祖上四代做灯。他的制作方法，与我从冰爷那里听来的类似，不同处是他将两瓣熬煮过的羊角撑大后，再合拢加以焊接，焊接后使用工具仔细打磨，使人看不出接缝。如果北京羊角灯胡同要进一步开拓旅游事业，或许可以请张方权先生到胡同中开一爿羊角灯店，展示其特殊工艺，并将制成的灯具作为旅游纪念品发售。若再将大鼓书艺人张宝和以及侯宝林故居布置成曲艺博物馆，再将胡同里现有的小餐馆改造为可听大鼓书与相声的茶寮酒肆，或许人气可更旺。

至于网上说羊角灯胡同"21号院曾是刘心武先生住过的地方"，不知何所据。我自己从未说过、写过曾在羊角灯胡同居住。网上有的相关信息还配发现羊角灯胡同21号的华丽门面，看了吓我一跳。现在郑重声明：我不曾在羊角灯胡同居住，不要再以讹传讹。我现在是一个退休金领取者，在哪里居住过也实在不值一提。但我与羊角灯胡同确实有不浅的缘分。我在青春期，追求过居住在那胡同里的一位女郎。那期间我傍晚常从龙头井那边往胡同西口里去，但往往就有一位大体同龄的小伙子，偏在那时候在胡同口舞剑，他身手矫健，剑法专业，似乎也并不是故意要阻拦、威胁我，但我望见那阵势，总觉得还是退避三舍的好，于是转身从前海西街，绕到羊角灯胡同的那一头，叫作三座桥的地方，试图从东口进入，但也就有好多次，我到了东口，他却又出现在东口那里，依然默默舞剑，令我大窘。我们从未过话，但都心照不宣：互为情敌。我知道他那时所属的单位远比我任教的学校高级，而且他的母亲也通过强有力的中介人士，向那女郎的父母表达了迎娶其女的愿望。后来他不再出现在胡同口舞剑，因为那女郎最后选择了我这舞笔的，成为我的妻子，我们生下了儿子，儿子幼时就放在妻子父母，也就是我岳父岳母那里抚养，我虽然常常会去岳父岳母居住的院里，却从未在那里过夜，我和妻子另住在柳荫街，因此那个院落不可说成我一度的居所，更何况那时候那是个居住了五六家的小杂院，即使从我岳父岳母的角度来说，也不能算成是一家的宅院。不行了，流年碎影荡漾心头，都是生命中不能承受之忆，不能再往下写了。爱妻去世马上就满十三年了。羊角灯胡同虽非我曾居之地，却是我生命中难以忘怀之空间。

2022 年 2 月 6 日 绿叶居

告别一座垂花门

北京市要拓展东西贯通的"第二长安街"平安大道,这就必然要拆除一些旧建筑。去年年底位于东四十条77号的院门开拆,引来了一群手持摄影器材的围观者,其中既有记者也有普通的市民。到北京坐过地铁的人都知道,有个地铁站就叫东四十条,东四是"东城博路口的四座牌楼"的简缩称谓,我的一部长篇小说《四牌楼》就以之命名;四座华丽的古典牌楼(坊)已于五十年代被拆除;东四北大街上有十四条齐整的胡同,是所谓"胡同文化"的典范载体,但其中的十条胡同在六十年代业已有过一次"非胡同化"的拓宽,其中不少的四合院被削掉了三分之一,那77号院即其中一例。曾有出版社的青年编辑来找我为《胡同九十九》一书约稿。她拿出一张徐勇拍摄的照片给我,问我能不能为照片上的那个"胡同四合院院门"配文。我一看便认出那正是东四十条77号的院门。我当即对她说,严格而言,那根本不是胡同四合院的院门;那是一座典型的四合院内的二道门,即垂花门。这种门的最大特点是有华丽的罩檐,罩檐下部突出的部分往往雕成垂落的西番莲样式。它现在之所以成为了当街的院门,是因为马路拓宽时,把那院子的外院"连锅端"了,故而成了头道门。对于真正熟悉和钟爱"四合院文化"的人来说,望见它这样地裸露于大庭广众之中,就好比养在深闺的娇女强被拉出任陌生人围观,实在并不是一桩愉快的事。不过后来我还是为《胡同九十九》写了《垂花无语忆沧桑》一文,寄托了我泉涌般的怀旧情思。

旧的事物不断地消逝,或物是人非,或人在物亡,或竟人物两散,故而牵出绵绵不断的怀念意绪。这种意绪一旦积蓄到强烈的程度,便会由怀念而焦虑;焦虑的情绪进一步升腾,则化为追旧、保旧的行动。人之逝不可免,永久保存势不可能,但物之逝却是可以避免的。只要下定决心,采取措施,永久保存应非虚妄之想。在城市发展的进程中,尤其是北京这种文化古都,如何在增新的过程中保旧,成为一种普遍的焦虑。这回拓展平安大道计划的付诸实现,再一次使增新和保旧之间如何平衡成为一大关注点。这个工程从1997年12月16日启动,拆除东四十条77号院门是在八天后。这个约建于清初的垂花门从未被列入过文物清单,拆除它尚且引动了那么多传媒乃至普通市民的殷殷关注,那么,随着这个工程的进一步发展,它将牵涉到的还有民国初年执政府府门(也就是刘和珍等牺牲的地方)、孙中山北京行辕的辕门、欧阳予倩故居、北海公园后门等等重要文物。即使对这些文物均有妥善的避让拆存方案,对关注古都风貌的人士而言,实施这工程仍是一桩惊心动魄的莘莘大事。

作为一个在北京定居几达半个世纪的老市民,我对古都风貌的钟爱情怀之浓酽自不待言,但这半个世纪里,我却眼睁睁地看着古都风貌的相继沦丧泯灭。与我的少年时代紧密相连的隆福古寺现已片瓦无踪,陪伴我步入中年的北京城墙也基本上荡然无存。为了适应交通的发展,街上的牌楼相继拆除,古老的四合院不断"捐躯",现在连本已"腰斩"过的东四十条77号院也要进一步终寝。当那座裸露过三十多年的垂花门被拆除时,它是什么心情?觉得不再无伦类地"现眼",因之是一种解脱,还是觉得那是最后也是最惨烈的痛苦?

　　告别了这座垂花门,清夜静思,我痛苦地探究:在都市的发展进程中,如何在新旧冲突中作出抉择?有"夺回古都风貌"这样的口号,更有"编新不如述旧"的思路;大体而言,是尽量不要再在古都空间中做减法。而做加法时,也要尽量地摹旧,比如盖新建筑时在顶上镶加亭子或庑顶,以求延续"民族传统"。于是进一步想:什么是城市的传统?什么是传统的尺度?

　　城市是时空中的一个活体。它的延续,不应只理解为已有建筑物的保存,以及新建筑物的"归统"。城市的活力不是来自建筑物,而是来自生生不息的市民群体。这个群体在时间中的代间嬗递,使得其主流欲望不断地变化演进;而这个群体在空间中的生存状态,又使得其主流欲望不可避免地要大兴土木。城市建筑物,从这个意义上来说,就是主流人欲的外化,是主流欲望的载体。回顾北京市民群体在叫作北京的这个空间中展示或收敛其欲望的半个世纪的时间流程,我们可以大体上以三个阶段来观其流变。第一阶段是五十年代。苏联展览馆(现北京展览馆)显示着"苏联的今天是我们的明天"的热切追求,"十大建筑"显示出"在社会主义道路上阔步前进"的雄心壮志,而最令全世界刮目相看的是处理天安门前空间的大手笔:不仅义无反顾地拆除了原来东、西、南面的辅门,以及正阳门与其箭楼之间的瓮城及相关庙宇,还拆除了东西的大面积街区,并彻底改变了地面铺敷状态,甚至将天安门前的华表也进行了挪移。也还不仅是做减法,加法做得也相当激烈——在拓展的广场上兴建了人民英雄纪念碑,使原有的天际轮廓线完全改观。这是新中国群体主流在古都心脏突显其欲望的杰作。据说二十几年前当时美国国务卿秘密访华,乘小轿车经过天安门广场时,一瞥之间,心中震撼。第二个阶段是六十年代和七十年代。那时政治上越来越"左",忽视建设,破坏文物,文化被革了命,遑论什么城市美学。群体的合理欲求被压抑,不合理也不合情的政治狂热席卷了一切。拥有世界上最瑰丽的藻井的隆福寺,以及北京的城墙和城门(除了极少残段残楼),都是在这一阶段被消灭掉的。第三个阶段是八十年代至今。改革开放的春风使城市新建筑物如百花怒绽,尤其是九十年代以后,"都市新人类"的欲望逐渐开始牵动着城市建筑的美学追求,如北郊"亚运村"的国家奥林匹克体育中心,使用着与紫禁城、颐和园迥异的建筑语汇,吟诵出新的空间诗篇;但"编新"与"述旧"两派间的碰撞冲突也日渐激烈。到北京西客站的修建,国奥中心设计者的"编新"构想遭到否定,以一个硕大无朋而又毫无功能的亭子顶竭力"述旧"的方案得到青睐,并化为了触目惊心的现实。这一"述旧"之作,誉之者夸示为"弘扬传统"的力作,可惜认同此誉辞者似无多,多数的声音,是讥斥其为浮躁肤浅而又愚笨浪费之举。其实,争论的焦点恐怕并不一定是"编新"还是"述旧";"编新"如滥用玻璃幕墙与"后现代"语汇,也多有败笔,其实是拾西洋人"牙慧"而又消化不良,何尝真有创新之志?"述旧"如着意寻求传统与现代的融合方式,达到天衣无缝、合璧浑成的程度,倒比"编新"还更合乎当代市民口味。像香山饭店、菊儿胡同新四合院,虽也有批评意见存在,但击节赞叹者,都说它们是化传统之魄丰现代之魂的佳构。

于是乎憬悟:城市的传统,是由一代又一代的市民来承传的。因为一代又一代的市民的主流欲望在变化,而城市建筑物应是市民主流欲望的外化物。所以归根到底,传统的尺度是人,凡合乎现存市民群体主流欲望的新建筑,便是传统的正当而又正常的延续。以这个标尺来衡量,则每当城市的发展中新与旧发生冲突时,在认真保护历史文物的前提下，为新而舍旧，是值得的。对于一个历史悠久的古都来说，把任何一件历史遗留下来的东西都当作文物，企图统统原封不动地加以保存，到头来是无法做到的，像东四十条77号垂花门那样的旧物，是应该为了都市新生代更畅快地在这一空间中存活发展而"英勇捐躯"的，和它告别时，我们又何必惆怅不已呢？

1998年1月2日 绿叶居

隆福寺街

我不知道该怎么感谢这条街。这是一条曾经极度繁华而如今已然萧索的街。它滋养过我的童年、少年时代。我不会因它的没落而稍减对它的尊重与挚爱。

它与宽阔的北京东四西大街平行。东四西大街更古老的名称是猪市大街。很多人知道北京前门大街走到底，南边那儿的路口叫珠市口。珠市口是卖珍珠的路口吗？据说"珠市"其实是"猪市"的掩饰写法。老北京人爱面子，比如屎壳郎（一种推粪球贮藏起来当粮食的昆虫）胡同，会写成"史可量胡同"，"打狗巷"会写成"大格巷"，烂面胡同会写成"烂漫胡同"，等等，但东四牌楼西边那条街，却一直坦率地写着猪市大街的名称，居住在附近的人们并不以为丢面子，为什么不丢面子？"要问猪市大街在哪儿？就在隆福寺跟前！"有了隆福寺撑面子，也就不必忌讳猪市的写法了。

隆福寺，我曾写过多篇文章，详尽地表述过我的回忆。我的长篇小说《四牌楼》里，将若干人物的命运展示在这个空间里。但是这座有着世界上最精致美丽的殿堂藻井的古寺，在上世纪七十年代初被彻底拆解，如今连一点痕迹都没有留下。到了上世纪八十年代后期，却又在那里建造了似是而非的商业大厦，在屋顶上造出了一圈古典殿堂式建筑，号称是"恢复隆福寺往日风貌",新老北京人对此都不认账,懒于光顾,后来商厦遭遇火灾,改变了几次经营内容,总难以吸引顾客,以至我写这篇文章时,仍是一座落寞的大楼。从这大楼往南延伸,那时也建造了一座面向猪市大街的商厦,不知道设计师是怎么想的,其建筑语言,令人联想到的绝非明清寺庙,倒很像日本神社。这座临街的大楼也一直没有成为繁荣的商业空间。

隆福寺在我童年时代,是北京常设性的最大庙会,其摊档商品的琳琅满目、丰富多彩以及吆喝声浪、百戏杂耍,会令置身其中的人产生来到了童话世界的奇幻感觉。记得大概是1954年,那时的苏联芭蕾舞团到北京演出,演出地点就在猪市大街往南一点的北京人民艺术剧院,他们下榻的地方,大概就在猪市大街西口路南的华侨饭店,那时算是最高档的宾馆了,有天我放学后,就看到一些苏联人,女的特多,而且那些女士个个身材窈窕,穿着裙子,腿特别长,抹着口红,兴奋地从隆福寺山门里出来,都提着抱着握着夹着买来的东西,虽听不懂他们那些欢声笑语,却知道他们分明是在称赞庙会。那时候我已经读过安徒生童话《夜莺》,知道西方人对中国有种特别的想象,那些跳《天鹅湖》的俄罗斯美女,该觉得是到了"夜莺的国度"吧?她们高兴,我这个小北京,也很高兴,因为从"夜莺的国度"这个角度来说,她们何尝不是为隆福寺增添了色彩的"过路天鹅"呢?

其实隆福寺固然曾是个美轮美奂的空间,它山门外的那条街,即隆福寺街,也曾是个光彩夺目的长街。我记得街上有不止一家书店,有售卖新书的,更有售卖从线装书到民国时期石印、铅印的形形色色的旧书刊的。我那时年纪虽小,却已经很爱泡书店,卖新书的书店我当然爱去,也买些适合我那时心智发展的新书,比如从苏联翻译过来的童话《哈哈镜王国历险记》,从意大利翻译过来的童话《洋葱头历险记》(可能并非从意大利文直译而是从俄文转译,其作者罗大里那时是亲苏的),记得我还买到过一册冀汸的长诗《桥》,他是当作儿童文学来写的,对当时的我在诗歌审美上有着启蒙作用。后来我知道出了个"胡风反革命集团",冀汸也是"胡风分子",但我将那本《桥》一直保存了十几年,直到1966年夏天,出于恐惧,才将它抛弃。我不知道冀汸的《桥》在他平反后重印过没有,能不能买到?冀汸先生还健在吧?我希望,如果他本人读不到我这篇文章,那么,有读到这篇文章而认识他的人士,能将我这段文字转述给他,我要向他致谢,我十几岁的时候,在隆福寺的书店里买到过《桥》,而这座"桥",也是我那个时期心灵获得的养分之一。我的同龄人那时候鲜有进旧书店的,我却出于好奇心常往里钻。我承认那里面很多的书我连书名都认不出,比如《訄书》,这是什么书啊?作者叫章炳麟,那时我完全不知道他是谁,我得承认,现在我知道他是谁了,却也仍未读过《訄书》,但此刻我却能鲜活地回忆起当年在隆福寺旧书店里所看到的那书的封面,它给予我的刺激是需要终生消化的——从那一刻起,我懂得了我们中国文化有多么深奥,懂得了对文化,对书籍,对写作,对阅读,自己需要永远保持虔诚。我记得我在旧书店里买回过一本苏曼殊的《断鸿零雁记》,是本用文言文写的言情小说,拿到家后很后悔,因为看不明白,但我把它保留到青年时代,后来读了觉得很好,只是受限于时代氛围,难以跟别人交流阅读心得。

隆福寺街的旧书店各有名称,其中我印象最深的是修绠堂。它也是如今街上幸存的唯一旧书店了,由于那书店早已由私营而公私合营再完全国营,纳入新华书店的分支专卖旧书的中国书店,因此它现在的招牌是中国书店，但它的位置一直没变，离隆福寺街东口不远，路南，那房屋基础架构还能引出我对当年修绠堂浓酽的怀旧情绪。我小时候原来不懂得为什么那书店叫修绠堂，后来是父亲告诉我，"修"是长度很充分的意思（我立即想到"修长的身材"这个词语），"绠"是绳子的意思，这两个字连起来，则是指长长的井绳，就是从井里汲水，要用这长长的井绳拴牢水桶，才能获得水的滋养，书店自比为"修绠"，为读书人提供汲取知识的方便，这个店名确实取得好！父亲一度是修绠堂的常客，他从那里买到过《增评补图石头记》和线装的《浮生六记》，他虽藏在枕头底下，却都被我趁他不在时取出来翻阅过。

但是隆福寺街给予我的更大快乐，是它拥有颇多的演出场所。光电影院就在街东段密集了三家。其中两家历史悠久。东口的明星电影院池座小一点，但它的银幕前面有足够的表演空间，因此，为了招徕看客，它常在电影开映前加演一点真人表演的节目。记得上小学的时候，喜欢京剧的小哥带我去那里看费穆执导的京剧艺术片《生死恨》，是梅兰芳的代表作，彩色的，出了电影院小哥责备我在座位上睡大觉，我辩称看过的都记得，小哥就问我记得哪段？我说记得在凤仪亭，吕布把三叉戟朝董卓扔过去，小哥又笑又气，轻轻在我头上凿了两个栗暴。《生死恨》演的是宋代故事，梅兰芳塑造的韩玉娘形象固然哀婉动人，唱腔固然幽咽甜美，怎奈我一个小童如何消化得掉那份沉闷？没到一半便酣然入梦，是必然的，但是，我记住的三国故事也非胡诌，因为在电影开映前，确实加演了话剧《凤仪亭》。在我和小哥穿过孙家坑胡同往钱粮胡同家里走的时候，我跟他继续聊那出加演的话剧。我说："那个貂蝉好老啊，一点也不美，不明白为什么吕布董卓要为她打架。"那时候我虽然还没有读《三国演义》原作，系列小人书是翻烂了的，何况还攒"洋画儿"（纸烟盒里附送的小画片），"古代百美"系列那时候我已经攒了三十几种，其中的貂蝉画得相当美丽。小哥叹口气说："京剧有'四大名旦'，也有'四大霉旦'，演话剧电影的也一样啊，咱们今天看见的那个扮貂蝉的，我上中学的时候可红啦，还演过电影，可是现在完全是个'大霉旦'，竟然在明星电影院里这么讨生活，唉，此一时彼一时也！"小哥又提起街口外，东四牌楼南边路东，还有家私人电影公司，"但是现在私人拍电影演得出来吗？前些时公司老板死了，大出殡，那情景跟新社会格格不入，但他家属还指挥公司人员一路跟着拍纪录片，估计那也就是他们公司最后的一部片子啦！"小哥说这些话的时候，倒也还有几部残存的私人电影公司拍的片子允许放映，其中一部叫《太太万岁》，可惜那时候我能看却不想看，后来那样的电影都被赶下银幕了，多年以后，我才知道《太太万岁》是根据张爱玲的原创剧本拍摄的，而上映时她已去往香港。看电影，看完和小哥阿姐闲聊，常涉及电影以外的人和事，小哥又跟我说过，新中国了，那些旧明星很多都遇到一个不适应的问题，往往不是他们不愿意适应新社会，而是新社会已经难以为他们提供施展艺术才能的角色，工农兵要成为舞台银幕的中心嘛，像舒绣文，以前在《一江春水向东流》里演富贵泼妇多么夺人眼球，现在怎么办？她努力去演了部歌颂劳动模范的《女司机》，但是不仅观众看着别扭，她自己看着也难受，后来就自愿来到北京人民艺术剧院，在舞台上谋求艺术生命的延续；再比如上官云珠，以前在银幕上最擅长扮演资产阶级姨太太，现在怎么办？后来她非常努力，在《南岛风云》里扮演了共产党游击队的护士长，塑造出了一个革命女性的形象，非同小可啊！从此继续吃了十来年电影演员这碗饭……但是有的女演员，比如一位绰号"甜姐儿"的，外貌气质不具备上官云珠那样的可塑性，越来越无角色可演，就毅然别辟蹊径，尝试写作，倒也终于成了一个擅长报告文学的作家，后来我与其有相当密切的交往，那就是黄宗英……扯得有点远了，但这样的回忆，是必要的，使我进一步憬悟，任何一次社会大变革，都要对许多人甚至所有的生命重新洗牌，而且，其特别值得大悲悯的是，即使有的个体生命积极真诚地参与洗牌，甘愿洗心革面重新起步，到头来也可能还是要被无情淘汰，如上官云珠，她最后是在极度迷惑不解的痛苦中从楼窗跳下，跌在一个菜筐里结束了人生苦旅……

在明星电影院真是看到过很多明星演的电影，许多世界名片。看过的电影里印象最深的还有印度故事片《流浪者》，那时我已是初中生，上下集连映看完，出了电影院就跟同学一起哼唱电影插曲《拉兹之歌》。

另一个电影院叫蟾宫。我觉得它名字取得真好。那时候电影还是黑白片居多，电影片子就仿佛银色天宫里的景象，而且我从小就听大人说，月宫里有玉兔，有银蟾，玉兔不停地捣灵药，银蟾不住地吐仙气，蟾宫，多么神奇的所在！我上到初三的时候，就不耐烦跟着大人去看电影了，他们的选片有时实在不符合我的趣味，比如他们买了一部叫《一件提案》的电影票，让我一起去看，我就找理由推托，因为我实在想不出那"提案"能有什么吸引我的地方。有时也会跟同学一起看电影，比如苏联电影《牛虻》就分别跟不同的同学看过好几遍，直到现在，仍能复述出电影里的场景、镜头转换，以及配音演员的一些道白。那时候同学多半喜欢看打仗的电影或香港电影，我却渐渐喜欢上了苏联的某些反映现实生活的电影，比如《生活的一课》，演的是一个女大学生毕业前夕爱上了一个大工程的部门负责人，后来她丈夫职位越升越高,却越来越脱离群众、刚愎自用,她愤懑地离开了丈夫,后来她丈夫终于因犯错误被撤职贬黜,正当她丈夫灰头土脸地在发配地的小屋子前哀叹时,她却提着箱子回到了他的身边,他们拥抱在一起,决定一切从头开始。这是部所谓"反官僚主义""提倡社会主义道德"的"意识形态正确"的影片,当然是为巩固苏联体制服务的,但因为充满生动的细节,演员表演到位,蒙太奇结构流畅,是部好看的电影。前些时我从网络上调出了它的视频,那些当年打动过我的片断,依然令我感慨。还有一部在蟾宫看过的影片印象难消,就是巴基斯坦的《叛逆》,那是部手法夸张甚至可以说相当幼稚的左翼影片,以穷人向富人复仇为主题,但其中男女主角的形象具有个人魅力,两位演员都是当年该国的明星,那影片是随巴基斯坦电影周来华的,身体健硕的男演员苏赫特在蟾宫电影院参加了首映式,并在电影院前面的照相馆拍了一幅照片,很快被陈列在橱窗里,一时成为隆福寺街的一桩趣事,那部影片也就在蟾宫连映了许多天,我看过两遍。当年的蟾宫电影院结构很独特,它的正面是个照相馆,照相馆两边有甬道通进去,进去后才是电影院前厅,那前厅又经营花卉零售,连通向里边的甬道两侧也摆满夹竹桃盆栽,令观众赏心悦目。那时候蟾宫电影院在前厅的几面墙壁上,从上到下满贴着电影海报,映过的没映过的全有,林林总总,光是欣赏那些海报,也令人得到一定的满足。

后来在蟾宫隔壁又盖起一座剧场,可以放映电影,也可以进行舞台演出,叫东四工人俱乐部。我上高三时开始给《北京晚报》"五色土"副刊写稿,大约是1959年某天,收到报社寄来的一张电影票,地点就是这个工人俱乐部,报社会以什么片子来招待他的通讯员和作者们呢?直到开映前我也不清楚。灯暗了,开演了,是部译制好的意大利电影《罗马十一点钟》,不知别的观众感受如何,于我来说,是多层次的洗礼,首先是人性的洗礼,这部影片以在罗马发生的一桩真实事件为题材拍摄而成:众多女性为争夺一个打字员的职位,把应聘场所的楼梯挤垮了,酿成有死有伤的惨剧,当年引进这部电影,不消说是为了教育中国人民"资本主义腐朽没落",当然,影片制作者是意大利左翼艺术家,确有抨击他们所置身的社会的用意,但于我而言,受到震撼的,却是对复杂而微妙的人性的揭橥,在经历了惨剧后,影片结束时,仍有固执地凌晨去等候面试的女子,在风中瑟瑟发抖,俗众就这样卑微地生存。其次,影片对我进行了一次审美洗礼,使我懂得,群戏也可以构成动人的作品;线性叙述与环状叙述都能形成对读者观众的牵引,问题在于如何巧妙穿插;悲剧中可以嵌入喜剧因素,催人泪下与令人莞尔同样必要;给出结论不如让欣赏者自己去回味琢磨。后来翻阅电影史,知道《罗马十一点钟》属于第二次世界大战后,意大利的"新现实主义电影"潮流中,与《偷自行车的人》《米兰的奇迹》等齐名的经典之一。

在隆福寺商场里面,有个小剧场,专门上演曲剧。有个小剧团,长期在那里面演《清宫秘史》。后来魏喜奎在那里演出了曲剧《杨乃武与小白菜》,大约在1956年,有天忽然周恩来总理去那里看了这出戏,虽然看完并没有上台与演员握手,也没有说什么,但记者一报道,这戏就红了,后来新凤霞的评剧版本也大受欢迎,过几年,魏喜奎就拍摄了彩色戏曲艺术片。周总理到隆福寺看《杨乃武与小白菜》也成为这条街历史上的一桩盛事,刚刚故去的诗人柯岩,她那首名诗《周总理,你在哪里?》记得里面有句"他在出席政治局会议",其实无妨加一句"他在隆福寺小剧场看剧"。

十年动乱,隆福寺古建筑荡然无存,隆福寺街也面目全非,明星电影院好像改名为东方红电影院，蟾宫则改为了长虹。现在明星恢复了原名，长虹没有改回蟾宫，现在的电影全是彩色，而且全是大屏幕，还有3D功能，以长虹来比喻也确实比蟾宫更贴切。工人俱乐部则改名为工人文化宫，里面的娱乐项目更加多样化。

　　我曾在那条街西段路北的隆福寺小学就读，在那里我曾把几十张苦心积攒的糖纸，夹在一本《匈牙利民间故事》的书里，送给一个我无论从什么角度看都觉得美丽的女同学；记得男同学里有一位住在猪市大街南侧不远路东的一个地基陷落在马路之下的院落里，那商铺式的中西合璧风格的大门上面，还保留着"顺风车行"的字样，原来他家以前是开租车行的，所出租的不是黄包车、骡车、汽车，而是马拉的有弹簧底座的欧式马车，我们现在从电影、电视剧上还可以看到那种马车优雅的身影，当然到他成为我的同学的时候他家已经败落，家里大人都另觅生计了；我记得在早已拆毁的一条隆福寺街通向猪市大街的南北向短胡同里，还有个保留着破旧门脸但已不营业的茶馆，它那砖雕的字号还很清晰，可惜我忘掉是哪几个字了，后来在北京人民艺术剧院看老舍的话剧《茶馆》，我就总觉得表现的就是那家我多次路过的破旧大门里面曾发生过的事情；还记得街上有家命相馆，门外有很玄虚的木质对联，但到我上到小学五年级的时候，它就关闭了；1956年，我在街上遇到腰鼓队，锣鼓喧天，是在庆祝北京市所有的私营工厂作坊、商铺店家都已经完成公私合营，也就是欢庆社会主义改造的伟大胜利；但是1981年，专写报告文学的作家理由告诉我他采访了北京改革开放后第一家领到执照的私人饭馆，地点就在猪市大街南边胡同里，菜式很好，我有天就从隆福寺街找到那里去……当我再次彳亍在隆福寺街的时候，我撷拾着从童年、少年时代一直延续到后来的记忆花枝，心头百味丛生。是啊，社会变革就是洗牌，淘汰掉许多，有确实应该淘汰的，有淘汰过头重新拾回的，有既已淘汰便再拾不回来的，有正向淘汰，更有逆向淘汰……俗众·生活·命运，这条街上的生生灭灭、歌哭吟唱，就仿佛是一部放映不停的集正闹悲喜之大成的剧情长片，够我观看体味一生！

眼下的隆福寺街仿佛一个被冷落的资深美人，它的街口虽然早就造起了仿古的牌坊，除了上面写到的明星蟾宫俱乐部，街上的北京风味小吃店也还有些人气，但整条街，尤其是西段，一些服装店常常是门可罗雀。令我有些想不通的是，如今北京的南锣鼓巷、五道营胡同等处，正在成为所谓体现北京特色的新商业区，那当然是好事，但那两处的基础其实远比不了隆福寺街，为什么人们在"保存古城风貌"这件事情上非要舍旧趋新？为什么要抛弃拆毁许多真的古董，而去生造一些新的"民俗空间"？

岁月匆匆，在可预测与难预料的世道变幻中，隆福寺街不断蜕变。街犹如此，人何以堪？还是旷达些好：相信该逝去的总归要逝去，该到来的总归要到来。我也并非消极地引颈以待，如这些零碎的文字，其实是想为宏大的历史叙事填补空白，为社会的良性调整提供些微小的助力。

2011年12月20日 温榆斋中

冰 吼

"日有所思,夜有所梦"。这话未必能解释一些梦的出现。比如昨日我的的确确毫无所思的一幕,午夜便活灵活现于我的梦中。惊醒后残梦余韵不散,令我在自家楼窗泻入的月光中倚枕玩味良久。

我的梦境总非工笔画一流,有时听妻讲起她的梦境,不仅人物眉发宛然,背景上的一花一叶也纤毫毕现,总是非常羡慕;我的梦境一概是大写意,而且似泼墨般既淋漓酣畅又跳荡迷蒙。

昨夜的梦境是在一个湖畔。黑乎乎的树影,灰蒙蒙的冰面,不消说是一种严冬的景象,然而却看见我自己只穿着背心裤衩,足踏夹趾塑料拖鞋,十分写意地在湖畔踽踽独行;有比树影更其墨黑的一些等高线条,在湖畔显现,使我意会到那正是湖岸边的铁栅,啊,不消说,那正是我非常熟悉的地方——北京城西边的什刹海,一大片不为许多外地人和旅游者知晓注重的水域……

什刹海的景致,倒也有不少的文章介绍过,我自己写的长篇小说《钟鼓楼》,里面也写到什刹海,且追溯到半个多世纪前的景观。一般介绍什刹海,总以夏日的风光为重点。的确,夏日环湖的垂柳或白杨一派翠绿,湖波粼粼。前海东侧总有大片的莲叶荷花,站在前海和后海相接的水域最狭处的名曰"银锭"的小桥上,朝西望去,在一片渐次开阔深远的湖面尽头,可以看到黛色的西山剪影。前人曾将此录入所谓"燕京十六景"之一，称"银锭观山"；前海当中有一小岛，本来只有一丛垂柳，一片芳草，甚有野趣，现在上面设了个游乐场，我亦认为是一大败笔——但不管怎么说，什刹海毕竟是北京城里难得的一处富于天然情趣的景观。又岂止是夏日有着艳丽的面貌，春日的柳笼绿烟，秋日的枫叶曳红，以及晨光中的水雾空蒙，夕照中的波漾碎金，兼以附近胡同民居的古朴景象，放飞鸽群发出的哨音，遛鸟的老人们悠然的步态……总能引出哪怕是偶一涉足者的悠悠情思，尤其会感到在波诡云谲的世态翻覆中，古老的北京城和世代的北京人总仿佛在令人惊异地维系着某种恒久的东西……

然而，上述的种种什刹海景观都未曾显现在我昨夜的梦中，梦中只有黑白灰三色的朦胧冬景既亲切又陌生，既朴实又神秘。我只见我近乎赤膊地缓步前行，不知从何而至，亦不知将欲何往。忽然，有一种绝对真实的声音，訇然响起，迷蒙的景色顿时抖动起来，而梦中的我顿时有一种大欢欣，通体产生出一种迸裂融化的极度快感。而转瞬之间，黑色化为了浓绿，灰色化为了翠绿，白色化为了嫩绿，墨色的栅栏化为了黛绿，在一片爽入灵魂深处的悸动中，梦中的我却又一身飘飘然的奶白绸衫，脚是赤足，踏跳在茸茸的绿草之中，身轻如电视中常见的慢镜头，悠然前行，亦不知为何如此，更不知欲飞何处……梦醒之后，那訇然的音韵仍萦绕于耳。对了，我恍然，那正是我熟悉的一种声音，非老什刹海畔的居民不能知的……

我在北京什刹海畔居住过十多年。一度我的居室后窗便朝着后海湖面。冬夜——不是那种北风怒号的冬夜，而是宁静到仿佛连空气都不再流动的最寂寞最冷清的冬夜，有时就突然从居室后窗传送进来一种短暂而惊心的訇响。头一冬乍听见时曾疑惑地自问：难道这城里边竟有饿狼？嗥声如此凄厉？西直门外动物园的大象的吼声也许如此，但纵有西风传送，那样遥远的距离，又是大象正该在象房中酣睡的时刻，何来吼声？……

有一回同一位忘年交的老者，冬夜里在银锭桥北头烟袋斜街的小酒馆里消磨到深夜，相互搀扶着，酩酊地在阒无一人的湖畔往住处走。忽然，一种熟悉然而更其清晰也更其沉重的音响忽然从湖上传来。老者遂对我说："听见了吗？这是冰，这声音是很难听到的——在一般的江湖河海，因为冰冻的部分膨胀时，总能朝尚未冻住的水域延伸，又因为周遭并不拢音，因而都没有这种声音，唯独我们什刹海，全湖都冻住了，进一步干冷，冰面不由得猛地膨胀，又胀不出去，因而发出这样一种苦闷而欲求解脱的吼声，偏这后海一带又极为拢音，所以听来这样惊心动魄！"

梦醒后，我久久地回味着那真实而动人的冰吼。我不信占梦术，亦不倾心于弗洛伊德的《梦的解析》，我不认为此梦与白日所思有关，不觉得其中蕴含着多少复杂而深刻的意味，我只是更由衷地判定自己尽管祖籍四川落生在成都，但定居北京四十余年的结果，是我已成为一个地道的北京市民；而且尽管我迁离什刹海畔已有十多年之久，我的灵魂中却已渗入了什刹海的风土人情，乃至那鲜为人知的独特的冰吼。今年的冬夜，要不要寻一个风定人静的时刻，再在酒后到什刹海畔漫步，聆听一回别有韵味的冰吼呢？

1992 年 6 月 26 日

风筝点灯

我住在北京安定门。这座门早拆掉了。现在相当于以往城墙的地方是二环路，相当于当年安定门城楼的地方，则是立交桥。安内安外，变化不小。入夜，内外的霓虹灯交相辉映；二环路上是两道逆动的车流，一道白色的前灯相衔，一道红色的尾灯相续，环状的立交桥匝道上，转圈改向的车子构成都市景观中华丽的旋涡。

安内安外，一派熙攘驳杂的景象。古色古香的地坛，经过疏浚的护城河，以共青团员义务劳动建成的青年湖公园，展现民族精英风采的蜡像馆，有着回旋滑梯的水上乐园，号称"京宝花园"的高级外销楼，刚刚开业的麦当劳快餐店，未必会被"巨无霸"汉堡包击败的上海荣华鸡，仓储式自选商店，老字号稻香村，专营复印机的汇通公司，正紧张施工的三利商业大厦，四川酸菜鱼火锅，龙门阵酒家，台资韩上楼石头火锅与无烟烤肉，海南大厦及其海南特色风味餐，穆斯林酒家附民族歌舞伴餐，萃华楼分店专营北京烤鸭，一系列的个体低档小饭馆，一长溜的个体水果摊，地铁口的报摊兼卖畅销通俗杂志，大街拐弯处的汽车修理兼刻制匾牌……处于两极的，大概是安内亟待改造的危旧居民房，和地坛公园旁边的天元俱乐部；前者中的居民有不少人因所在厂子不景气，一月只领百十来元在家"听信儿"，手中的医疗费单据不知何时方能报销。而后者门前夜夜停着豪华小轿车，举凡奔驰、林肯、凯迪拉克、宝马、凌志……林林总总，交相辉映，据说入其内者，先吃潮州海鲜席，再打台球，再进KTV包房卡拉OK，再洗桑拿浴，再享受按摩，再饮洋酒小憩，总算一个人的消费约一万余元。

这便是我居所的人文环境。万丈红尘中，属于我能进入的空间大约刚好一半。我最能向问询者详细介绍的是酸菜鱼火锅，如问及天元俱乐部里的情况，便主要依靠想象。我在安内有些市井朋友，他们住在有雨必漏的危房之中，对他们来说，酸菜鱼火锅的味道也只能想象，或干脆不去想象。

然而今年夏秋的夜里，我的这些市井朋友，在安定门立交桥的人行道上，创造出了一种奇观。

安定门立交桥修造得比较早，它的匝道外侧，有颇宽的人行道，这构成了它的一大特色。夏夜里，许多附近的居民，会汇聚到那人行道上乘凉。有人倚着桥栏，有人坐在自带的小椅子小凳上，有人则来回徜徉。入秋后也还有不少人在那一带遛弯儿。我四季都很喜欢在那里凭栏眺望二环路上的车水马龙，还有远处像钻石般闪烁的高楼大厦，从中获得一种魅惑的审美乐趣。

大约立秋以前，入夜散步至安定门立交桥，忽然发现桥上人行道上，不少人仰头凝望着什么。原来在大白天里，特别是双休日，桥上人行道上，往往有些人放风筝。我也曾在那里现买现放过。花十元钱，便可买到一只扎制得颇精致的风筝，并获得一辊子长线。那里有宽阔的天域，并且由于风向，风筝极少朝有车行的路上飞动，而很容易升腾到高空。记得我头一回将三尺长的沙燕风筝放飞到高处，望去犹如一只蜻蜓时，心中真是充满着难喻的快感。白天放风筝，会有人仰面瞭望，这黑夜里人们瞭望，难道是也有人在放风筝吗？

果然，入夜也有人放上了风筝。风筝纵然放得上去，可融会在夜色中，怎能看清风筝的面目呢？我随众人目光仰视，啊，风筝是无从得见，但有星星般的灯光，分明是与风筝线相连，在夜空中摇曳！

这是安定门市井朋友们的新发明。我看见我的老相识大巴掌也在那儿，他也正打算放一只灯筝。走过去打招呼，细观察，原来，是把一种装电池的读书灯，固定在了风筝线上，离风筝大约十来米的距离，待风筝升空以后，原来在立交桥上毫不显眼的小灯，却在高空中分外璀璨。

大巴掌也属于停产厂子的"听信儿"人士。他们那个厂子每月只发得出七十五元。眼下他跟老婆在安内街边摆了个西瓜摊。还是跟亲戚合资的。他一边让我待会儿去他那摊上抱瓜，一边让我帮他放飞那带灯的风筝。

我们的风筝冉冉升起，我的手，触到了大巴掌那粗粝的手，手温的偶一传递，在我这方面，竟引出了心中的环环涟漪。

大巴掌他们那个社会群体，其实比我所在这个涂有文化徽号的社会群体，所失落的更多。但他们的韧性，却大大超过我们。

大巴掌推开了我的手，以应付一阵乱风，将那风筝，升到了高处。他所安的那盏灯，是一盏红灯，红灯在夜空中终于稳稳地定住，如一颗闪闪的红星。

另外的几位筝友，也升起他们的灯筝。有白色的、黄色的，甚至有蓝色的和绿色的，而红色的居多。风筝点灯，灯光如星，如梦如幻，牵引着地上许多的目光，激起无数复杂的联想，而又归于最素朴的人世间合理企盼。

安定门告别了古旧，辞别了单调，迎来了繁华，营造着奇诡，使人们共享到了若干乐趣，却也显示出令人担忧的分化与不均，尤其是其中潜行着的腐败与糜烂，即使是不得其详的大巴掌他们一群，也嗅到了其恶臭。我深知，大巴掌们是反腐败的最坚实的社会基础。

不过，安定门毕竟安定。大巴掌们在夏夜里风筝点灯，以长长的线，牵动着他们微妙的情愫。

不知道那些坐在凉风习习的豪华空调轿车里的"成功人士"，当你们驶过安定门立交桥时，是否会发现这风筝点灯的景象。他们多半不会。他们真该看到，并有所憬悟。这样他们再到天元俱乐部一类地方一掷万金时，也许心态上便多少会有些调整。那些用公款到俱乐部夜总会消磨者，更应注意到大巴掌们坚忍的存在。我太冬烘，才有这些怪想法，是吧？

快入冬了，放灯筝的景象，估计会逐渐中止。但夏秋夜里风筝点灯的景观，会长久地嵌在我的魂魄之中。

1995 年 11 月 5 日

辑四

起点之美

到现场观看赛跑，多数人总愿选择离终点最近的位置，我却偏爱在起跑线附近观看。运动员在起点上的美往往被人忽略。其实，当运动员们在起点脱下外面的罩衣，露出紧凑而富有弹性的筋肉，先略事活动臂膊腿脚腰肢，再渐渐弹跳着、抖擞着，准备进入比赛，那神情，那体态，那气氛，就已非常之优雅；等到运动员们在起跑线上找准自己的道位，在裁判员一声威严而悠长的"预备——"声中，各自凝聚起他们灵魂的注意力拼搏进取，并透过他们的每一块肌肉每一根筋腱显现出他们肉体所蕴藏的爆发力弹射力承受力，那他们简直就是一列力与美的活雕像。家里有了录像机后，我常把这样的场面录下来，并用慢放、定格的方法细细品味起点之美。我看清了在比赛现场往往看不清楚的运动员们的面部表情。那起点上的表情实在是人类最美好的表情之一。倘若说恋人的表情是人类延续不灭的象征，那么，起点上的表情便是人类进取突破的希望。

人生的终极点只有一个，然而起点却有许多。运动场上的起点是明显的，生活中的起点往往较为隐蔽。一个想向文坛进军的青年在深夜灯下铺开了稿纸，用手中笔郑重地写下了第一行字；一个刚到单位报到的大学毕业生，头一回走进办公室，他尽量大大方方地望着大家，大家都好奇而友善地望着他；一个才把萢来的川橘铺排在货位上的个体户,用戴着厚厚的棉手套的双手焐焐冻得发红的耳朵,瓮声瓮气地发出他的头一声吆喝:"大橘子保甜咧——";一位才任命的局长,不大习惯地坐在来接他开会的轿车里,想同司机说句亲热的话却不知该拣哪一句说;一个已经非常走红的大明星,倚在沙发上读别人新送来的剧本,刚刚开始觉得里头的那个女主角有点挖头;一个明天要应考的中学生,把捧着的课本贴在胸前,在忍痛关闭了的电视机前点着下巴背诵单词……

"预备——"生命之神在行使裁判员的职责,向人们发出悠长的指令。

凡凝神谛听他的指令并尽全力准备投入的人,都是美的。

尽管在终点处会出现绝不平衡的场面。文学青年的稿子也许会被退回;走向生活的大学生也许会碰许多的钉子;卖橘子的个体户这一回也许不能大赚;新上任的局长也许不久便会调离;大明星的下部戏也许会砸锅;中学生第二天应考时也许会失常;谁也保不齐在那等待着我们的终点上不会落伍、失败甚至被淘汰掉。

然而,对于人生来说,终点固然诱人,起点更弥足珍贵。一时的终点上的失美,并不是什么不得了的事。可怕的是寻找不到新的起跑线,失去了在"预备"声中大大振作起来的力与美。

终点之美,属于优胜者。起点之美,属于每一个人。而自觉地进入起点并调动起自己的美来,也便是人生中的一种优胜。

1988 年 1 月 1 日

春 冰

春水中，浮动着春冰。

整个水面结成冰板，在我看来，犹如本是清亮的眸子，却盖上了浊翳。但那是严冬的癖好，唯有大雪降临时，冰面覆雪，那硬冷的面目，改变为柔和的韵律，稍慰心臆；不过融雪的日子里，冰面往往又变得坑洼不平，雪消冰在，色灰颜粗，望去更令人心里发堵。

冰化水活春消息。但初春的漾漾绿水中，往往浮着些残冰。那些小块的，形状不等的残冰，犹如少女脸上的雀斑，在我看来，实在是焕发着比春水还要浓郁的春氲。

春水中的春冰，边缘往往是薄而透明的，给人一种婴儿小舌的稚嫩感，仿佛在舔着春水，享受着母怀般的温暖呵护。

水汽是水的缕缕精魂吗？那么，冰是什么？是水的冬眠？水的沉思？水的诡谲，还是水的愚钝？但春水中的春冰却超乎氤氲水汽、溶溶水流和板结冷冰，它是水的诗吗？那么玲珑剔透；是水的仙子吗？那么晶莹秀美；是水的梦境吗？它难以持久，在消失后能留下那么多朦胧的倩影，令人回味，惆怅而又欣悦，百感交集而又心皈淳朴。

常常的，徘徊在初春的水边，伫立在春池侧畔，凝视那浮动的残冰。那些小块的春冰，甚至于当着你的面，缓缓地，其实又是刻不容缓地，从边缘到当心，融化到春水里。那景象，昭示着什么？象征着什么？预告着什么？警策着什么？全凭你当时的心境，你的想象力，你的理念，你的意识潜流，和难以解释清楚的种种微妙因素了。

我爱春冰。这是短暂的爱情。

有时，忽然一夜春风来，第二天，所有的冰面都已彻底开化，弯动的倒影中，寻觅不到春冰。春天一步到位，春水一汪爽亮。我的春冰姑娘啊，你在哪里？你不曾诞生吗？你只是往春在我心中钩出的一个幻影？只是明春预支给我的一个企盼？我失恋了，踽踽彳亍在没有春冰的春水边，不会非常地痛苦，却一定非常地忧郁。

我的人生，已经历了很多的四季变换，时空的，生理的，心理的，情感的，非理性的，神秘的，无可言说的。在每一次"冬""春"的转换中，我渐渐变得敏感，却又愈加平静，细琐精腻，却又全凭直觉。我盼冰面融化，我欲春水溶漾，却又不愿没有一种必要的过渡。过渡之美，往往大于此岸和彼岸的风光。"冬""春"的过渡，其美便在于春水中，一度浮动着春冰，仿佛一杯散发着丝丝芳馥的威士忌中，有些个莹洁的冰块，便更令人陶醉、销魂。

春冰如禅。

我居然试图用文字，来传达心灵深处对春冰的一份情愫，一种憬悟，这是我的情不自禁，更是我的不自量力。

然而，读我文字者，盼你我会心，尽在不言中。

> 1995 绿叶居窗外，护城河中春冰浮动时

人情似纸

不要续上一个"薄"字。不是那意思。

把许多复杂的事物归结为一个简单意思的时代已经过去。

但离开了简单的归结,许多人又不知如何面对复杂。其实,从来都复杂。难道以前不复杂吗?也许,从前无论如何不如今天这般复杂。但细想,从前也复杂。

提心吊胆地说真话那阵,说了那么多。毋庸提心吊胆便可倾吐真话这阵,却什么也懒得说。

我曾到那间小屋子去看他。其实根本不是一间小屋子。只有门,没有窗,甚至没有透气孔,因此,人进去以后便必须把门敞着。那是个储藏室。空间极狭小。气息极窒闷。但我们交流得很畅快。至少在我这方面是这样想。有的话还得压低嗓门。眼波的流动中也有许多的情谊。但现在他有了二十、三十倍大的空间,许多的门许多的窗,门紧闭着,窗半开着,"硬件"好,"软件"更棒,我却不去迈进那门槛。他也不来请我迈进那门槛。似乎也并没有什么过不去的地方。只是不再有那么多的情感了。淡了,薄了,甚至弥散了。

据说人情似纸的"纸"现在不是"秀才人情纸半张"的那"纸",而是赵公元帅笔下的那"纸",即通货。由"官本位"向"金本位"转化,值得欢迎。但我更渴望"人本位""情本位"。社会的物质繁荣据说必须付出精神沦丧的代价。又据说落伍者看来是精神沦丧，而先锋眼中却是可喜的精神瓦解，但先锋们犹未能指出旧精神瓦解后应运诞生的新精神究竟是什么，有的先锋中的先锋则说只需瓦解无需重构："凤凰涅槃"是可笑的，凤凰只应焚毁，何必重生？

我却仍愿抓住一点自认是永恒的东西，哪怕只有游丝般微弱。那永恒的东西里就有人情，似纸的人情。纸很薄，却可以写情书，写诗，写温情的句子，写必要的问候，当然还可以画画儿，可以折成一只小船，放到小溪里，任其顺细碎的波浪旋转着漂向远方。

转眼一年整了。一年多以前正在美国。记得到纽约的头一天，傍晚时分，曼哈顿万家灯火中，也有了我小小的一盏。在简单而舒适的下榻处，桌上有小小的花瓶，小小的花束，还有小小的卡片，卡片上写着温暖的句子。人情似卡片吗？我却自从去冬以后，再没给留下卡片的人寄去哪怕是一张薄薄的纸。我总埋怨着别人的情在淡在薄在弥散，自己呢？从别人的眼中看我，该也吃了一惊吧，怎么会变成了这样，比以前冷，比以前硬，比以前懒，却比以前更会为自己辩解。

以前的时代，人情或许似醍醐，厚重黏稠？如今是人被纷至沓来的信息和事务碾扁熨平的时代，人情随之也轻薄寡淡了，人更多地依靠内心的支撑而更少希冀心外的扶持，人类在进步而人情在萎缩。真的吗？

也许是因为现在"移情"的条件好多了，可以移向唱片，移向真古董和假古董，移向需要每天饲食的猫、鸟、鱼、兔，移向需要浇水剪枝施肥换盆的花草，移向小小的邮票，移向书报，总之可以更彻底地从活生生的人面前移开去。最省事的"雅移"法是寄情山水，最省事的"俗移"法则是坐到打开的电视机前剥食着花生米不分节目好赖地一直看到荧屏上现出"再见"的字样。

但心中仍不免时时逸出一丝两丝一缕几缕一片几片的对活生生的人的沟通欲望，化为思念，化为莫可名状的思绪，最后可能就拽过一张纸来，想在上面写一些情，一些别人可能并不呼应并不需要的字、词、句和标点符号……人情确确实实就是一张纸。

当我从淡薄中想起人家时，人家或许正从残存的印象中摆脱出去而正在忘却我。曼哈顿的灯火呵，哪一盏下面尚有关于我的一缕思绪？

1989年1月11日

献给命运的紫罗兰
——关于命运的随想

命运。

我们常常想到这个字眼。

但我们往往是朦朦胧胧地那么一想。

朦朦胧胧,只滋生出一些情绪,诸如怨艾,沮丧,或所谓"淡淡的哀愁"。

让我们廓清薄纱般的朦胧思绪,做些澄明的理性思考。

我们要努力地认知命运。

命是命。运是运。

命与运固然如骨肉之不可剥离,然而倘作理性研究,如医学上的生理解剖,则需先就骨论骨,就肉论肉。

何谓命?

命是那些非我们自己抉择而来的先天因素。

为什么我或你生下来就是这样的性别?

为什么我或你有着现在这样的生父和生母?凭什么我或你得由他们一方的精子同另一方的卵子相结合,从而经过无数次的细胞分裂,而形成胚胎,成为带有胎盘的胎儿,后来又脱出母亲的子宫而成为一个独立的生命?我和你为什么不是另外的一个父亲和另外的一个母亲结合而成的生灵？

　　为什么我或你有着现在这样的与别人不同的面貌？即或我们是双胞胎或三胞胎中的一个，外人看去我们与同胎落生的兄弟姊妹"何其相似乃尔"，但我们自己很清楚，归根结底我们还是有着与任何一个他人不尽相同的自我面目。固然遗传学解释了我们的面目，说那是有着父亲和母亲的遗传基因在起作用，我们或者有点像父亲，或者有点像母亲，或者竟更像祖父、祖母、外祖父、外祖母，以至于更像某个近亲、远亲，然而揽镜自视吧，我们到头来还是有一个自己的、独一无二的外貌，不管我们喜欢不喜欢，也不管别人喜欢不喜欢，我们竟有着如此面貌，这是由谁暗中规定的呢？

　　我们落生的时间，又为什么偏偏是那一年那一月那一日那一时辰？听说唐朝是中国最强盛的时代，我们为什么没生在唐朝？又听说21世纪中期我们国家将整体达到小康的水平，我们又为何不等到那时候再落生？或许你更向往于烽火岁月的殊死战斗，然而你又并未生在抗日战争之前并能恰好在青壮年时投入反法西斯的战斗；或许我更向往于在20世纪初投入"五四运动"成为新文化运动中的弄潮儿，然而我却偏没赶上那个时代。我们显然不能再重新安排一次落生的时间，我们必须在一张又一张的表格中反复填写同一个出生时间。

　　我们又为什么偏偏落生在我们无法事先择定的地方？我和你为什么偏属于这一个种族，这一个国家，有着这样的籍贯？

　　这就是命。

　　也有人向命挑战。

　　西方国家有那样的人，他们出于对原有性别的不满，找医生做变性手术，改变自己的性别，也有人出于对自己相貌的不满，做整容手术，使"面目全非"。这也许真的改变了他们某些命定的因素。但毕竟改变不了他们的种族、血型、气质、年龄、籍贯。

当然也有人用伪造历史、隐瞒年龄、改认父母、谎报种族（当然只能往与自己肤色发色瞳仁色相接近的种族上去靠）等等方式企图使"我"消弭而以"新我"存活于世，但在游戏人间之余，清夜扪心，他恐怕也不能不自问：我究竟是谁？而他的答案恐怕也只有一个：他到底还是某一男子的精子和某一女子的卵子的特有结合，并于某年某月某日某时生于某国某地某处的一个独特的生命，在种种伪装和矫饰之下，赤条条的他还是那个"原他"。

命由天定。这不是唯心恰是唯物。

这也无所谓消极，更无所谓悲观。

曾见到一位矮个子女士，我很惊讶于她穿着一双平底鞋，当我问她为什么不穿高跟鞋时，她爽朗地说："我喜欢自己的身高，因为这是一个我自然具有的高度，我不想掩饰自己的这一自然状态，并且，我还以自己的这种自然状态而自豪。"

又曾见到一位肥硕的中年男子，当我问及他为什么不采取减肥措施时，他认真地对我解释说："人体形的肥瘦归根结底是由遗传基因派定的，我父母都是胖子，所以我天生肥胖，而我没有必要去人为减肥；倘若我是后天突然胖起来的，并且有种种不适，那或许还有减肥的必要……不错，熟人给我取了个绰号叫'肥男'，我坦然地接受，我确实是个地道的'肥男'嘛！"

这二位都对非自我抉择而形成的先天状况持坦然的接受态度，甚至于产生一种自豪感。我以为这是对"命"的正确态度。你以为如何呢？

"我长得多难看啊!"一位熟悉的姑娘向我吐露心曲,"见到比我长得漂亮的同辈人,我就总觉得无地自容。"

我不想向她弹唱"重要的是心灵美而不是外貌美"之类的调调,还是契诃夫说得好:"人的一切都应是美好的,心灵,面貌,衣裳,思想。"

我也不想教她逃避现实:"你其实并不难看。"又是契诃夫,他剧中一位女子对另一位女子说:"你的头发真美。"另一位就领悟地说:"当一个姑娘长得不美时,人们才会夸赞她的头发。"我熟悉的这位姑娘确实长得难看。难看就是难看,难看是天生的。她把心灵修炼得再美,也终归成不了漂亮姑娘。

我劝她坦率地承认自己的相貌。这承认分两个层面:一、自己确实不好看。二、别人确实比自己漂亮。第二个层面很重要,否则,就容易陷入"阿Q主义":"我难看,哼,你比我更难看!"或"坏蛋才好看哩!漂亮的没好货!"承认了自己难看以后,却还要:一、按自己的实际情况打扮自己,使自己整洁、自然;二、以审美的态度对待比自己漂亮的人。

过了一段时间,我再见到她,她的相貌依然不好看,但她充满了自尊和自信。"天生我材必有用。"她微笑着告诉我,她在做自己喜欢的事,生活得很畅快。

她不向"命"抗争,她顺"命"生活下去,她是对的。

也有另外的例子。美国有位先天脑畸形的人,他五六十年来一直口眼歪斜,发音不清,半身不遂,是个地道的残疾人,然而他不向"命"低头,他学会了运用打字机,他渐渐能用打字机上的句号、逗号、叹号、问号、删节号、括号、花号和其他符号耐心地打成绘画作品,开始是模仿现成的图画和照片,后来是写生,再后来是根据想象创作独特的画幅，结果他成为一位名人，连白宫走廊上也挂了他的画。他可谓向"命"挑战而获得成功的一位英雄。

但切勿用这类特例来激励聋哑人去奋斗而成为歌唱家，无腿畸形人去奋斗而成为世界短跑冠军，长相实在难看的姑娘去争取在选美赛中夺魁。上述那位残疾画家，仔细想来，与其说他是与"命"抗争，不如说他是在"命"所规定的范畴之中求了一个最大值，他没有选择去做一个核物理学家、一位芭蕾舞演员或一支军队的统帅，他也没有勉强自己去用常规的方式绘画，因为他的手根本不能握笔；他其实还是顺着"命"所赋予他的条件，去开掘实际的可能性，他艰苦地学会了操纵经过改装的打字机。使可能变为了现实，他因而成功。

对于"命"即那些先天的、非我们抉择而在我们生命一开始便形成的因素，我们应当心平气和。

比如我和你，我们都是中国人，都是黄皮肤，黑头发，不管我们现在生活在哪里，持有什么样的护照，在另外一些人眼里，比如在金发碧眼的西方人眼里，我们总还是东方人中的一种，我们的大背景，是一个曾有过灿烂的文明但眼下相对而言经济还不够发达、整体受教育程度不够充分的民族，对于这些不可更改的因素，我们既不自卑，也不必自傲，我们应当非常坦然。我，你，我们就是这样。作为一个个体，我们从实际情况出发。

"生不逢时"是最无谓的感叹。我们没有生在汉唐盛世，我们也没有生在"五胡十六国"的乱世，这既不值得惋惜也不值得喟叹。我们比那些年老的人小许多，我们又比那些才落生的人大许多，这也都没什么好庆幸或羡慕的。我就是我。你就是你。我们就生在某一个特定的时候。那就是我们的生日。坦然地接受这个既成事实。既然我们落生在这个时代，赶上了这个阶段，迎接着眼前的时光，那就让我们好好地对待这条"命"。

为我们的生命，要好好生活。

要好好生活。
但生活不容易。
确实不容易。
这就引出了与"命"相连的"运"。
"运"是什么？
"运"不消说是一种流动、变易的东西。

对于"命"，如上所述，我们几乎无法抉择，即使有个别人后来动"变性手术"而改变了"命"，一个重要的因素——性别，那也是他那条"命"形成以后做成的事，毕竟他不能在落生前自我决定性别。

然而"运"，就难说了。

"运"也有无从抉择的一面。比如我们面临的时代，所处的地域，这其间所发生的重大事件，如自然界的地震，人世间的战乱，科技上的划时代变革，文化上的主导潮流，我们就往往很难加以预测，进行预防，或加以回避，与之抗拒。比如1976年唐山大地震时，在那一瞬间人就无法抉择生死；再比如科学已经充分证明了吞食丹砂不但不能成仙，无异于自杀以后，我们即使仍想寻觅长生之道，也不会再做服食丹砂的抉择；还比如当商业广告不但出现在西方世界也出现在我们这样的国家，不仅出现在电视上报纸上杂志上，也出现在街头巷尾，出现在运动场和歌舞晚会场上，甚至出现在公路旁、乡村屋宇的墙壁上时，我们做出一个"凡有商业广告的地方我一概不去,凡商业广告我都不让它入眼"的抉择时,实现起来该有多么困难!

不过,"运"毕竟不同于"命"。"运"有其可驾驭、可借光、可回避、可进击的一面,而且这恐怕是其更主要的一面。

对于"命",我主张心平气和,彻底地心平气和。

对于"运",我却主张心潮起伏。

心潮起伏。起,就是迎上去,热烈响应或者奋然抗争;伏,就是避过去,冷静回旋或断然割舍。

"命"可以作定量定性分析。比如,性别、出生年月日时、籍贯、父母姓名、年龄、民族、血型、指纹、相貌(一寸至二寸免冠正面照),成人后的身高、肤色、发色、瞳仁颜色、牙齿状况,等等。

"运"却往往难以作定量定性分析。

时代、社会、群体,这三者或许还可做出一些定量定性分析。

灾变、突变、机遇,这就很难做出定量定性分析了,特别是在来到之前,而预测往往又是困难的,即便有所预测也是很难测准的。

"运"常被我们说成"运气"。

没有人把"命"说成"命气"。要用两个字,就说"生命"。"命"是生来自有的。

"运"却犹如一股气流。它从何而来,朝何而去,我们或者弄不懂,或者自以为弄懂了而其实未懂,或者真弄懂了而又驾驭不住,或者虽然驾驭住了却又被新的气流所干扰而终于失控,一旦失控,我们便会感叹:"唉,运气不好。"

"运"又常被我们说成"时运"。

没有"时命"的说法。诚然，我们的体重、腰围、体温、血压、内脏状况和外在面貌等因素都可能在随时间而变化，但我们的性别、血型、指纹、气质等等方面却无法改变。无论时间如何流逝，直至我们从活体变成死尸，许多"命"中的因素是恒定不变的。

"运"却随时而变。"运"是外在的东西。"十年河东，十年河西""人间正道是沧桑""乱哄哄你方唱罢我登场""人面不知何处去，桃花依旧笑春风""子在川上曰：逝者如斯夫！""人不能第二次进入同一条河流""此一时也，彼一时也""明日黄花""随风而去"……这些中外古今无论是悲怆的还是欢乐的，也无论是正面的还是负面的感喟和概括，都证明着"运"有"时"，也有"势"，所以有"时运"之称，也有"运势"之说。

从大的方面把握"时运"和"运势"当然重要。认清时代，看准潮流，自觉地站到进步的一面，正义的一边，这当然是关键中的关键。然而还有中等方面和小的方面。中等方面，如自己所处的具体社区、具体机构、具体群体、具体环境、具体氛围，如何处理好适应于自己同这些方方面面的关系，特别是自己同群体同他人的关系，就实非易事。小的方面，如邂逅、偶兴、不经意的潜在危险、交臂而来的机会等等，抓住它也许就是一个良性转机，失去它也许就是一个终生的遗憾，或者遇而爆发便是一个巨大的灾难，躲过它去则就是万分地幸运，都实难把握。

西方人，特别是受基督教文化浸润的西方人，似乎在承认上帝给了自己及他人生命的前提下，比较洒脱地对待"运"，他们常常主动地去"试试自己的运气",敢于冒险,比如去攀登没人登过的高峰,只身横渡大西洋,从陡峭的悬崖上往下跳伞,尝试创造一种在我们看来是怪诞的"世界纪录"而进入到"吉尼斯世界纪录大全";他们甚至在本已满好的状态下,仍不惜抛弃已有的而去寻求更新的,主要还不是寻求更新的东西,而是寻求新的刺激,新的体验,他们不太在乎别人怎样看待自己,他们主要依靠社会契约即法律来协调自己与他人的关系;他们的这种进取性一度构成了对东方民族和"新大陆"土著居民的侵略,所以他们的"运气观"中确含有一种强悍的侵略性和攻击性。

东方人,又特别是我们中国人,在"儒、道、释"熔为一炉的传统文化熏陶下,我们认定"身体发肤受之父母",因此我们崇拜祖先,提倡孝悌,重视人际关系和社会秩序,我们要求个人尽量摆脱主动驾驭"运气"的欲望,我们肯定"知足常乐",发生人际纠纷时我们宁愿"私了"而嫌厌"对簿公堂";我们这种谦逊谨慎在面对外部世界时变为了惊人地好客,我们总是"外宾优先",我们绝不具有侵略性和攻击性,我们的每一个个体都乐于承认:"我与群体共命运。"其实"命"是因人而异的,我们表达的意思准确解释起来便是"我们要共命运"。所以我们有句俗话叫"大河涨水小河满"。我们并不是不知道只有小河水流充裕时,大河才不会枯涸,然而那方面的自然现象引不起我们形而上的升华乐趣。

我们不必就东西方的不同文化模式作孰优孰劣的无益思索。既已形成的东西,就都有其成形的道理。

好在现在世界已变得越来越小。已无新大陆可供发现。连南极冰层下那土地也已测量清楚,连大洋中时隐时现的珊瑚岛也已记录在案。已有"地球村"的说法。东方人、西方人,不过是"地球村"中"鸡犬相闻"的村民而已。

东西方文化已开始撞击、交融、组合、重构，对"命"的看法和态度，对"运"的看法和态度，越是新的一代，无论东方还是西方，相似点或共同点似乎就越多。

你挺有意思——今天的人类。

"命"与"运"相互运作时，就构成了所谓的"命运"。听贝多芬的《第五交响曲》，我们最难忘记那"命运敲门的声音"。单是"命"已难探究，因为"命"即使在最平静的时空中它也有个生老病死的发展过程，非静止、凝固的东西；"运"就更难把握了，几乎无时无刻不在变化，而且充满了突变，也就是说，构成"运势"的因素中充满了不稳定因素、测不准因素，"命"加上"运"，而且互融互动，那就难怪有人惊呼"神秘"了。

这种神秘感是宗教产生的根源。自古到今历久未衰的占卜术，其立足点也在于许许多多世人对自我命运的神秘感。对命运的神秘想取捷径而获得诠释，于是去求助于占卜、看手相、看面相。用生辰八字推算命定因素和运势走向。占星相，勘风水，论阴阳五行。比较高深的是演"易"，从《河图》《洛书》到太极图，到先天八卦、后天八卦，进而到八八六十四卦到一万一千五百二十策；又从被动地由人推算到自动地投入，从而又笃信气功，努力开掘自己的潜能异能，行小周天、大周天，做动功和静功，接受"宇宙语"治疗并终于自动发出"宇宙语"，达到"天人合一"，获得最彻底的超越感即超脱感。

我们既不必充分地肯定这一切，也不必彻底地否定这一切。实际上你想充分地肯定也肯定不了，总有强有力的人物站出来给予有根有据的批驳揭伪。而你想彻底地否定也否定不了，也总有强有力的人物包括最受尊崇的大科学家站出来提供有根有据的实验报告和理论推测。

你和我都不必卷入有关的论争。然而你和我都应当承认,"命运"确有其神秘的一面。

无论是人类还是个人,面对神秘的命运,都应现出一个微笑,就像1505年意大利佛罗伦萨的列奥纳多·达·芬奇绘制的那个《蒙娜丽莎》所现出的微笑一样。

那是永恒的微笑。

你看过列奥纳多·达·芬奇的那幅《蒙娜丽莎》吗?

当然。那还用问。

然而,你看得仔细吗?

据说,早有人指出过,画上的那位妇人——传说是当时佛罗伦萨城里皮货呢绒商乔贡达的夫人——实在算不上多么美丽的妇人,你把列奥纳多·达·芬奇别的画也看看,他画的《拈花圣母》《岩下圣母》《丽达》等作品里的女性形象,就远比这《蒙娜丽莎》更丰满、更艳丽,然而《蒙娜丽莎》却成了一幅最成功的作品,不仅在列奥纳多·达·芬奇个人创作中是名列第一位的代表作,也可以说是整个意大利文艺复兴运动中最杰出的代表作,尽管它只有77厘米高53厘米宽,在现在存放它的法国巴黎卢浮宫中属于上千幅油画中较小的一幅,然而它却成了卢浮宫最可自豪的一幅藏品。

再仔细地看看吧。画上的蒙娜丽莎难说是一个完美的形象。她的眼睛还不够大,更不够妩媚,特别是下眼皮,线条太方直而且泪囊太显。别的不多说了。就算她美,那也是有缺陷有遗憾的美。

然而她实在耐看。耐看就是经得起审美。经得起几百年观赏者的审美，为一代又一代的人们所赞赏，你说她美不美？

这就给了我们一个启示：不必完美。因为实际上不可能完美。因而不要去追求完美。

要追求美，但不要追求完美。这也应是你和我对待命运的态度。

附近居民楼里有一个上高中的姑娘自杀了，因为她有一门功课没有考好。仅仅一门，而且仅仅是头一回，并且并非不及格。然而她的心灵承受不住，因为她一贯在班上拔尖儿，从小学到中学，她考试几乎永远第一。谁知"天有不测风云"，偏这回有一门考了个68分，她在追求完美而竟不能完美的现实面前，"宁为玉碎，不为瓦全"，溘然而逝。

这当然是一个极端的、近乎怪诞的例子。可是我们心灵中、行为中的这类"自杀行径"难道次数还少吗？

本来我可以坚持把电视里的《跟我学》学到底，既不是因为实在没有时间，也并没有谁对我讽刺打击拉我后腿，只是由于一两次的耽搁使我有点跟不上，而且更由于感到比同时起步者落了后，不完美了，因而干脆放弃。

本来你不必把福克纳的《喧嚣与骚动》从头读到尾，因为你并非搞文学研究的，也并非要借鉴这部作品以从事文学创作，只是因为你听到那么多朋友向你谈到福克纳如何了不起、这部小说又在文学史上如何有地位，因此你感到有一种心理压力，仿佛你不花工夫恭读这部著作作为一个知识分子就不完美了，于是你硬着头皮一页页逐行逐字地读下去，终于读完，却无大收获，为此你还耽搁了几桩该抓紧做下去的事。

这当然又是一些太小的，似乎无足轻重的例子。

大一些的例子我们可以在心中默默地检出，并默默地自省。

我们有时总想同周围所有的人都搞好关系。有人说，中国儒家讲"仁"，"仁"就是二人，即中国的传统伦理观念就是搞好人与人之间的关系，人际关系协调了，便达到"仁"的境界了。其实西方人也讲人际关系。《圣经》里说，有人打你的右脸，你就把左脸也送过去。你看，也是"和为贵"，讲和平，重感化，这同中国的"仁"应是相通的。认为西方人就是绝对的独来独往，绝对的个人主义，绝对的尔虞我诈，不重视搞好人际关系，至少是夸张了。现代社会，个体已几乎无法隐居，跨国公司和集团化趋势使每一个人都无法遁逃于群体和社区之外，你到中国的外资企业或中外合资企业里试试看，我行我素吃不吃得开？随心所欲玩不玩得转？很可能并不是中方的头头而是西方的经理，头一个来炒你的鱿鱼。所以说，搞好人际关系是重要的。然而，同周围所有的人都搞好关系，你和我，能够做到吗？

不能说绝对不能。你看，有那个别的人，他或她，人家似乎就做到了。然而你和我都是凡人，我们实在做不到。做不到，自然不完美。不完美怎么办？该办的办，不该办的，办不到的，不办就是。

我们当然应该并且也能够和比较多的人协调关系，我们同其中少数人甚或不算太少的人也许还能够建立起比较亲密比较牢固的关系，然而倘若有一些人同我们的关系淡淡的、浅浅的，有个别人我们不喜欢他或她而他或她也嫌厌我们，只要不足以妨碍公益和大局，那就随它去吧！为什么非得强求完美呢？

有一点缺陷有一点遗憾的人生，是有味道的人生。有一点怪异有一点风险的命运，是有意思的命运。

读过契诃夫的《没意思的故事》吗？那里面的主人公，那位老教授，他一切都有了，真才实学，名誉地位，富裕生活，安宁环境……并且他所获得的这一切并不面临哪怕是小小的危机，然而他最深刻最痛切地感受到没意思，这"没意思"是完美造成的，太完美因而也就太凝固，太凝固因而也就太乏味，太乏味因而也就太寂寞，太寂寞因而也就有悲哀。这是一个达到完美的悲剧。

一个人有一个人的命运。

仔细想来，没有两个人的命运是完全相同的。可能相似，然而不会绝对雷同。

这真有意思。想想看吧，我们的"命"固然异于他人，我们的"运"即使在与群体与他人"共享"的前提下，仍有个人"小运"的多姿多彩，诡谲莫测的特异一面。我们的"命运"是自我独具的，它与历史上有过的那些人都不相同，与那些同我们共空间共时间的人们也都不尽相同，并且我们去世后，也不可能有哪一个个人的命运成为我们命运的复制品，我们，你，我，还有他和她，每一个人都是独特的啊！

珍惜我们的"命"吧，因为它是独一无二的！

不要对我们的"运"过分怨叹吧，因为那也是别具一格的！

好好地把握我们的"命运"。

好好生活。

好好度过那属于我们自己独特的一生。

"命中注定"。这话是不对的。倘要表达"命"的非自我抉择的先天因素之不可更改，准确的用语应是"命中固有"。

"注"有流动的含义，流动是"运"的特性，而"命"是未必能左右"运"的，"命"不能"注定"一个人的"运"。

有人以《红楼梦》中的人物为例,把人的命运分为以下几类:

一、无命无运。如贾珠,此人"十四岁进学,不到二十岁就娶了妻生了子,一病死了"。《红楼梦》开篇后即已无此人出场。当然,有的比他更短寿,如秦钟。凡夭折型的人都属此类。

二、有命无运。《红楼梦》开篇便写到,甄士隐抱着女儿英莲到街前看过会,遇上一个癞头和尚与一位跛足道士,那和尚一见士隐抱着英莲,便大哭起来,向士隐道:"施主,你把这有命无运……之物,抱在怀内作甚?"那英莲后来果然被拐子拐走,卖给"呆霸王"薛蟠做妾,根据曹雪芹原来设计,最后的结局是被夏金桂折磨而死。凡能苟活颇久而饱受折磨型的人都属此类。

三、有运无命。例如贾元春,她虽然"才选凤藻宫",又衣锦荣归地回贾府省亲,"运气"真似鲜花着锦、烈火烹油,然而好景不长,没有多久就"虎兔相逢大梦归"了。凡虽能一时显赫荣耀但不能长寿久享者都属此类。

四、有命有运。《红楼梦》中竟难找出最恰当的例子,探春勉强可以充数,她虽"生于末世运偏消",但到底运未消尽,总比众姐妹或情死或病逝或守寡或被盗或被蹂躏或遁入空门等悲惨的"运"要好一些,所以她的心境比较豁达:"自古穷通皆有定,离合岂无缘?"凡命较长运较好或虽有厄运向群体袭来而个体却能有所躲闪的都属此类。

这种分析或许不能入"红学"之正门,但颇有趣。不是吗?

那么,你会问,贾宝玉算哪一种呢?

真是的。搁在哪一种里都"不伦不类"。

贾宝玉有"憎命"的一面。他对自己的性别不满意。他对自己生于富贵之家不仅不感到自豪反而感到自卑。他对自己"胎里带来"的那块"通灵宝玉"不以为然。他对自己所处的由"国贼禄鬼"所把持的社会现实反感。他对"仕途经济"的主流文化深恶痛绝。他与生他的父亲对立,与生他的母亲貌合神离。旁人或者会认为他"命好"乃至于艳羡、嫉妒,他却常常陷入深深的痛苦,他有时的心境恐怕万人都难理解,如第十五回写到,他和秦钟随凤姐坐车去铁槛寺,路经一个小村,见到一位穷苦的二丫头,宝玉竟舍不得这偶然邂逅的农村和村姑,以至"一时上车,……只见二丫头怀里抱着她小兄弟……宝玉恨不得下车跟了她去"。

贾宝玉对"运"却往往"随运而安",说他是有叛逆性格,似乎过奖,这里不去详论。

贾宝玉的"命"如何"运"如何难以评说。他给我们的最深刻印象是:享受生活。

他把生活当作一首诗,一首乐曲,一个画卷来细细品味,他是生活的审美者。

贾宝玉也许并没有教会我们叛逆,教会我们抗争,教会我们判断是非、辨别善恶,但贾宝玉启发了我们,即使在最污浊的地方也能找到纯洁的花朵,在最腥臭的角落也能寻到温馨的芬芳,他教会我们发现并把握生活中最实在最琐屑的美,并催赶我们细细品味及时受用。

"使命"。"使命感"。

这是两个很大的词语。

"命"虽属于我们自己,但我们又都不可能脱离群体。因此,群体的"命"也关联着我们的"命"。这样个体就得为群体承担义务,当然,在这承担中也应享有一定的权利。个体对群体承担义务,这就是"使命"吧。对"使命"的自觉意识,便是"使命感"吧。

我们应当接受"使命"。应当有"使命感"。

当然,对同一时代、同一民族、同一阶段、同一现实中的"使命",人们有时并不能形成共识,因而"使命感"便会形成分歧,酿成冲突,在那样一种情况下,个人对"使命"的抉择,个人"使命感"所产生的冲动,便可能构成个体生命史上最惊心动魄的一幕,个体的生命也就完全可能在那一刻落幕。

也许悲壮。也许悲哀。

也许流芳百世。也许遗臭万年。

人的生命意识完全由"使命感"所主宰,那也许会成为一个大政治家。

然而,世上绝大多数人都很平凡,他们懂得"使命",对群体对社会有一定的"使命感",却并不由"使命感"主宰全部生命意识。他们有自己一份既为社会做出贡献也为自己挣出花销的正当工作,他们诚实劳动,他们安心休息,他们布置自己的私人空间,他们有个人的隐私,他们享有并不一定惊人的爱情和友情,他们或有天伦之乐,或有独身之好,他们把过分沉重深邃的思考让给哲学家,把过分突进奥妙的发明创造让给科学家和发明家,把过分伟大而神圣的公务让给政治家,他们对过分新潮的超前艺术绝不起绊脚石作用,却令大艺术家们失望地以一些凡庸的艺术品作为经常的精神食粮,他们构成着"芸芸众生"。你是超乎他们之上的,还是他们当中的一员?

忽然想到有一回去北京紫禁城内参观,在饱览了那黄瓦红墙、汉白玉雕栏御道的宏伟建筑群后,出得景运门,朝箭亭往南漫步,不承想有大片盛开的野花，从墙根、阶沿缝隙和露地上蹿长出来，一片淡紫，随风摇曳，清香缕缕，招蜂引蝶；俯身细看，呀，是二月兰！又称紫罗兰！那显然不是特意栽种的，倘在皇帝仍居住宫内时，想必是要指派粗使太监芟除掉的，就是今天开辟为"故宫博物院"后，它们也并非享有"生的权利"，我去问在那边打扫甬道的清洁工："这些花，许我拔下来带走些吗？"她笑着说："你都拔了去才好哩！我们是因为人手不够，光游客扔下的东西就打扫不尽，所以没能顾上拔掉它们！"我高兴极了，拔了好大一束，握在手中，凑拢鼻际，心里想：怎样的风，把最初的一批紫罗兰种子，吹落到这地方的啊！在这以雄伟瑰丽的砖木玉石建筑群取胜的皇宫中，只允许刻意栽种的花草树木存在，本是没有它们开放的资格的，然而，它们却在这个早春，烂漫地开出了那么大的一片！那紫罗兰在清洁工的眼中心中，只是应予拔除的野草，而在我的眼中心中，却是难得邂逅的一派春机！

这也是一种命运。

我便谨以这一束思考，作为献给命运的紫罗兰。

1992年

心里难过

深夜里电话铃响。是朋友的电话。他说:"忍不住要给你打个电话。我忽然心里难过。非常非常难过。就是这样,没别的。"说完他挂断了电话。我从困倦中清醒过来。忽然非常感动。我也曾有这样的情况。静夜里,忽然有一种异样的情绪涌上心头,那情绪确可称之为"难过"。

并非因为有什么亲友故去。

也不是自己遭到什么特别的不幸。

恰恰相反:也许刚好经历过一两桩好事快事。

却会无端地心里难过。

不是愤世嫉俗。不是愧悔羞赧。不是耿耿于怀。不是悲悲戚戚。是一种平静的难过。但那难过深入骨髓。静静地意识到,自己的生命实体是独一无二的。不但不可能为最亲近最善意的他人所彻底了解,就是自己,又何尝真能把握那最隐秘的底蕴与玄机?

并且冷冷地意识到,自己对他人无论如何努力地去认知,到底也还是只近乎一个白痴。对由无数个他人组合而成的群体呢?简直不敢深想。

归纳,抽象,联想,推测,勉可应付白日的认知。但在静寂清凄的夜间,会忽然感到深深的落寞。于是心里难过。也曾想推醒妻,告诉她:"我心里忽然难过。"也曾想打一个电话给朋友,只是告诉他一声,如此如此。但终于都没有那样做,只是自己徒然地咀嚼那份与痛苦并不同味的难过。

朋友却给我打来了电话。

我自信全然没有误解。

并不需要絮絮的倾诉。简短的宣布,也许便能缓解心里的那份难过。或许并不是为了缓解,倒是为了使之更加神圣,更加甜蜜,也更加崇高。

在这个毋庸讳言是走向莫测的人生前景中,人们来得及惊奇来得及困惑来得及恼怒来得及愤慨来得及焦虑来得及痛苦或者来得及欢呼来得及沉着来得及欣悦来得及狂喜来得及满足来得及麻木,却很可能来不及在清夜里扪心沉思,来不及平平静静、冷冷寂寂地忽然感到难过。

白日里,人们杂处时,调侃和幽默是生活的润滑剂。

静夜里,独自面对心灵,自嘲和自慰是魂魄的清洗液。

但是在白日那最热闹的场景里,会忽然感到刺心的孤独。

同样,在黑夜那最安适的时刻里,会忽然有一种浸入肺腑的难过。

会忽然感觉到,世界很大,却又太小;社会太复杂,却又极粗陋;生活本艰辛,何以又荒诞?人生特漫长,这日子怎的又短促?

会忽然意识到,白日里孜孜以求的,在那堂皇的面纱后面,其实只是一张鬼脸;所得的其实恰可称之为失;许多的笑纹其实是钓饵,大量的话语是杂草。

明明是那样的,却弄成不是那样了。无能为力。

刚理出个头绪,却忽然又乱成一团乱麻。无可奈何。

忘记了应当记住的,却记住了可以忘记的。

拒绝了本应接受的,却接受了本应拒绝的。

不可能改进。不必改进。没有人要你改进。即使不是人人，也总有许许多多的人如此这般一天天地过下去。

心里难过。

但，年年难过年年过。日子是没有感情的，它不接受感情，当然也就不为感情所动。需要感情的是人。人的情感首先应当赋予自己。唯有自身的情感丰富厚实了，方可分享与他人。

常在白日里开怀大笑吗？

那种无端的大笑。

偶在静夜里心里难过吗？

那种无端的难过。

或者有一点儿"端"，但那大笑或难过的程度，都忽然达于那"端"外。

是一种活法。

把快乐渡给别人，算一种洒脱。

把难过宣示别人，则近乎冒险。

快乐可以共享。

难过怎能同当？

但有时候就忍不住，想跟最亲近的人说一声：我心里头忽然难过，非常难过。在那个时候，人生的滋味最浓酽。也许进入悟境，那难过便是一道门槛吧！

1993 年 1 月 15 日深夜

我的心理保健操

忽然自己年过半百了，真有点措手不及——怎么身心一下子就疲惫起来了呢？原来讳谈保健，现在是不能不注意了！

身体保健，这里且不谈，只说说自己心理保健的一些办法；当然，都是逐步积累起来的。

为自己，我编制了几套心理保健操。

其一，列表化解操。时常感到心里乱哄哄的，情绪烦躁，要么会无端发火，要么会突然厌世，这时便应坐到书桌前，铺开一张纸，先写出一行大字——我为什么心乱？然后纵列出三栏，A栏列最烦心的事，B栏列次之的事，C栏列小事；列好后，从C栏开始一桩桩想：值得为这个心乱吗？……有的，想想也就释然；有的，不禁哑然失笑；有的，无可奈何，但细想也没什么大不了的……凡大体可以化解的，都用红笔划去，剩下的，自然是真值得认真对付的事，一时虽化解不了，心绪经过这样一番梳理，也就不至于胡愁乱恨了。

其二，自寻小乐趣操。有时倒并非烦躁而是百无聊赖，提不起精神做正经事，这时无妨先不做大事，而找些小事来做——自然是有趣的小事，在自己家里这类事转几圈便可找到许多，例如用湿棉花球给所养的盆栽植物清洗叶面，把所陈列的摆设加以挪移求得新的视觉效果，用空易拉罐制作一样小工艺品，乃至凝视平时并没有仔细观赏过的挂历——往往能发现原来绝无印象的细节……在琐屑的小乐趣中,无聊感便渐渐消失,于是恢复了做正经事的兴致。

其三,回忆美景操。心里淤着浊气时,往往会满目阴暗,了无意趣,这时无妨坐到沙发或靠到床铺上,一定要取最舒适的姿势,如能开放音响,让其放送柔曼的乐曲,更好——闭目冥想,回忆自己游过的名川大山,特别是那些储留在心底的具体镜头,又特别是细微的妙处,更要紧的是那云影山光变幻不已的动感……一幕幕的美景,犹如熨心的拂尘,能将淤积囤塞的浊气涤尽。

其四,无损宣泄操。心中窝着一团恶气,最易情绪波动上蹿时不能自制,搞不好会爆发为有损宣泄,抓起家中的摆设胡乱投掷,事后必定后悔不迭,倘将恶气胡乱地拽到家人朋友身上,那后遗症更难治愈;因此,须有备无患——比如用一只纸箱储存一些废纸和已破损的旧瓷盘,一旦真的因恶气难咽,心理张力实在紧绷,那就无妨取出那些废纸使劲地撕扯,撕纸还不过瘾,便可砸盘——当然要选好地点,以不殃及他物为原则,口中可念念有词,或哼唱"怒发冲冠,凭栏处,潇潇雨歇……"不要觉得此操滑稽,这是一位地位颇高的老人教给我的——他的若干同龄人都因癌症而亡,他却至今矍铄康健,他和我都觉得自己性格属于偏刚难折一类,因此恶气万不能因怕丢面子而窝囊下咽,否则必憋出瘤子无疑。

其五,自嘲操。人有时又容易洋洋得意,乐观得出边,结果心理状态也发生偏斜,这时便须作一点自嘲,如无条件在他人面前自嘲,对镜自嘲亦有效果——无妨自问:你人模狗样的,有什么了不起?升天了吗?成仙了吗?咦,瞧你乐的!你前头的困难还多呢,潜伏的危机不少呢……哟哟哟哟,怎么又皱起眉头了,瞧你这点子德性!……人在自嘲中,失去的只是虚荣,获得的却是清醒，自嘲操在顺境中尤宜常做。

其六，"走向混沌"操。"走向混沌"是从维熙兄一部大作的名字，这四个字本不是什么吉利话，这里借用过来，却是把非良性的心理状态转化为良性的意思。有时候，人会清醒得过了分，连枝枝节节、丝丝缕缕都网织于心，结果也不好受，而且容易变得锱铢必较、小肚鸡肠，如不加以调整，于己于人都有害无益，那调整的方法，便是有意地"走向混沌"；比如可以拿起一本唐诗宋词，随手翻开，目过口诵，摇头摆脑，以抹去萦绕于心的那些过于细腻的算计；当对一件事的思维该清晰处清晰，该模糊处模糊，方是最佳心态，"走向混沌"操是达于此境的"赵州桥"。

还有其他几套，且先列出这六套，望勿见笑。

这其实是自己当自己的心理医生。

像散步、骑车、钓鱼、游泳、下棋、打球、爬山、划船、养宠物、弄盆景……因为都主要是生理上的健身措施，所以我不再罗列——其实我上面列出的几种心理保健操除第四种外，都可与上述的活动相辅相成。

重要的是我们不仅意识到身体的生理方面要保健，心理方面也要保健。

我们过去一般除身体外只强调精神，精神当然重要，但我以为精神的概念还不能代替心理的概念；某些精神境界很高的人，有时也会产生甚至于是相当不小的心理障碍，而心理的问题只能用相关的手段解决，并不是能全靠精神来消弭的。

身体的物质部分一般称为肉，与之相对的精神一般称之为灵，心理，我以为是灵肉之间的无形铰链。时时为这铰链保洁，添加润滑剂，修理破损，调整松紧，实在至关重要。

1993年4月27日于北京绿叶居

心灵百叶窗

你的心灵小木屋,有与外界沟通的窗口,那心灵之窗,你安装百叶帘了吗?

常常地,你为那从窗口满泻而入的金光,满心欢喜,无比自豪。是的,人生怎能没有光明,心灵怎能任其幽暗?心灵小木屋,必得有大千世界的光和热涌入,才会有生机,有生趣,才能酿出灵感,产生出创造的冲动,所谓幸福与欢乐,与心灵门窗的敞开程度,一般来说,是成正比的。

但是,在生命历程的某些时段,外界所射入的光,未必都是纯净的阳光。你取得了某些成绩,获得了某些收益,于是,捧场的光,阿谀的光,嫉妒的光,怀疑的光,都可能灼热刺目地破窗涌入,或许令你兴奋莫名、忘记了自己的实际斤两,或许令你顿生烦恼、不能冷静自持,这时,如果你的心灵之窗安装了操纵自如的百叶,那么,你就可以灵活调整那叶片的开合程度,使那些光线恰到好处地透射进来——你需要适度的鼓励之光,以滋润你那在奋进中也许有些疲惫的心灵;你也应该适度地容纳批评挑剔之光,以使自己清醒地认识到自己的不足,甚至还可以有更深层次的憬悟——即使你的作为已接近至善完美,但他人仍会严酷地审视你哪怕是一丝的不妥、一毫的疏忽,你要习惯这种人类的心灵碰撞现象——其实,你作为别人的一个"他人",那审视称量的眼光，又何尝不苛刻？

不过，当下的中国人，因成功发财而受到强光照射的，毕竟还是很小的一部分，中间状态的所谓"芸芸众生"，多有"不如意事常八九"之叹；还没有走上社会的学生，学业的压力，考取高一级学校的压力，家长"望子成龙"的压力，同学间公开竞争与隐性攀比的压力，都不小；从技校或大学毕业出来的青年人，求职的压力，求到职后工作任务的压力，特别是人际交往间怎么也磨合不好的压力，都会使心灵里蓄满焦虑。在这种情况下，适当开大心灵的窗户，增加进光量，并扩展自己的视野，可作为第一步措施。但天有阴晴风雨，不能总是企盼外光来疗救自我心灵因焦虑而派生出的幽暗低沉；再说，瞭望外面那精彩的世界，这山望去那山高，懂得山外有山天外有天，固然有激励自己在这以竞争为发展机制的社会中，胸怀抱负艰苦奋斗，以期能跻身"成功人士"行列的，好的一面，但过多地"外望"，欲望膨胀，把心旌弄得噼啪乱卷，也可能会生发出好高骛远、不自量力的浮躁乃至非分之心；这样，就必须采取第二步措施——安装窗帘，使自己和窗外的光线与风景，保持能变化的互动关系；而一般的窗帘，比如左右开合的布制窗帘，又有着要么遮蔽要么豁然的弊病，还是百叶帘好，它可以使你与窗外的光线与风景的关系随时调整到最佳状态。

在生命的某些时刻，不仅卷起百叶帘，而且洞开窗扉，让外界的阳光、气流，挟带着人间的复杂滋味，任其涌入，当然是必要的，也往往会给我们带来生命中最直接的快感。但是，在生命的更多时段，还是以心灵之窗的百叶帘，把内心的光线与氛围调节在对自己最恰切的状态吧。如果外界泻入的光线太强，就把百叶合拢一些，保持一派安谧平静。如果外界一时阴雨绵绵，就点燃你的心灯，把你的心灵小木屋照得和平时一样明亮。

你那心灵小木屋的窗户还没有安装百叶帘吗？莫迟疑，快动手，赶紧把它装上！

一切都还来得及

有时候，人会觉得一切都完了，阳光不再灿烂，绿树不再青葱，花儿不再美丽，歌声不再悦耳……会不想吃饭，不想睡觉，不想多谈，不想继续做事，甚而会有灰色乃至黑色的阴冷念头涌上心尖——这就是那样的一些时候：考试不及格、应聘不录取、竞赛中败北、竞争中落伍……以及遭逢异性的拒绝而失恋，错过难得的机会而失悔，等等，等等，总之，顿觉我生何趣，万念俱灰。

这种挫折感、失落感、耻辱感、空虚感，针刺般地折磨着灵魂，那真有如在一座脆弱的吊桥之上，身后是一派天真烂漫而已无法回首，身前是可望而不可即的诱惑而只觉脚下的桥体已在嘎吱吱地断裂，朝下望，则黑黝黝的深渊似乎正在发出狰狞的恶笑，张开着密布利齿的大口只待你的沉沦……

这时候，人最迫切需要的，是一种最单纯的信念，即——不要紧，没关系，只当生活刚刚开始，不回头，朝前望，一切都还来得及！

是的，不要停下你的脚步，但要把下一个步子走得更好，调整得更加合适，不要为原来的失败和挫折而过分地责备自己，更不要为客观的不利因素而无谓地怨天尤人，走你的路，并坚信一切都还来得及——从脚下这新的一步重新开始！

一位年轻的朋友在他们那个企业的优化组合中被"优化"出

去了,他痛不欲生。他跑来对我说,倘若他真是一个低能的调皮鬼,那么就是将他彻底开除他也绝无怨言,而万没有想到那优化组合的过程犹如一面无形的镜子,照出了他人际上的一贯疏离,那却是他以往从未深刻意识到的。现在人们都礼貌地婉拒与他合作,才令他雷轰电掣般地猛醒——原来他的孤僻与固执,在他人眼中竟达到了那般不被容纳的程度!

我握住这位年轻朋友的手,诚恳地劝慰他:冷静地面对这确实令人发窘的境遇,不要恐慌,不要灰心;是的,你的生活面临着一次危机,但"危机"可以分解为"危险"和"机会"两个要素。"危险"决定了你必须避凶趋吉,"机会"意味着你有了对生活作出重新抉择的可能,不要对这一处境发怵,而要把这一处境视作激活自己潜在生命力和创造性的良性碰撞,要知道你毕竟还年轻,一切都还来得及!……

年轻的朋友皱着眉头说:我性格如此,从小如此,而且在人们心目中也已定型,现在我就是想从头做起,也万难变易性格,改变人们对我孤僻内向、寡言难通的印象,你说一切都来得及,不过是激励我的一句空话罢了,事已如此,哪里还来得及!

是的,缺点好改,性格难移,而要将他人眼中所定型的你,再重塑为新的形象更谈何容易,但是——我劝那位年轻的朋友——你也无妨再仔细地想一想,你那人际上的问题是不是也不能都推诿为性格,有没有对世界和社会的认识上的欠缺?比如说,你以往是否未能清醒地认识到,随着当代世界的科技、经济、生活方式的发展变化,个体生命越来越不可能超脱于群体,因此,与他人特别是与创造物质财富和精神财富的群体的亲合趋向,应成为当代社会中个体生命的自觉意识之一,所以,借助于这一回的为群体所筛汰的危机,你无妨从理性认识上来一个跃升,增强自己心理上、意识上与群体的亲和力，并扎扎实实地身体力行。相信经过努力，群体对你的认同和容纳，是一定可以增强的。

年轻的朋友想了想，说：是的，我想自己除了性格因素以外，搞不好人际关系也确实还有认识上的原因，以及不掌握与人沟通合作的种种人际技巧；但是，我还是觉得一切都晚了，现在再来提高、改变这一切都太艰难了……

我为这位年轻的朋友对待人生的严肃态度所感动。他并不轻率地靠泛泛的鼓励而忘却挫折的创痛，并努力地寻找着克服挫折的途径。我替他想了想，便又对他说：是的，说一切都来得及，并不意味着干一切的事情都还来得及，而是意味着有包含在"一切"中的许多种可能性可供我们慎重抉择，作出这种抉择是完全来得及的！比如你遇到的这个情况，除了作出改变自己的为人处世态度以求再被组合进那群体而外，也还可以作出另外的抉择，比如：（1）跳槽到另外的一种群体中，那类群体共同工作时不需要成员之间有过密过细的人际勾连；（2）毅然改换另一种更具独来独往独当一面特点的职业，将自己的慎独性格从劣势转换为优势；（3）随遇而安，蛰伏一时，在此期间加强自修，并从容调节心理，特别是增强对世界和人生的认识，以待新的机遇……

怎样在这充满考验与筛汰的世界和人生中应付预料中和预料外的挫折？那是一番话一篇文章都难说透的，但至少我们可以在挫折面前先对自己说上一声：不要慌，一切都还来得及……

1992 年 7 月

图书在版编目（CIP）数据

刘心武散文 / 刘心武著 . -- 北京：作家出版社，2025.2.--（作家散文典藏）. -- ISBN 978-7-5212-3087-1

Ⅰ. I267

中国国家版本馆 CIP 数据核字第 2024EU7536 号

刘心武散文

丛书策划：路英勇　张亚丽
出版统筹：省登宇
作　　者：刘心武
封面绘图：（美）古斯塔夫·鲍曼
责任编辑：姬小琴
装帧设计：TT Studio　纸方程·于文妍
责任印制：金志宏
出版发行：作家出版社有限公司
社　　址：北京农展馆南里 10 号　　邮　　编：100125
电话传真：86-10-65067186（发行中心）
　　　　　86-10-65004079（总编室）
E-mail: zuojia@zuojia.net.cn
http://www.zuojiachubanshe.com
印　　刷：北京盛通印刷股份有限公司
成品尺寸：142×210
字　　数：210 千
印　　张：9.125
版　　次：2025 年 2 月第 1 版
印　　次：2025 年 2 月第 1 次印刷
ISBN 978-7-5212-3087-1
定　　价：35.00 元

作家版图书，版权所有，侵权必究。
作家版图书，印装错误可随时退换。